Convergence

Jack *Fuller*
Convergence

roman
traduit de l'américain
par Hubert Galle

DENOËL

Titre original :
CONVERGENCE
(Doubleday & Co, New York)
ISBN 0-385-18023-3

Il n'y avait aucune certitude. Seulement le recours à cet oracle moqueur qu'ils appelaient l'Histoire, et qui ne rendait sa sentence que lorsque les mâchoires du consultant étaient depuis longtemps redevenues poussière.

A. KOESTLER

Première partie

Washington, 1978

1.

Les stèles des soldats commençaient à miroiter de l'autre côté du fleuve, sur la colline du cimetière. Devant ces rangées flamboyantes, l'ombre étirée du monument de Washington indiqua l'heure une dernière fois, sur le Mall, avant de s'évanouir dans la pénombre. Quelques sportifs arpentaient encore les pelouses. Dans les immeubles alentour, les lumières s'éteignirent l'une après l'autre. Quelques drapeaux glissèrent le long des hampes, ramenés sans cérémonie et repliés machinalement par des mains indifférentes.

Puis ce fut l'heure où les puissants eux-mêmes, et ceux que l'on tient pour tels, se mettent à ranger leurs dossiers et pensent soudain à faire les appels qu'ils avaient remis à plus tard, pour être sûr de n'avoir pas de réponse. Ils abandonnaient alors les locaux à l'équipe des gardiens et aux concierges, dont le boulot était, précisément, de les garder. Puis ce fut la nuit. Les éphémères grands commis de gouvernement venaient une fois de plus d'administrer la preuve à la fois de leur mâle et compétente détermination dans l'écrasante gestion des destinées nationales, et de l'impérieuse nécessité de ne confier cette tâche qu'à eux et à eux seuls. Ceux dont l'avenir était déjà derrière eux bouclaient leur attaché-case et s'en retournaient chez madame et les gosses. Les autres, les ambitieux, se dépêchaient vers d'autres obligations. Un drink, dans une quelconque ambassade. Une apparition remarquée, à l'entracte, au Kennedy Center. Un dîner mondain, avec quelques amis et ennemis. Ou enfin, si vraiment rien n'était prévu, un court moment au Class Reunion, avec les journalistes et les correspondants; l'endroit idéal où l'on pouvait à loisir partager un secret ou discrètement ternir une réputation.

Richard Harper prenait précisément son service à cette heure où les chefs et leurs zélés seconds désertent les bureaux pour d'autres magouilles. Il se sentait épuisé avant même d'avoir commencé; ses yeux étaient brûlants, injectés, irrités par l'air pollué de la capitale. Washington vivait depuis des semaines sans un souffle d'air. A présent et jusqu'en septembre, les jours se ressembleraient tous : temps couvert ou dégagé, personne ne verrait la différence.

Harper comme tant d'autres travaillait aussi pour le gouvernement, ce qui n'en faisait pas quelqu'un de public pour autant. Au contraire. Dans sa branche, la discrétion était de règle sur ce qu'on faisait, et chacun restait vague sur la nature de ses responsabilités. Sa force à lui était dans ce qu'il dissimulait aux autres, et sa fierté était d'être ignoré de tous. S'il savait quelque chose, il affectait l'ignorance. Et tout le monde ou presque s'imaginait qu'il n'en connaissait pas davantage. Harper travaillait pour la Central Intelligence Agency.

Le District était aussi irrespirable et merdique que Quito ou K.L., ou n'importe quelle autre station sous les tropiques, à ceci près que Washington n'était pas le turf de l'Agence. Chasse strictement gardée du F.B.I. D'abord par gentleman's agreement; ensuite – quand il apparut que plus personne ne croyait aux gentlemen – par décision juridique et administrative. L'Agence était exclue des interventions sur le territoire de l'Union, sauf à y être expressément invitée, et seulement en observateur ou pour donner un avis. Harper n'était là que pour les besoins d'un recyclage, en rapport avec une nouvelle affectation. On venait de le transférer des Programmes à l'Inspection interne. Quand il en avait demandé la raison, nous lui avions simplement répondu que c'était une promotion. Le D.C.I. misait à fond sur les nouvelles procédures d'inspection et de contrôle. Quiconque avait un avenir un tant soit peu prometteur dans la maison devrait se soumettre à son implacable discipline. L'Inspection, traditionnellement, était une voie de garage pour quelques vieux messieurs sur le retour. Le D.C.I. avait décidé de changer tout cela. Celui qui espérait de l'avancement pouvait s'attendre à être remis au turbin comme simple indic. Sans compter, comme partie intégrante du stage, quelques soirées à se taper des filatures de routine avec les gens du

F.B.I., les « Sœurs » comme nous avions pris l'habitude de les appeler, à Langley – où nous trouvions qu'ils la ramenaient un peu trop avec leur recrutement féminin. Le directeur lui-même, dans certaines communications, faisait parfois allusion au Bureau en parlant de « notre agence sœur », et les sourires qu'il suscitait à Langley n'étaient jamais qu'un autre de ces secrets dont nous faisons profession. La vérité est qu'à la Compagnie nous sommes depuis toujours plus que sceptiques sur la qualité du travail des agents du Bureau, en particulier ceux de la Cinquième Division. Nos stages prenaient là tout leur sens : les hommes étaient censés mesurer par eux-mêmes les lacunes des Sœurs en partageant avec eux, le temps d'une soirée, la filature de l'un ou de l'autre clandestin du K.G.B. en ville.

Malloy, qui conduisait la voiture, la rangea le long du parc qui s'étend entre le *Hay-Adams Hotel* et la Maison Blanche. Entre une Mercedes et une Volvo. La Ford beige banalisée était à peu près aussi discrète qu'une diligence attelée : personne, à Washington, n'a l'idée d'acheter américain. Les vieux réverbères, hérités du temps de l'éclairage au gaz, dégageaient plus de charme que de lumière. Mais ce n'était pas plus mal. Les hommes avaient des jumelles à haute luminosité et, d'où ils étaient, ils pouvaient contrôler sans peine le trottoir de H. Street, devant l'hôtel, et la ruelle à l'arrière. Ils ne voyaient rien de l'entrée proprement dite, qui donnait dans la 16ᵉ Rue. Mais l'autre voiture, qui avait filé le gibier jusqu'au *Hay-Adams*, surveillait le secteur depuis un point situé de l'autre côté du parc.

« On peut tout aussi bien baisser les vitres, les mecs, annonça Malloy en coupant le contact. On risque d'en avoir pour un bout de temps. »

Le choix était simple : garder le conditionnement d'air et le moteur surchauffait, ou le couper et les hommes claquaient de chaud.

Malloy était un type énorme, large d'épaules, une nuque épaisse, et ce quelque chose de touchant et d'enfantin que l'on trouve chez certaines forces de la nature quand elles semblent chercher l'approbation d'un plus faible. Son partenaire, Torchiana, était petit, sec, sombre et nerveux; manifestement peu soucieux de l'avis de qui que ce soit. L'un et l'autre devaient avoir approximativement le même âge, une bonne quinzaine d'années de moins que Harper, et tous deux avaient abouti chez les Sœurs via les *Marines*.

« Quand vous avez signé, demanda Harper, vous imaginiez que c'est à ceci que se passeraient vos soirées ?

– On est volontaires », fit simplement Torchiana, en cherchant une position confortable au fond de son siège. « Et il y a pas mal d'avantages. La Cinquième Division a foutrement le vent en poupe depuis certaines purges. »

Les purges étaient virtuellement de l'histoire ancienne quand Malloy et Torchiana avaient troqué leur uniforme pour la tenue du Bureau. La gauche s'était dissoute dans l'anonymat indéfini du centre, comme un malandrin dans la foule. Pour ces deux-là, le grand nettoyage n'avait aucune réalité tangible. C'était des histoires, comme celles qu'on lit dans les journaux, dont on parle en buvant une bière avant de passer à autre chose. Ils étaient d'une autre génération, déjà. Et ils imaginaient sans doute que tout avait changé avec eux.

Harper, lui, était en poste en Afrique à cette époque – celle des purges. Il avait tout suivi, prêté l'oreille aux plus désagréables rumeurs en provenance de Washington, des histoires de disgrâce et de carrières ruinées. Lui-même n'avait pas été touché personnellement. Et durant la longue nuit de suspicion générale qui s'ensuivit, plus pour cause de zèle intempestif, cette fois, que pour trahison, sa conduite n'avait à aucun moment éveillé le moindre soupçon, suscité la moindre interrogation. Il avait la réputation d'être un officier sérieux, méthodique et prudent. On pouvait se fier à lui, non en termes de loyauté – le critère n'avait plus de sens – mais simplement parce qu'il avait toujours strictement répondu à ce qu'on attendait de lui. Sur le terrain, il avait eu son heure de gloire, mais même cela ne l'avait pas rendu suspect. Au plus fort des purges, personne n'avait jamais remis en question la légitimité de cette fameuse opération, celle que dans notre jargon nous avions baptisée BLACK BODY.

Quand nos gens de l'analyse eurent déposé leurs conclusions, à savoir que les Soviétiques avaient déployé, pour couvrir leurs transmissions, un nouveau système de sécurité – le BLACK BODY –, l'atmosphère à Langley n'avait pas tardé à virer à la catastrophe. Une déclaration de guerre, sèche et brutale, n'aurait pas eu plus d'effet. Nous fûmes tous convoqués dans les locaux du directeur – une de ces réunions exceptionnelles, à l'abri des portes blindées, regroupant l'ensemble des responsables au plus haut niveau. Harper ne sut rien de cette entrevue, bien sûr, sauf beaucoup plus tard. C'était l'affaire de quelques grands manitous. Nous n'avions, en arrivant, en tout cas la plupart d'entre nous, aucune idée de ce qui pouvait motiver un tel rassemblement; nous sûmes que c'était grave quand le D.C.I. nous pria de l'excuser de ne pas nous avoir invités dans les formes, par écrit et en prenant date, mais l'affaire était trop délicate pour souffrir la procédure habituelle. La nouvelle devait être très mauvaise pour être aussi secrètement couvée.

Après les préliminaires, le D.C.I. avait passé la parole à Danzig, le chef de la section Technique et Recherche. « Messieurs, vous n'êtes pas sans savoir que depuis quelque temps déjà, le contre-espionnage signale un ralentissement de l'activité des grands réseaux soviétiques sur l'ensemble des théâtres d'opérations. Le phénomène est resté inexpliqué jusqu'à ce jour. Je n'ignore pas que certaines hypothèses ont été émises, dont celle d'un grand chambardement dans la hiérarchie du K.G.B. – Lubyanka ayant en attendant gelé l'activité de ses services. Malheureusement, il est apparu que ce n'était pas le cas. »

Un discret frémissement autour de la table avait signalé le début d'un semblant de malaise. Simpson, qui le premier avait lancé l'idée saugrenue d'un changement à Lubyanka, s'était penché en avant, les coudes prenant appui de part et d'autre de sa tasse de café, mains croisées, comme pour dissimuler son visage. Myers parut s'éclaircir la voix, à plusieurs reprises. Il avait associé son nom à la théorie imbécile de Simpson. Les autres, qui avaient eu l'habileté de ne pas se déclarer, se tassaient dans leur siège. Un nouveau rapprochement s'opérait, une alliance contre Myers et Simpson. Je n'avais, quant à moi, ni à prendre contenance ni à changer de position. Je pars toujours du principe qu'avec les Russes, on a chaque fois toutes les raisons de s'attendre au pire.

« Coïncidant avec le constat d'une réduction des activités clandestines, continuait Danzig, la *National Security Agency* a commencé à capter en plusieurs endroits quelques émissions parasites inhabituelles sur les installations soviétiques. On crut d'abord qu'il ne s'agissait que d'une nouvelle tentative pour tester et surveiller nos réseaux; puis il devint évident que ces signaux participaient d'un système inconnu de nous, permettant aux Russes de communiquer directement, sans intermédiaire ou contact humains donc, avec leurs agents clandestins. Et, messieurs, il est de mon devoir de vous dire que nous ne disposons d'aucun moyen pour intercepter, ou même espérer intercepter ces messages.

– Impossible, interrompit Simpson. Les systèmes vraiment impénétrables sont trop encombrants pour être praticables par des clandestins sur le terrain.

– C'est qu'il ne s'agit pas à proprement parler d'une technique cryptographique, expliqua posément Danzig. C'eût été trop beau. Non, il semblerait que nous soyons en présence d'une méthode électronique dont le mécanisme de sécurité serait incorporé. Et pour être franc, au stade actuel, nous n'avons pas la moindre idée de la manière dont cela fonctionne. Nous ne savons même pas combien d'informations peuvent passer dans chacune de ces transmissions, qui sont très brèves. Nous n'avons aucun moyen efficace de triangulation. Aucune idée non plus du matériel utilisé pour recevoir ou transmettre, encore que nous craignions fort qu'il ne soit diaboliquement miniaturisé. Nous concentrons bien entendu le maximum d'efforts et de moyens sur ce problème, et avec le temps il nous sera possible d'avoir une vision plus claire des possibilités du système. Mais inutile de vous dire combien nous serons vulnérables dans l'intervalle. Et d'ores et déjà, il faut savoir que cet intervalle peut être long. »

Danzig savait ménager ses effets. Il conclut tranquillement : « Au point ou nous en sommes, et afin de donner le temps aux scientifiques, la solution me paraît, disons, dans une intervention non technique. Je ne prétends pas savoir comment. Ma compétence se limite aux astuces électroniques, les autres modes d'action sont de votre ressort, messieurs. Ce que je puis dire, en revanche, c'est qu'il y a urgence. Priorité absolue. »

Si les Soviétiques pouvaient correspondre avec leurs clandestins en évitant tout contact direct, nous perdions à notre tour la possibilité d'avoir un regard sur leurs opérations. Et non seulement nous ne saurions plus rien des informations transmises, mais encore nous allions ignorer *à qui elles étaient destinées*, quels étaient les clandestins en activité. BLACK BODY éliminait tout intermédiaire. Nous pourrions pister chaque attaché d'ambassade, chaque chauffeur, chaque étudiant, chaque artiste en tournée, vingt-quatre heures sur vingt-quatre, sans obtenir la moindre bribe d'information, même sur le plus actif des réseaux clandestins. Black Body nous plongeait littéralement dans la nuit noire.

« Il semblerait, fit le D.C.I., que le nouveau système soit exclusivement utilisé par les nouveaux agents. Aucune de nos vieilles connaissances n'a été surprise à envoyer les signaux en question. Élaborer une stratégie en fonction d'eux ne peut donc nous mener nulle part. D'autres clandestins en revanche s'infiltrent, nous pénètrent; et nous ne savons ni où ni qui. Une sale affaire, messieurs. Grave. Très grave.

– Mais que savons-nous au juste? interrogea Simpson. Ne sommes-nous pas en train de nous emballer, de réagir mal, trop fort...

– Je n'ai pas l'impression que ce soit le cas cette fois-ci, George », fit doucement le D.C.I. Le tour de table salua le reproche d'un petit rire étouffé. « Et je ne crois pas qu'approfondir la question dans le sens que vous suggérez serait d'un grand intérêt. Bien. Nous connaissons le problème. Rendez-vous ici demain pour délibérer des options. »

C'est en fin de compte la décision non technique qui prévalut. Et Harper hérita de l'affaire. C'est lui qui la mena à ce qui peut apparaître comme son terme, d'après nos évaluations les plus objectives. Il parvint à monter un gros coup et à abuser l'un des agents les plus habiles du K.G.B., Anton Ignatiev Kerzhentseff. Ce qui lui valut à la fois une entrée remarquée dans le gratin de nos officiers opérationnels, un retour à Langley, sous forme de promotion, et finalement son incorporation à l'unité d'Inspection. Ce n'était peut-être pas évident, à le voir poireauter avec les Sœurs devant le *Hay-Adams*, mais Harper était un homme qui monte. Ce qui, à mes yeux, suffisait à faire de lui un homme à surveiller.

Harper dénoua son inévitable cravate à rayures puis déboutonna le col de sa chemise. Une manie à lui, les chemises. Il achetait les mêmes depuis plus de vingt ans, au même endroit; même tissu oxford, même coupe, même col boutonné; il en prenait une douzaine quand il allait à New Haven, sinon il passait commande par correspondance. Jamais de problème. Il aimait que les choses roulent, sans accroc. C'était comme pour les costumes : sept pour l'été, autant pour l'hiver. Chacun restait en service pendant sept ans, puis était remplacé par un autre, même qualité, même couleur. Nous étions quelques-uns, à l'Agence, à imaginer qu'il se relâcherait en rentrant au bercail. Certains officiers, quand ils sont en poste, règlent méticuleusement les plus infimes détails de leur vie quotidienne dans la mesure où le reste échappe sans cesse à leur contrôle. Mais Harper, à Langley, fut ce qu'il avait toujours été.

La soirée s'éternisait, dans la sueur commune et le confinement. Harper supportait de plus en plus mal son nouveau rôle. Le siège arrière de la Ford n'était pas adapté à la longueur de ses jambes, et pas davantage à l'aplomb de son dos. Il pivota pour tenter de se caler dans l'angle, entre l'accoudoir et le coussin, déploya maladroitement ses jambes par-dessus la bosse de la transmission et étendit son bras contre le dossier du siège, juste un peu trop haut, si bien qu'après un moment sa main fut ankylosée.

« C'est pas la joie, hein? » fit-il pour dire quelque chose.

De l'autre côté du parc, juste en face de l'hôtel, la Maison Blanche était illuminée comme une pièce montée. Seul signe de vie, à l'entrée, les gardes laissaient de temps à autre entrer un visiteur ou sortir une limousine.

« Des salons, on serait aux premières loges pour surveiller Ivan, plaisanta Harper en pointant sa main engourdie vers les fenêtres noyées de lumière, derrière eux.

– Et Ivan pourrait nous observer tout aussi tranquillement, grogna Torchiana.

– Cette party au *Hay-Adams,* commenta Malloy, c'est jamais qu'un truc vaguement commercial, tout ce qu'il y a de plus régule pour notre bonhomme. C'est sa couverture, si vous voulez. Il finira par refaire surface, tôt ou tard, et il rentrera chez lui. »

Harper regarda sa montre et fut consterné du peu de temps qui s'était écoulé. Juste de quoi, pour le gibier, vider décemment un premier verre. Un cabot efflanqué errait sur le trottoir, vaguement intéressé par les poteaux de signalisation et le pied des arbres. En passant devant la voiture, il marqua un temps d'arrêt, fixa Harper d'un œil chassieux et désabusé, puis reprit sa route, sans doute parce que rien ne lui paraissait vraiment digne d'intérêt. Harper siffla doucement, espérant obtenir en retour au moins un glapissement. Ou n'importe quoi qui briserait le silence. Le chien l'ignora. Sur le siège avant, ses deux acolytes paraissaient assoupis. Il pouvait entendre sa propre respiration.

« S'agit d'un colonel du K.G.B., expliqua Malloy. Avec couverture diplomatique. Il a roulé sa bosse un peu partout. L'intéressant, c'est que c'est la première fois qu'il mouille dans nos eaux semble-t-il. On l'a à l'œil, mais jusqu'à présent, ça s'est limité à quelques cocktails et à de vagues réceptions. Pourtant, il y a quelque chose qui ne colle pas. La carrière de ce type, c'est que des trucs pas catholiques. A cent pour cent. Et la seule chose dont on puisse être sûr, avec ce genre de marioles, c'est qu'ils ne se rangent jamais.

— Il a sa propre bagnole, fit Torchiana. Une Chrysler, noire.

— Ils adorent les gros bacs, commenta Malloy. Le pendant automobile des grands principes marxistes-léninistes. »

C'était bien d'un Russe, ce penchant irraisonné pour nos propres vices, pensa Harper.

« Est-ce que je vous ai dit le nom du bonhomme? fit encore Malloy. Kerzhentseff. Anton Ignatiev Kerzhentseff. Ça vous dit quelque chose? »

Harper reçut le nom comme un coup de poing. Le K.G.B. possède des milliers d'agents opérant de par le monde. Kerzhentseff était l'un des plus redoutables. C'était lui que Harper avait affronté dans l'opération BLACK BODY. Oui, il connaissait cet homme. Comme on peut connaître — et craindre — quelqu'un qu'on a eu l'occasion d'abuser.

Malloy l'observait dans le rétroviseur. Harper rencontra son regard et resta impassible. « Vous prononcez bien le nom, fit-il simplement.

— Ma mère était polonaise, dit Malloy. Elle haïssait ces salopards. »

Personne, dans le renseignement, ne peut s'offrir le luxe de croire trop facilement aux coïncidences, surtout lorsqu'il s'agit de quelqu'un d'aussi marquant que Kerzhentseff. Instinctivement, Harper pensa à celui qui, d'une manière ou d'une autre, devait être derrière cette rencontre. En espionnage, le hasard, c'est toujours un homme, un nom, un cerveau.

Harper avait déjà éprouvé ce sentiment. Il peut éblouir, comme la fulgurance de l'éclair, ou s'insinuer comme un jour incertain, au petit matin. Mais toujours il métamorphose. Le traître se demande qui il trahit. La couverture qui vous colle à la peau se déchire soudain... Harper encaissa la nouvelle en vrai professionnel, c'est-à-dire sans broncher. L'essentiel — son meilleur atout — était que les deux autres, là dans la voiture, ne sachent rien des rapports qu'il avait eus avec ce Russe qu'ils filaient depuis des jours.

« Entrées et sorties, expliqua Torchiana. Heures, lieux, itinéraires. Ils veulent tous les détails. Notre mec demande du feu au premier ringard venu sur la rue, et il leur faut tout, le nom et jusqu'au numéro de Sécurité sociale. Si Ivan va aux gogs parce qu'il doit pisser, faut qu'on aille après lui pour jeter un coup d'œil.

– Je suppose qu'il y a tout de même une raison...

– Tu parles! coupa Malloy. Et chez vous, c'est pas le même cirque? »

Harper devait surtout ne pas avoir l'air d'être sur ses gardes. « Nous manquons d'effectifs à l'étranger. Impossible de filer tout le monde. On se concentre sur quelques objectifs prioritaires ou tactiques.

– Hey! s'exclama Torchiana. T'étais trouffion?

– Pourquoi?

– Objectifs prioritaires... là, tout à coup, tu causes comme un militaire.

– C'était juste une façon de parler, dit Harper.

– J'imaginais l'O.S.S. ou un truc comme ça.

– Ça c'est un peu vieux pour moi. Mais j'ai fait un tour au Vietnam, expliqua encore Harper.

– C'est pas vrai! Quand?

– A la fin des années 60. Tout à la fin.

– Nous, c'était dans les années 70. Le Cinquième Marines. J'étais dans une section de reconnaissance. Malloy se la coulait douce. Plus souvent avec les nénettes que dans la merde des rizières. Objectifs prioritaires.

– Roger, fit Malloy. In the baba.

– Pouffiasserie de guerre, ajouta Torchiana.

– Où étiez-vous basé? demanda Malloy.

– Saigon principalement.

– Ça a pas dû être trop dur à enlever comme position, ironisa Torchiana. J'y ai mis les pieds une seule fois. M'a fallu quelques piquouses après coup, pour m'en remettre. Jamais été plongé dans la vraie merde?

– Suffisamment à mon goût.

– C'était pas pareil pour les barbouzes, Tony, intervint Malloy.

– Vrai, Harper? persifla Torchiana. C'était pas la même chose pour vous?

– C'était pas une partie de plaisir », répondit doucement Harper.

Une quelconque réception se terminait dans l'une des préten-
tieuses maisons le long du parc. Plus personne n'habitait ces
immeubles, vu le coût de l'entretien; ils abritaient des fondations à
présent, plus ou moins charitables. Harper observa les gens qui
s'attardaient sous le porche. Tous les hommes étaient vêtus de
blanc. Les riches et leurs larbins sont toujours vêtus de même.

« C'était une sorte de conférence sur la pauvreté, commenta
Malloy.

– Qui semble avoir les plus heureux effets », ricana Torchiana.

Quelques couples marchèrent dans la direction de la voiture;
certains regardèrent curieusement en direction des trois hommes
qui s'y étaient entassés. Torchiana avait planqué ses jumelles sous
ses genoux et souriait angéliquement aux passants.

« Des diplomates, grinça-t-il, lorsque ceux-ci eurent gagné
leurs voitures ou leurs taxis.

– Vous n'êtes pas trop ankylosés à l'arrière? demanda Malloy.

– Je suis même plus en état de vous répondre, plaisanta
Harper.

– On ne tient plus tellement la forme pour descendre sur le
terrain, ironisa Torchiana.

– Bon, c'est trop con, concéda Malloy. Faites quelques pas
pour vous dégourdir les guiboles. Notre petit camarade ne risque
pas de se pointer d'ici un moment. Simplement ne vous éloignez
pas trop de la tire au cas où il y aurait un pépin.

– Et ne traînez pas en chemin, et faites attention », susurra
Torchiana.

Harper fit jouer le verrou et commença à s'extraire péniblement
de la voiture. Il faillit perdre l'équilibre. Un de ses pieds était
comme mort, pesant, incapable semblait-il de supporter encore le
poids du corps. Il dut s'appuyer sur la Ford et attendre que la vie
revienne. Le mieux était de marcher jusqu'aux arbres. Un
semblant de brise passait entre les branches, faisant vibrer
doucement leur ombre. Il se sentait moite sous le costume d'été.
De-ci de-là, sur quelques bancs, des clodos cherchaient le
sommeil. Un couple s'embrassait dans l'allée. Harper s'éloigna en
direction de l'hôtel, puis resta là, dans l'attente d'il ne savait trop
quoi... une explosion... un crissement de pneus, le déclic d'un cran
de sûreté qu'on libère dans l'obscurité... la détonation... Il se
sentait perdu, solitaire sur l'asphalte. Comme au Vietnam.

Comme à Tokyo. Il était seul. Harper prit son mouchoir et s'épongea le visage. Il ruisselait littéralement de sueur, comme après un cent mètres. Se concentrer sur quelque chose. Essayer. N'importe quoi. L'imposante façade du vieil hôtel par exemple, les ornements, les fenêtres éclairées...

C'est alors qu'il aperçut Birch. Tout ce qu'il avait échafaudé depuis un moment pour tenter de se rassurer s'effondra d'un seul coup. Jerry Birch. Son complice clandestin contre Kerzhentseff, à Tokyo. Birch émergeant de la ruelle derrière l'hôtel. Sur le plan des probabilités statistiques, on était en plein délire! L'homme parut hésiter, marqua un temps d'arrêt sous un réverbère, puis s'éloigna vers la 17e Rue. Pas d'erreur possible : Harper ne pouvait confondre ce visage de gosse, cette expression faussement ouverte et candide, cette raideur du dos, cette démarche militaire. Birch était là, devant lui, comme si souvent auparavant, observé à distance, épié depuis l'ombre, le soupçonnant peut-être mais n'en laissant rien paraître. Il disparut derrière le coin de la rue.

Cloué sur place, Harper l'avait laissé aller sans réagir, lui dédiant pourtant cette interrogation muette : comment pouvaient-ils, tous ensemble, au même endroit, refaire soudain surface? A des milliers de kilomètres du lieu où ils s'étaient affrontés une première fois, dans l'ombre. Il se demanda en même temps lequel d'entre eux, cette fois, serait la victime. Mais rien ni personne n'était capable de lui donner la réponse.

Harper eut le réflexe d'attendre. S'adossant à un arbre, il compta cinq interminables minutes avant de se mettre à son tour en mouvement. En s'approchant de la voiture, il vit Torchiana scrutant l'allée avec ses jumelles.

« Alors, cette promenade? lança Malloy. Vous venez malheureusement de rater quelque chose.

— Ah! oui.

— Un mec s'est pointé dans la ruelle, commenta Torchiana. Tu l'as pas vu? Très marrante coupe de tifs – super courts.

— Peut-être quelqu'un qui s'est perdu, hasarda Harper.

— En tout cas Malloy l'a pas raté pour la prise de vue. Il l'a zoomé juste devant la porte de service, là-bas. Tu vois où? Le mec s'appuyait à la descente d'eau. Puis il est venu dans la lumière. Tiens, prends les lunettes, on n'y voit que dalle sans ça. »

Harper se glissa dans la Ford et colla ses yeux aux pesantes optiques, tout en prenant appui sur le dossier du siège avant pour stabiliser l'image. Ce qu'il voyait avait quelque chose d'irréel, de verdâtre, de fantomatique. Comme un spectre sous-marin sur un écran radar. Il distinguait néanmoins la porte et la descente d'eau. Une vision crue et contrastée, sans demi-teintes. Puis soudain la porte s'ouvrit, faisant éclater l'image dans un éclair de lumière.

« Qu'est-ce que c'est? cria Torchiana.

– Voici, fit Harper en rendant les lunettes – non sans avoir, en une fraction de seconde, réglé et focalisé l'appareil sur la silhouette qui s'inscrivait dans l'embrasure. C'était Kerzhentseff.

– Peut-être qu'on aura finalement quelque chose à se mettre sous la dent ce soir, grogna Torchiana. Hé, le fils de pute est dans la ruelle.

– J'appelle les renforts, fit Malloy.

– Il allume une cigarette, annonça Torchiana. L'était pas obligé de descendre dans la rue pour en griller une. »

Gauloise, pensa Harper. Une des afféteries de Kerzhentseff. Il les allumait d'une chiquenaude sur l'allumette, de la main droite – sa bonne main. L'autre pendait à son côté, inerte. Inutile autant qu'inerte, car il semblait n'en avoir nul besoin. Il avait l'art de tirer prétexte de tout, y compris de ses handicaps, pour démontrer son absolue maîtrise.

« Vingt-deux, lança Malloy dans sa radio en mettant le contact. Vingt-deux.

– Ah! nom de Dieu, lâcha Torchiana.

– On est paré à rouler. Tu dis quand.

– Laisse tomber cette bagnole, Malloy. Les photos, vite. Prends-le. »

Malloy ramena l'appareil et commença à mitrailler.

« Il a foutrement l'air de s'intéresser à cette saloperie de descente », indiqua encore Torchiana.

Harper écarquillait les yeux pour essayer d'y voir dans la ruelle. Mais sans les jumelles ou l'optique spéciale de l'appareil photo, on était aveugle.

« Il a trouvé quelque chose, commenta Torchiana. Il l'a dans la poche maintenant. »

La porte s'ouvrit une nouvelle fois; Harper put entrevoir l'ombre ténue de Kerzhentseff se glissant dans l'entrebâillement.

« Il est parti, annonça Torchiana.

– Tu crois que c'est une boîte aux lettres? demanda Malloy. Tu crois que le grand bébé lui a filé quelque chose?

– Tout est possible (Torchiana s'affairait). Faudrait jeter un coup d'œil sur la descente – si on est sûr qu'Ivan a mis les bouts. Toi, occupe-toi des photos. Le rate surtout pas quand il quitte l'hôtel. Je fais un saut jusqu'aux mecs de soutien et j'en profite pour voir ça de plus près. »

Il partit en courant à travers le parc, jusqu'à l'autre voiture, banalisée comme la nôtre, et toujours rangée le long de son trottoir. Harper se glissa sur la banquette avant, à côté de Malloy.

Il n'y avait plus qu'à attendre. Le Russe se déciderait tôt ou tard à quitter les lieux. Harper réfléchissait à ce qu'il allait dire dans son rapport, et à la façon de présenter les choses. Il devrait donner quelques détails, pour situer et étoffer les tenants et aboutissants de l'affaire; puis expliquer comment il s'était trouvé, cette nuit précisément, à cet endroit, avec cette équipe des Sœurs. Simple mission de routine, sans plus. Imaginez mon étonnement... Voilà pour le ton général. Ensuite et sans ambiguïté, montrer qu'effectivement, il trouvait la coïncidence peu banale : se retrouver nez à nez en présence de Kerzhentseff et de Birch... Surtout le plus important : trouver le ton juste.

Il abandonnerait alors son rapport dans les méandres inextricales des chenaux de la Sécurité, où il serait traité par le quelconque responsable anonyme chargé pour l'instant de ce genre de dossiers. On désignerait quelqu'un pour se charger du cas Birch; et ce quelqu'un ne serait pas lui, Harper. Il n'avait plus rien à voir avec cette affaire, depuis longtemps. Il avait mérité l'exemption.

« Finalement, cela ne se sera pas trop mal passé pour vous, dit Malloy. On a même eu droit à une séquence d'espionnage.

– Ah! c'était ça, vous croyez?

– En tout cas, ça y ressemblait vachement, si vous voulez mon avis. C'est chaque fois le même cirque. On est là, dans sa tire, sans pouvoir remuer les fesses. Pendant des semaines, quand c'est pas des mois. Puis tout à coup, il se passe quelque chose, comme ce soir, on ne sait pas pourquoi. C'est ce qui fait l'intérêt du métier : tout est possible. »

2.

« Des empreintes? râla Torchiana. T'as idée du nombre de traces de doigts qu'on peut trouver sur une descente de flotte? Tout Washington D.C. a palpé cette saloperie de tuyau de merde. Tu ferais mieux de prier pour que tes photos soient pas ratées, Malloy. Parce que c'est pas avec des trucs foireux comme tes indices à la con qu'on sera sorti de l'auberge. »

Malloy avait tombé la veste, découvrant le holster à son épaule. Il n'y avait qu'eux dans le local.

« Première nouvelle. Je ne savais pas que je faisais équipe avec un type qui donnait dans la critique d'art! (Il déposa soigneusement le vêtement sur un dossier de chaise.) Faut pas pousser quand même! Du moment qu'on voit la gueule du mec... »

Ce visage sans malice, enfantin, candide et en même temps totalement impénétrable : Harper en avait littéralement tous les traits sous les yeux, tandis qu'il feuilletait négligemment la minute du rapport relatant l'incident de la soirée. Sa propre présence n'était mentionnée qu'accessoirement. Et Birch était signalé comme un individu de sexe masculin, de race blanche, non identifié.

« Ça me paraît bien, fit-il.

— Je vous dépose quelque part, Harper? fit Malloy.

— Je ne suis pas particulièrement pressé. Ma femme est absente pour l'instant. Et ce n'est sans doute pas sur votre route : j'habite près de la cathédrale.

— Ça va, ça va. Allons-y. »

La station-wagon de Malloy était garée sur le terrain vague, derrière l'immeuble de la vieille poste.

« Un instant, s'excusa-t-il. Le temps de ranger tout ce fourbi. (Il fit passer à l'arrière plusieurs jouets, des balles et un siège d'enfant.) Ma bourgeoise a tendance à confondre cette bagnole avec un parc à gosses. Désolé pour le désordre. Vous en avez aussi?

– Juste ma femme », fit Harper en s'installant. « Elle est rarement à la maison. Femme d'affaires.

– Libérée, résuma Malloy. Ça ne me déplairait pas de libérer un peu la mienne; histoire de me payer un petit extra. »

A un feu, sur la 14ᵉ Rue, une pute aux seins impressionnants, en T-shirt et mini-short, s'approcha de la voiture qui était à l'arrêt devant eux et se pencha vers la vitre ouverte.

« On la rembourre un peu plus? » demanda Malloy. Harper fit comme s'il n'avait pas entendu.

Une autre professionnelle esquissa quelques pas dans leur direction, puis se ravisa et regagna le trottoir.

« Deviez pas avoir l'air suffisamment en manque, reprit Malloy. Depuis quand disiez-vous qu'elle était partie, votre femme? »

La portière s'ouvrit, dans l'autre voiture; la pute se glissa sur la banquette, parlementa encore, puis fit signe à l'autre fille.

« Le type est seul dans la bagnole, s'étonna Harper.

– La stéréo, mon vieux. Dites, ça n'a pas l'air d'être votre truc, hein?

– Je trouve ça plutôt répugnant. »

Il détestait la médiocrité. Comme Birch. Birch, dans ce domaine, était d'une rectitude absolue. Nous avions manqué le perdre pour cette raison. Birch était solide, simple, direct.

Malloy déposa notre homme au coin de Wisconsin, à quelques blocs de chez lui. Harper le remercia puis regarda la voiture s'éloigner. Il aurait pu l'inviter à prendre un verre. C'était bien la moindre des choses. Un frisson lui parcourut l'échine... Les nerfs. Il fallait absolument qu'il fasse le point. Et qu'il se ressaisisse.

Il n'y avait plus personne dans les rues à cette heure. Harper accéléra le pas. Quelqu'un l'observait peut-être. Mais d'où? L'air était plutôt frais; il transpirait pourtant toujours autant. Un bruit derrière lui, le gémissement rauque d'un moteur qui s'approchait. Le même sentiment qu'au parc Lafayette... tous les périls du monde prêts à fondre sur lui. La voiture semblait vouloir se ranger à ses côtés. Il accéléra l'allure. La voiture aussi.

« Dites », fit une voix. Harper se retourna brusquement, pour se donner l'illusion au moins d'affronter le danger. La rue n'offrait aucun point de repli. Toutes les portes, manifestement, étaient fermées à double tour.

Deux hommes dans la voiture; des hommes à qui?

« Pour Georgetown, s'il vous plaît? Vous connaissez le chemin? »

Harper mit quelques secondes à réagir; le temps de retrouver son applomb et d'assurer sa voix.

« C'est tout droit. Un peu moins de deux kilomètres.

– Merci vieux. » La voiture démarra, emportant les deux inconnus.

Tout ceci était totalement irrationnel, il en avait conscience; sa panique aussi bien que la rencontre au *Hay-Adams*. Mais il savait aussi que, tôt ou tard, Black Body serait remis en cause – si ce n'était déjà fait – et qu'alors sonnerait l'heure de la revanche.

En tournant le dernier coin, celui de sa rue, il remarqua que quelque chose ne tournait pas rond. La plupart des maisons étaient plongées dans l'obscurité, sauf chez lui, où une lumière brûlait à l'étage. Il s'arrêta pour considérer la fenêtre. Sa femme? Impossible qu'elle soit déjà rentrée. Il avait reçu son message en fin d'après-midi. Elle était bien arrivée sur la Côte et il lui manquait déjà. Il avait été le dernier à quitter la maison; jamais il n'aurait oublié d'éteindre la lumière. Donc quelqu'un était entré après lui.

Aucune ombre. Rien. Il s'avança tranquillement jusqu'à la porte, glissa la clé dans la serrure, fit jouer lentement le mécanisme et sut qu'il ne s'était pas trompé. Aucune résistance. Le pêne était déjà libéré. Il recula d'un pas pour réfléchir à l'ombre de la haie. Pas question d'appeler les flics. Ni d'ailleurs la sécurité de la Compagnie. On lui poserait déjà suffisamment de questions à propos du contact Birch-Kerzhentseff. Une anomalie de plus – surtout si elle restait sans explication – et c'est alors qu'ils commenceraient à s'intéresser à lui. C'est vrai que tout ceci était irrationnel.

Harper poussa la porte et entra. La lumière, depuis la chambre, se répercutait dans toute la cage d'escalier. Harper referma silencieusement le battant. L'ordre dans la maison était subtilement altéré. Les livres légèrement de travers sur la table basse. Les chaises dans un angle différent. Il sentait une présence dans la maison, impalpable mais aussi discernable qu'une odeur.

Il fila derrière le canapé. Pour la deuxième fois seulement depuis qu'il faisait ce métier, il regrettait de n'avoir pas d'arme. Pour la deuxième fois aussi, il décida qu'il était indigne de mourir à genoux. Se relevant, reprenant son souffle, il comprit que ce n'était que l'allumage d'un vieux conditionnement d'air luttant contre la chaleur.

Il ôta ses chaussures, se faufila jusqu'à la cuisine où il trouva un couteau. L'escalier ensuite. Une marche craqua à mi-chemin. Quelque chose sembla remuer au-dessus de lui. Il se rua dans la chambre.

La main crispée sur le manche se détendit. Il ne savait plus s'il devait rire ou hurler. Sur son lit, une femme. Endormie. La femme dont il n'avait parlé à personne.

Elle remua, s'étira doucement, mais sans se réveiller. Il fut tenté de l'embrasser, mais se ravisa. Il était temps, là aussi, qu'il reprenne un peu ses distances, qu'il reconstitue un peu l'espace tampon qui l'isolait des choses, qui le gardait de la peur, des sentiments et des autres faiblesses. Il aurait dû mettre Fran en garde – sérieusement en garde – contre ce genre de plaisanteries. Il était temps aussi de convenir avec elle de quelques règles fondamentales. Elle n'aimerait pas cela, mais après tout ce ne serait que justice. Elle avait elle-même clairement défini certains secteurs de son existence où il n'avait pas à s'immiscer. Il lui parlerait. Plus question, pour elle, de débarquer ainsi sans crier gare. Non qu'il n'aimât pas les surprises; cet élément d'inattendu l'attirait au contraire. Mais il fallait qu'elle comprenne. Il assortirait sa mise en garde d'une dose convenable de mystère. Elle adorerait. Elle trouvait toujours qu'il avait quelque chose d'inquiétant.

En fait, elle était très impressionnée par le côté secret de ce qu'il faisait, en particulier par tout ce dont il ne parlait jamais. Elle échafaudait sur ses silences les scénarios les plus rocambolesques; il les subissait avec humour et parfois un rien d'agacement : des histoires de documents passant de main en main au coin de rues plongées dans le brouillard, des meurtres dans les sleepings, la toux sèche du calibre 45.

« Je le vois comme si j'y étais, avait-elle plaisanté un jour. Tu es à Vienne. Des Arabes partout.

— Je ne pense pas qu'il y ait beaucoup d'Arabes à Vienne. Ils sont tous à Londres. »

Harper vida son verre et retourna à l'étage. Elle avait encore bougé; elle dormait tournée vers lui maintenant. Il ôta sa chemise trempée de sueur et l'accrocha au bouton de porte pour la faire sécher. L'oreiller avait laissé une marque rose sur la joue de Fran, qui ressemblait à un bébé.

Il avait fait sa connaissance la fois où il était rentré seul au pays, pour trouver une maison. L'avait-il cherchée elle aussi, ou du moins l'aventure? Pas vraiment. C'était l'époque où son mariage avec Janet allait encore, enfin plus ou moins. Ils se connaissaient bien, jusque dans leurs faiblesses et leurs limites. Elle ne se berçait pas d'illusions saugrenues à son égard. Elle l'avait connu dans les pires moments, quand il était à la dérive, sans personne pour reprendre et brandir le drapeau. Non, il fallait être honnête : il cherchait une maison, et seulement cela.

Il était allé dîner seul ce soir-là, dans un restaurant de Georgetown; l'endroit était quelconque et pourtant il y avait foule. Trop de monde et trop peu de tables. Le type à la porte lui avait demandé s'il voyait un inconvénient à partager une table; il désignait un coin où Fran, toute blonde et plutôt attirante vue de loin, sirotait tranquillement un verre de vin. Harper avait demandé le temps qu'il faudrait pour qu'une table se libère. L'autre avait répondu par une moue dubitative en hochant la tête...

De près, Fran n'était pas à proprement parler jolie. Oui, si l'on considérait tel ou tel détail; mais le tout restait décevant par rapport à l'ensemble des parties. Toute photo isolée d'elle ne pouvait être que trop flatteuse, ou trop injuste. Il aurait fallu, pour l'apprécier vraiment, réussir un cliché qui la saisisse dans son mouvement. Ce qui, sauf l'aspect technique, n'était pas très difficile : elle ne restait jamais immobile. Peut-être qu'un Picasso aurait pu la rendre, en décomposant son image. Mais Picasso les aimait rondes et brunes; comme Janet. Et Fran était petite, mince, blonde comme les sables.

« Je présume qu'il y a intérêt à vous demander tout de suite ce que vous faites, avait-elle dit dès qu'il se fut installé. Je veux dire... Est-ce que je risque de revoir votre tête aux prochaines nouvelles à la télé, ou est-ce que je peux manger relax?

— Relax tant que vous voudrez. Aucune chance de me voir jamais où que ce soit.

— C'est comme moi. Je suis personne en particulier, reprit-elle. Je fréquente les spécialistes du sauvetage, c'est tout.

— Du sauvetage?

– Sauvez les baleines. Sauvez les déserts. Sauvez les marais!

– Vous n'avez pas l'air de tellement marcher dans leurs salades.

– Je marche dans leur pognon. C'est toujours du boulot bon à prendre. Et j'ai besoin de ce fric pour alimenter mes propres dadas.

– A savoir?

– Faire des choses. Vous êtes marié? »

Harper sourit et se surprit à palper l'anneau d'or à son doigt. Un talisman. Il hocha la tête.

« J'ai été mariée aussi. Juste après le collège. Nous aimions les mêmes orchestres, vous voyez le genre. Ça a duré trois ans. Le temps pour lui de terminer son droit à Georgetown.

– Il vous a quittée?

– L'an dernier. Nous nous sommes séparés, pour être exact. Très gentiment. C'était devenu aussi morne et régulier que le remboursement d'une hypothèque. Il est dans l'immobilier. Il dit toujours que la terre est la seule chose qui dure. »

Il secoua la tête et examina le menu.

« Les pâtes sont terribles ici, dit-elle. Si vous n'avez rien contre l'amidon.

– Je n'ai pas d'opinions politiques bien définies. »

Ils passèrent commande et Harper s'arrangea, tandis qu'ils attendaient les plats, pour parler de sa femme, de comment elle voyait la maison, de la joie qu'elle se faisait d'enfin rentrer au pays. Fran eut l'air ébahie quand il lui raconta qu'il n'avait jamais divorcé. Lui-même – on leur avait apporté les plats – se sentait de plus en plus amusé, ou plutôt non, intrigué par sa gentillesse, sa jeunesse. Il finit par faire une vague allusion à son travail, ce qu'elle encaissa avec beaucoup de simplicité. Ce n'était pas si évident, surtout chez quelqu'un de son âge.

C'est lui qui insista pour régler l'addition – et elle ne protesta pas beaucoup. Elle insista en revanche pour lui offrir le café quelque part. Elle connaissait un endroit. C'était à Alexandria. Ils s'y rendirent dans la voiture qu'il avait louée. Et tandis qu'elle lui indiquait le chemin par des rues étroites, il comprit – bien avant qu'il ne fût trop tard, en fait – où elle l'emmenait.

« Attends, murmura-t-elle lorsqu'ils eurent franchi sa porte. Si tu crois que tu pourrais... euh, tenter quelque chose ce soir... je veux dire, si tu as envie, il faut d'abord que je m'éclipse. Je t'aime bien et tout, mais pas au point de me retrouver enceinte de toi.

– Bien sûr. » Il ne trouva rien d'autre à dire.

Elle avait souri avec amusement quand il voulut éteindre la lumière; mais pour le reste, cette nuit-là, au lit, elle fut tout sauf narquoise. Il le vérifia souvent par la suite : elle était quelqu'un d'autre dans ces moments-là; ni cynique ni juvénile; très impliquée plutôt, et sage. Pas plus qu'elle d'ailleurs, il n'aurait parlé d'amour pour désigner ce qu'il éprouvait. Ce qui ne voulait pas dire qu'ils avaient un autre mot.

Harper rangea soigneusement son costume sur un cintre, dans le placard, puis commença à se brosser les dents. Le whisky faisait son effet, et il n'avait plus tellement envie de lui faire la leçon. Cela attendrait. Demain, par exemple. Il se pencha sur elle pour l'embrasser.

« Tu ne dors pas? souffla-t-il, tandis qu'elle réagissait à son contact.

– Tu veux rire? (Elle entrouvrit les yeux.) Ça fait des heures que je roupille.

– J'aurais dû t'appeler dans la journée.

– Ce n'est rien. Je rêvais des trucs formidables.

– Comment as-tu fait pour entrer ici, Fran?

– Ça, c'est mon secret.

– Tu as une clé, c'est cela?

– Je m'en étais fait faire un double, au début, quand tu as eu la maison. Tu te souviens? Je m'étais dit que cela viendrait à point un jour. Je suis une vraie romantique.

– Tu m'as surtout filé un choc. Je ne savais pas que penser en voyant cette lumière.

– Je ne voulais pas t'effrayer, Richard », minauda-t-elle, très satisfaite d'elle-même, au fond.

Lorsqu'ils eurent fait l'amour, elle s'inquiéta; il semblait préoccupé. « Mauvaise journée?

– En un sens oui, répondit-il.

– Est-ce que tu as descendu quelqu'un? Je veux dire, est-ce que tu en as dégommé un?

– Toute la question est là », soupira-t-il. Elle eut l'air enchantée.

Il dormit mal cette nuit-là. Et quand, à l'aube, il abandonna le sommeil, il savait que les heures à suivre seraient plus moches encore que celles qu'il venait de vivre. Les bribes de rêves qui l'avaient agité n'avaient rien éclairci. Birch n'en finissait pas de l'obséder. Et tout au long des heures sans fin où il avait louvoyé aux franges du sommeil, il n'avait cessé aussi de penser à Fran, à leur liaison, à cette aventure qu'il aurait dû – impérativement – signaler à l'Agence.

En fait, au début, il n'y avait pas attaché suffisamment d'importance. Ce n'était qu'une passade; rien qui vaille la peine d'être déclaré. Pas sérieux – sa grande excuse tenait dans ces deux mots. Puis cela avait duré. Six mois déjà. Et tout en ruminant les désagréables hypothèses de l'affaire Birch, il ne pouvait s'empêcher de penser qu'inévitablement, qu'il le veuille ou non, il devrait parler de Fran. L'Agence est tout sauf une ligue de vertu. L'infidélité ne nous pose pas de problème, pour autant qu'elle soit de cet ordre, c'est-à-dire conjugale, et que tout soit noté, vérifié, contrôlé par les instances compétentes. A la vérité, en règle générale, nous aurions plutôt tendance à favoriser les liaisons, disons, intra-organisationnelles. A l'instar du fameux slogan : le fabricant conseille, pour un rendement optimal, de n'utiliser pour les stylos de sa marque que l'encre de sa fabrication.

« Je suppose que ce n'est pas pour moi que tu t'es fait si beau?

– Faut que j'aille au bureau.

– Oh! laisse tomber. J'avais prévu un tas de choses pour aujourd'hui. »

Elle tourna le bouton sous la bouilloire de cuivre. L'eau bouillonna presque aussitôt.

« Tu sais, c'était un peu risqué de venir ainsi sans t'annoncer.

– Je croyais que le risque, c'était ta spécialité. Il me semblait même que tu en vivais.

– Il y en a qui pourraient très mal le prendre. »

Elle tenait la bouilloire en main; l'eau s'écoulait dans le filtre de la cafetière brune, celle que Janet utilisait toujours. « Et il faut qu'on protège les pauvres petits, c'est ce que tu veux dire?

– Je dis simplement qu'il vaut mieux passer un coup de fil avant. C'est tout. De nous deux, remarque, ce n'est jamais moi qui ai interdit à l'autre de venir.

– D'accord, Richard. On ne va pas revenir sur cette histoire. C'est réglé. »

Il avait découvert son secret tout à fait par hasard, un samedi où il n'avait rien à faire. Et il en était résulté leur seule dispute. Il était passé chez elle, mais il n'y avait personne. Par chance, la vieille dame qui logeait sur le même palier sortait de chez elle.

« Vous cherchez Fran Larsen?

– Rien d'important, fit-il. J'étais venu dire bonjour en passant...

– D'habitude, le matin, elle est à l'usine Torpedo. Je pense que vous pourriez la trouver là-bas.

– L'usine Torpedo?

– Près de la rivière, dans la vieille ville. C'est devenu un centre artisanal, comme on dit maintenant. Elle y a un petit coin. Adorable. Au deuxième. Elle a tellement de talent. »

Quand il découvrit l'endroit, il fut surpris de ne l'avoir jamais remarqué auparavant. C'était un entrepôt énorme, pas du tout le style des boutiques rétro et autres restaurants dans le vent qui existaient alentour. L'intérieur était un vrai souk. Des potiers, des peintres, des spécialistes du batik, des sculpteurs, des relieurs, des photographes. Chacun avait son alcôve. Les familles défilaient, regardant ce qui était à vendre, soupesant les bols et les plats, souriant aux images puissamment colorées, palpant les tissages. Harper finit par découvrir Fran, penchée sur une flamme dans l'un des stands à l'étage. Il se glissa derrière elle pour l'observer. Elle présentait une tige de verre au feu d'un bec Bunsen, l'étira vivement quand l'incandescence fut atteinte et fixa le filament sur la pièce qu'elle travaillait, un délicat petit bateau tout en transparence, filé de cristal. C'était compliqué et magnifique, un clipper échappé d'un rêve d'enfant. Partout sur les étagères autour d'elle, des fleurs et des figurines, de minuscules animaux et de fulgurantes abstractions. Fran prit conscience d'une présence derrière elle : « Si quelque chose vous plaît, fit-elle sans lever les yeux, n'hésitez pas à demander et je vous donnerai le prix.

– Tout me plaît, sourit-il.

– Richard! » Elle se tourna vers lui, le verre encore mou retomba sur la pièce. « Ah! merde, c'est foutu.

– C'est ma faute, s'excusa Harper. J'étais loin de me douter que tu avais une affaire. »

Elle baissa la flamme et posa la tige de verre sur une plaque d'amiante.

« Ce n'est pas exactement comme cela que je vois la chose.

– Elles sont très belles. Tu as un talent fabuleux. »

Elle paraissait nerveuse, embarrassée presque. Harper fit un pas vers une étagère et s'accroupit pour mieux examiner une pièce plus petite.

« Je suis occupée toute la journée, s'excusa Fran. Plus tard peut-être, si tu es libre.

— Je suis libre toute la semaine. Elle a dû s'absenter. Je peux rester te regarder faire quelque chose?

— C'est un travail où l'on doit être seule, concentrée sur ce qu'on fait. Nous pouvons dîner ensemble.

— Cette pièce... (il la désignait du doigt sans oser la toucher), elle est vraiment merveilleuse. Précise. Ces courbes... C'est vraiment un art, non? »

Il avait cru lui faire un compliment, mais elle n'avait pas l'air contente.

« C'est surtout quelque chose que je fais, c'est tout.

— Quelque chose qui dure...

— De très fragile, au contraire. C'est ce qui m'attire dans ce travail. La moindre chose peut tout faire voler en éclats. Et parfois le cristal lui-même devient cassant. Un changement de température suffit à le fissurer. Ou son propre poids. Ces objets sont consacrés à l'éphémère. Ils ne dureront pas.

— Obsolescence planifiée, plaisanta Harper, qui s'évertuait à décrisper l'atmosphère. Le client est forcé de revenir. Excellent pour le business...

— Si ça ne te fait rien, j'aimerais autant que tu ne viennes plus ici. » Le ton était solennel. Il respecta son désir, et elle n'y fit plus jamais allusion.

Debout dans la cuisine, Harper regrettait déjà d'avoir évoqué leur seul accroc. Il n'avait pas voulu être mesquin, ni chercher une mauvaise querelle; suggérer un parallèle, d'accord, mais c'était tout. Une relation impliquait, de part et d'autre, des zones réservées...

« Tu as des secrets et j'ai les miens, expliqua-t-il.

— Je suppose que c'est ce qui nous lie. Grâce à eux, nous pouvons imaginer des choses.

— J'imagine », fit-il.

Elle sourit. Elle n'était pas fâchée, et lui pas davantage. Tout était pour le mieux. Dans le secret et pour le mieux.

« Tu pourrais te déclarer en congé aujourd'hui, proposa Fran. Prendre un peu de bon temps.

— J'ai certaines choses à terminer.

— Nous pourrions en commencer d'autres.

— Je suis désolé. Le devoir avant la rigolade.

— Ton devoir, c'est de la rigolade », laissa-t-elle tomber.

3.

Donna Birch avait fini de repasser les chemises de son mari et cherchait déjà autre chose à faire. L'intrigue du show policier à la télé lui avait échappé et l'épisode suivant ne commençait que dans une demi-heure. Elle alla chercher l'uniforme d'été dans le placard. Jerry ne voulait pas qu'elle fasse ses kakis ou ses tenues de corvée. Trop de chipo, disait-il, l'empesage et tout ça. Elle rectifia soigneusement les plis du pantalon vert, puis fit courir le fer le long des galons sur la vareuse. Il paraissait tourmenté quelquefois à l'idée de ne pas en avoir plus. Pour elle, c'était tant mieux. Plus de décorations ou de galons aurait signifié son envoi dans les zones de combat; avec pour elle le risque de le perdre. Elle remerciait le ciel que tout se fût passé ainsi.

Elle débrancha le fer et le redressa pour qu'il refroidisse. Elle allait pouvoir remettre le conditionnement d'air en marche sans faire fondre les fusibles. Elle mit sur *low* et se planta devant, près de la fenêtre, laissant le courant d'air frais glisser sur elle, s'insinuer sous la moiteur de sa blouse. La rue était déserte et rien n'annonçait la venue de son mari.

Donna s'inquiétait parfois à son sujet. Depuis sa réaffectation, au retour du Japon, il paraissait si nerveux. D'abord elle n'y avait pas prêté attention, avec le déménagement, les nouveaux amis et tout ça. Oui, bien sûr, les extra, c'était fini, et on sentait la différence. Mais il trouverait vite un nouveau filon, et en attendant ils étaient O.K. Bien mieux que tout ce qu'ils auraient pu espérer ailleurs. L'armée avait été bonne pour eux. Il n'y avait pas lieu de se plaindre.

C'était d'ailleurs ce qu'elle ne cessait de lui répéter. Il n'y avait pas de quoi s'en faire. L'argent n'avait pas d'importance. Au fil des mois pourtant, et bientôt des années, il s'était aigri, refermé sur lui-même. Il avait commencé à boire; pas beaucoup, un verre ou deux chaque soir, un Bourbon-gingembre, mais auparavant il n'en avait jamais éprouvé le besoin. Il se plaignait aussi de son boulot. Rien d'intéressant, disait-il, que de la paperasserie. A tout prendre, il aurait aussi bien pu être gratte-papier à la 4ᵉ Cie Spéciale. Les officiers étaient carrément à côté de leurs pompes. Il y avait ceux qui n'y connaissaient rien et ceux qui se prenaient pour Napoléon.

Peut-être qu'il devrait tenter sa chance pour le brevet d'officier. Plusieurs personnes l'encourageaient dans ce sens; il pourrait aller voir son chef de corps.

« Non, bébé, disait-il toujours, c'est pas mon rang. » Le plus gênant, c'est qu'elle n'avait vraiment aucune idée de ce qui pouvait le tracasser. Une copine à elle, la marrante d'à côté, lui avait donné un bouquin sur les phases de la vie du couple qui lui expliquerait tout. La démangeaison des sept ans, avait-elle dit. T'as intérêt à être prudente. Mais cela faisait douze ans qu'ils étaient mariés. Le livre était plein d'histoires sur des couples où plus rien n'allait. Si c'était pas une chose, c'était une autre. Sam J. avait peur de vieillir. Susan T. n'était pas comblée, comme femme. Donna ne savait plus trop où elle en était, même après avoir tout lu jusqu'au bout. Chaque période de la vie semblait donner de bonnes raisons de découcher. Mais la question ne s'était jamais posée entre Jerry et elle.

« Tu les imagines, tous ces mecs bien balancés et tout, avait encore dit la copine. Avec toujours des jeunots qui arrivent et qui les poussent vers la sortie. Comment tu serais, si t'avais toujours autour de toi des gamines ronronnantes? Tu te baladerais bien vite sans soutien-gorge et le feu au cul, rien que pour ne pas déchoir à tes propres yeux. Nos hommes, c'est pareil. Il deviennent salauds parce qu'ils ont peur d'être dépassés. »

Mais Jerry, ce n'était pas son style. Toujours calme et gentil – déjà quand il était gosse. Il n'avait jamais profité de ce qu'ils allaient se marier pour... Oh! elle n'aurait pas refusé! Mais il ne l'avait jamais poussée à faire ce qu'ils découvrirent ensemble durant leur nuit de noces. On pouvait trouver cela ridicule et vieux jeu, mais il était comme ça. Et elle en était fière.

Ils étaient mariés depuis quelques années quand on l'avait

muté au Japon. C'est là qu'ils avaient rencontré ce type si gentil qui travaillait pour une firme européenne et qui lui avait filé du boulot à côté. Elle n'avait jamais très bien compris de quoi il s'agissait; trop technique pour elle. Mais cela avait signifié beaucoup d'argent pour eux – des vêtements, des meubles, de quoi décorer la maison. Cela voulait dire aussi Jerry plus souvent absent le soir, parti pour des réunions. Mais elle l'avait supporté sans peine : il avait l'air si content de ce travail.

L'essentiel était là, en fait : depuis leur retour aux States, Jerry n'était plus jamais bien dans sa peau. Il lui arrivait même de la brusquer maintenant. Pas souvent, mais cela lui ressemblait si peu qu'elle en était profondément bouleversée. Il pouvait être sarcastique, blessant, et elle ne savait même pas où il avait pu apprendre à l'être. Un jour, il avait critiqué la décoration de leur appartement : c'était minable, avait-il déclaré, un vrai bordel japonais. Et quand elle avait suggéré de changer quelques meubles et le papier du mur, il lui avait rappelé qu'ils n'avaient plus de pognon à foutre par les fenêtres.

« Ils ont toujours été contents de toi, à Tokyo, avait-elle argumenté un soir. Peut-être que nous pourrions quitter l'armée et retourner là-bas. Tu n'as jamais demandé s'ils pouvaient t'employer à temps plein?

– Ce ne serait plus la même chose.

– Tu n'en sais rien. Ce serait peut-être mieux.

– Je sais ce que je sais », avait-il coupé. Elle avait posé sa main sur la sienne. Il était si crispé. « Je sais ce qui est et je sais ce qui n'est plus. Si tu veux me faire plaisir, tu te tais.

– Parfois ça aide, de pouvoir dire les choses.

– Et parfois, c'est impossible, Donna. »

Bref, après ce coup de téléphone, l'autre nuit – une voix étrangère la réveillant, lui demandant à parler à Jerry, puis quelques mots échangés seulement –, elle avait été contente de le voir se dérider, s'épanouir à nouveau. Elle ne lui posa pas de question sur le moment. Le lendemain, oui. Il resta évasif, mais elle avait insisté.

« C'est quelque chose de bien, hein, Jerry?

– Fais-moi confiance », avait-il répondu. Elle n'avait pas compris ce qu'il voulait dire : elle lui avait toujours fait confiance.

Donna essaya de retrouver le fil du feuilleton à la télévision, mais c'était sans espoir. Le scintillement hypnotisant du tube ne parvenait plus à la captiver. Elle se leva, rangea le fer et la table à repasser, déplaça quelques figurines sur l'étagère. Ils avaient une pièce en plus, maintenant, spécialement destinée au bricolage et aux corvées du ménage, mais elle ne pouvait se résoudre à la laisser en désordre. Elle prit son nécessaire à coudre, entendit une clé impatiente dans la serrure, déposa aussitôt le panier pour aller à sa rencontre.

« Tu m'attendais derrière la porte? » demanda-t-il, apparemment ravi. Il l'embrassa − trop brièvement à son gré − puis fila vers la cuisine. Non, il n'y avait pas d'autre femme. Elle s'en rendrait compte plus tard : elle ne l'avait jamais vraiment soupçonné. C'était trop ridicule.

« Je crois que je vais finir par ravoir ce boulot, fit-il en se versant un verre. Tu bois quelque chose aussi... pour fêter ça.

− Jerry, c'est formidable! C'est pour les mêmes gens?

− Un petit bourbon, peut-être? (Il n'avait pas l'air d'avoir entendu.)

− Est-ce qu'il y a du vin?

− Bien sûr.

− C'est toujours pour cette firme européenne? Je ne savais pas qu'ils travaillaient par ici?

− C'est assez ou tu veux un grand verre?

− C'est parfait comme ça. »

Il se tourna vers elle. « Tout ira mieux maintenant. Je te le promets. »

Elle sourit et humecta ses lèvres de vin. « Si tu es heureux ainsi, murmura-t-elle.

− J'ai enfin l'impression de vivre, de ne plus gâcher mon temps.

− Je t'aime », ajouta-t-elle. Et elle fut troublée par cette pensée que l'amour, pour lui, ne semblait pas suffisant, alors qu'il était tout pour elle.

« Je t'aime aussi. »

L'hypothèse d'une autre femme n'avait pas de sens. Elle insista sur ce point au cours des interrogatoires, affirmant qu'elle avait ses raisons pour le croire, qui ne regardaient qu'elle. Puis, comme nous insistions, et parce qu'elle-même ressentait le besoin de prouver qu'il méritait cette confiance qu'elle lui témoignait, elle nous raconta ce qui se passa ensuite ce soir-là. Ils étaient allés s'asseoir ensemble, devant la télévision, pour finir leur verre. Sans rien se dire. Puis il s'était levé, l'avait prise par la main, l'avait entraînée dans leur chambre. Ils avaient fait l'amour, merveilleusement. Il lui avait dissimulé bien des secrets, mais elle était sûre au moins d'une chose, comme elle était sûre de l'honneur de son mari : il n'y avait personne d'autre. Quelques-uns d'entre nous furent d'avis que cette fidélité était crédible; et même, sous certains aspects, digne d'éloges. Tragique aussi, si nous voulions bien, un instant, oublier ce que nous étions.

4.

Au point où nous en sommes, vous vous demandez sans doute qui je suis et comment je peux prétendre à la connaissance des faits que je relate : la question des sources et de la méthode, en somme. Bonne question d'ailleurs. Mais comme toute interrogation sérieuse, celle-ci mérite qu'on l'aborde par la bande.

J'ai passé toute ma vie à l'Agence. En dehors d'elle, je n'ai pas de nom et j'apparaîtrai donc comme tel dans ces lignes. Dans les organigrammes que les journaux s'évertuent à publier régulièrement, je suis l'une de ces cases vides, qu'ils signalent d'un point d'interrogation. J'attache à cet anonymat, le mien, la plus grande importance. Comme je tiens à taire les noms de ceux dont je raconte l'histoire. Ceux que je leur ai donnés dans ces pages – Harper, Birch, Roubachov, Kerzhentseff – ont une certaine résonance, bien sûr; ils sont à la fois faux et vrais. Mais je suis tenu à certains secrets, et ces identités sont du nombre.

Je relève depuis toujours du contre-espionnage dans cette maison. C'est ainsi que j'ai pu avoir connaissance de cette histoire, que j'appellerai ici d'un nom de code imaginaire : CONVERGENCE. J'ai soigneusement étudié les pièces du dossier – pendant et après l'affaire. De tous les acteurs, Harper était le seul que je connaissais déjà auparavant; personnellement je veux dire. Nos relations avaient toujours été cordiales. Pour quelque obscure raison, il ne m'attribuait pas cette tournure d'esprit perverse qui afflige, selon lui, le monde du contre-espionnage. Peut-être était-ce simplement par déférence pour mon rang et mon ancienneté. Quant aux autres, il m'est arrivé d'en recontrer certains, mais je suis parvenu à tous bien les connaître. J'ai lu chaque transcription, écouté toutes les bandes. J'ai passé en revue le résultat de toutes nos surveillances (de ceci, je ne pourrai malheureusement pas révéler grand-chose). J'ai épluché tous les rapports de Harper, toutes ses notes même, chez lui et à l'Agence. Les Russes, bien sûr, c'est autre chose. Je ne prétends pas pouvoir parler à leur place. Je ne puis les interroger, il me faut donc imaginer. Nous avons des données pourtant. Nos dossiers sur eux sont impressionnants. Et surtout très intéressants, comme on pourra en juger.

La connaissance que j'ai (ou crois avoir) des faits, soulève évidemment d'autres questions. Cette connaissance est-elle complète? Et que penser de l' « historicité » de ce que je raconte, indépendamment des changements de noms que je viens d'évoquer? Le renseignement, hélas, se prête mal au genre historique. Les stratagèmes qu'il met en œuvre opacifient la vérité autant qu'ils la mettent en lumière. Les faits s'articulent en fonction de buts toujours différés et secrets. Telle pièce à conviction peut avoir été négligée, ou oubliée. Mais témoignerait-elle de la réalité ou d'un effort pour rendre cette réalité crédible? Nous sommes antihistoriques parce que nous n'agissons dans l'histoire, et peut-être sur elle, que par le mensonge. Délibérément. Les traces que nous laissons ne peuvent être que brouillées ou ambiguës.

Quant aux raisons que je puis avoir de briser aujourd'hui le silence, je laisse au lecteur le soin de s'en faire une opinion. Je pourrais sans peine en dresser une liste : souvenances d'un vieil homme, comme disait le poète, ou besoin de plaider, de se justifier, ou encore, à la limite, d'expier. Mais me connaître, je le répète, ne serait pour vous d'aucune utilité. Que l'on sache simplement et qu'on se rassure : en écrivant, je ne trahis rien; ni principe, ni personne. Ce récit, en définitive, n'est pas mon histoire. Sauf à dire qu'il s'agit de notre histoire à tous, nous qui pensons qu'il y a un prix à payer pour la sécurité. Et donc des victimes.

Deuxième partie

Tokyo, 1971

5.

A l'origine, l'affectation de Harper à Tokyo était tout sauf opérationnelle. Il émergeait à peine d'une très mauvaise affaire. Plutôt ébranlé nerveusement – pour ne pas dire plus – et personne n'aurait été assez fou pour le mettre aussitôt sur quelque chose. C'est vrai que pour certains officiers en proie au doute, le meilleur antidote est encore l'action. Mais Harper était d'une autre trempe. Le type d'intelligence active qui considère les faits, les récapitule, et donc doit avoir le temps d'y réfléchir. A Tokyo, pensions-nous, il serait à la fois sous notre surveillance et pourrait se retaper à son rythme.

On lui confia la responsabilité d'une ou deux opérations moribondes, improductives depuis longtemps mais nécessitant encore un suivi comptable – quelques pensions à payer à de vieux messieurs hors du coup – et une abondance de paperasseries dont chacun savait qu'elle ne serait lue par personne. Lui-même n'avait pas trop conscience de tout ceci, hormis cette certitude que sa carrière stagnait lamentablement. Il ne savait plus très bien où il en était, ni s'il devait s'accrocher ou tout lâcher. Il eût été prématuré de notre part – et incorrect – de forcer sa décision. L'Agence lui accordait un répit, dans tous les sens du terme. Qu'il récupère. Nous saurions alors ce qu'il valait encore, si ses potentialités pouvaient toujours nous être utiles – ou être utiles à d'autres.

Harper vivait seul à Rappongi. C'était avant son mariage. Chaque jour il parcourait à pied la distance qui le séparait de l'ambassade, par le réseau compliqué des ruelles étroites. La ville était reconstruite depuis la guerre, mais l'inextricable labyrinthe hérité des siècles précédents existait toujours. Partout, bien sûr, se dressaient des constructions modernes, impersonnelles et sans style : showrooms, immeubles de rapport, bureaux imbriqués dans le lacis immémorial des rues. Harper recherchait de préférence les artères secondaires, les lieux oubliés, en marge du progrès. Il était séduit par la beauté des maisonnettes et des boutiques, par l'économie des formes et des volumes. L'ambassade elle-même semblait dessinée pour se fondre dans cet environnement esthétique. Elle était grande, bien sûr, et entourée de murs, mais ses lignes parvenaient à recréer cette illusion d'harmonie et de simplicité. Par contraste, la massive rigidité bétonnée des immeubles japonais d'alentour avait quelque chose d'impudique, d'agressivement occidental. Pour occuper son temps libre, Harper s'était remis à lire, de l'histoire surtout, tout le retard accumulé depuis l'école. C'était sa manière à lui de renouer avec son passé. Janet était toujours à Saigon, où elle poursuivait ses activités avec son efficacité coutumière. Ils avaient convenu de se retrouver à intervalles réguliers, en terrain neutre; ni l'un ni l'autre n'évoquaient jamais la guerre. Son existence se trouvait ainsi définie entre deux pôles parfaitement équilibrés : le passé, maîtrisé et aplani dans les livres; le présent − et peut-être le futur − incarné sous les traits d'une femme jeune et jolie, qui l'avait trop connu au plus fort de la crise pour encore éprouver le besoin d'en parler.

C'est finalement la solidité de cet équilibre, plutôt qu'une quelconque volonté de le détruire, qui décida le chef de station à remettre Harper en selle. L'affaire Birch, à ce moment, n'était elle-même qu'un simple travail de routine. Personne ne pouvait en prévoir les développements ultérieurs. Il n'empêche que le choix de Harper se trouva être le bon.

Birch n'était pas venu spontanément à l'Agence. Il avait suivi la voie hiérarchique, le plus tranquillement du monde. Dès le premier contact avec ceux d'en face, il avait fait son rapport à l'officier de la sécurité militaire. C'était à Camp Zama. Les militaires comprirent l'intérêt de l'approche; ils en informèrent l'Agence, via Washington. Les états-majors se rencontrèrent, à Langley et à l'ambassade; on s'observa, on s'épia, on tendit quelques chausse-trapes, et l'on s'accorda finalement, non sans peine ni arrière-pensées.

L'informateur était un sergent de carrière, vingt-quatre ans, spécialiste en électronique dans un centre de commandement à haute classification. Marié, pas d'enfant. Soumis à toutes les enquêtes possibles; une feuille d'habilitation complète. Il s'était engagé en sortant de la high school, excellents résultats à l'instruction militaire. Élevé à la campagne : l'espèce la plus sûre à notre point de vue. Harper avait des doutes, pourtant. Birch avait-il les qualités intellectuelles et la force de caractère suffisantes pour pouvoir se jouer des Soviétiques qui l'avaient approché? Harper n'avait pas manqué de faire part de ses réserves au chef de station : peu de chances qu'un garçon d'origine aussi modeste et de tempérament aussi exemplaire soit jamais tout à fait à l'aise dans le mensonge.

Le permanent s'était contenté de répondre que oui, il comprenait ce type d'inquiétude, mais la nature nous avait dotés, tous, même les plus honnêtes, d'inépuisables ressources de duplicité. Suffisait de trouver la faille. Il ajouta aussi, pour mémoire, que ce n'était pas Harper, mais l'Agence, et donc le chef de station, qui décidaient de l'opportunité d'une opération.

Harper s'était incliné, encore qu'il répugnât à l'idée de céder le contrôle de l'opération à qui que ce fût.

Pour son premier contact avec Birch, Harper choisit Camp Zama. Avant tout, il désirait établir avec un maximum de fermeté sa propre identité aux yeux de Birch. Si l'affaire se faisait, il devrait lancer le garçon dans des actions parfois ambiguës, qui le porteraient à se remettre en question. Il sentait aussi qu'il faudrait ferrer Birch très, très lentement.

Nous étudiâmes avec attention les premiers rapports de Harper sur les séances de formation. Les signes étaient encourageants. A Langley nous étions à peu près tous d'accord pour le reconnaître. Harper lui-même semblait avoir oublié ses premières réticences. Toutes les mesures qu'il prit alors, la moindre de ses actions, étaient motivées par des considérations tactiques.

Camp Zama était l'exacte réplique de toutes les installations militaires qu'il avait connues. Des constructions sans éclat, tristement fonctionnelles, alignées dans l'ordre, à distance réglementaire. Des carrés de cendrée devant chaque baraquement, ratissés à grands traits rectilignes. Même le gravier semblait avoir été peint pièce par pièce. De-ci, de-là, quelque officier entreprenant ou non encore commissionné s'était mis en tête d'égayer son secteur par quelques motifs malhabiles et criards, ou par un minuscule parterre de fleurs. L'effet était d'une tristesse pas croyable.

Le colonel Robertson – le chef de corps de Birch au Centre de transmissions – se révéla être plutôt ouvert et accommodant, encore que passablement intimidé par la procédure. De toute évidence, il était davantage rompu aux formes traditionnelles du secret – celles qui ne nécessitaient d'autres qualités que de savoir se taire – et il ne savait trop comment se plier aux nouvelles dispositions. Il répéta le pseudonyme de Harper – un peu trop haut, comme s'il éprouvait le besoin d'expectorer ce mensonge aussi loin que possible – puis serra vigoureusement la main de l'agent. Il le guida ensuite jusqu'à la salle de conférences contiguë, ou Birch attendait. Il s'éclipsa, laissant les deux hommes.

Birch n'avait vraiment rien d'impressionnant : il était debout, tenant son képi devant lui, attendant qu'on l'autorise à s'asseoir. Rien n'accrochait le regard dans son visage; une courbe sans heurts, des cheveux au menton, sans rien pour distinguer les joues du front, sinon l'emplacement. Cela, plus la coupe de cheveux, très dégagée au-dessus des oreilles, lui donnait une apparence de bébé – enfin presque, car les gosses sont marqués de rides par lesquelles ils expriment leurs joies et leurs désirs. Le visage de Birch était lisse, insaisissable. Des traits, nota Harper, qui ne révélaient à l'observateur que ce que celui-ci voulait y trouver.

« Je m'appelle Jerry Birch, monsieur, fit-il en tendant la main.

– Richard Harper. L'autre nom était une couverture, pour assurer notre protection à vous et à moi... Si vous preniez un siège?

– C'est vraiment mon nom, précisa Birch.

– J'espère bien, fit Harper. Nous avons tous les deux intérêt, dès le début, à nous dire toute la vérité, vous ne croyez pas?

– Ce que je veux dire, c'est qu'il y en a qui croient que mon vrai nom, c'est Gérald ou Gérard. Mais mes parents m'ont vraiment baptisé Jerry. C'est comme ça que c'est écrit sur mon acte de naissance. »

Harper sourit, mais sans insister. Un type positif, prosaïque. C'était parfait. Dans l'espionnage, le goût de l'ironie n'était pas vraiment indispensable pour tout voir et entendre à demi-mot.

Il commença par expliquer à Birch qui il était. L'Agence et tout ça. Le Renseignement militaire était d'accord pour passer la main aux civils dans cette affaire. Ses supérieurs en avaient été avisés et dorénavant, c'était à lui, Harper, et à personne d'autre, que Birch devrait faire son rapport.

« Je sais que vous vous rendez compte de l'importance et de la gravité de ce travail, prévint Harper.

– Je crois, oui...

– J'aurai l'occasion d'être plus explicite, mais plus tard. Quand nous aurons progressé. En attendant, j'aimerais que vous me parliez de votre premier contact. Notre temps est assez limité, mais je crois qu'il est important de savoir exactement ce qui s'est passé.

– Comme vous voudrez, monsieur. J'espère seulement que je n'ai pas fait de gaffe.

– Qu'est-ce qui vous fait croire que vous avez pu en faire?

– Euh... C'est qu'on ne reçoit jamais de directives dans ces cas-là, s'excusa Birch.

– Pour la bonne raison qu'il n'y en a pas à donner.

– La première fois que je l'ai rencontré, commença Birch, c'était tout à fait par hasard. Ma femme et moi, on était sortis en ville. Après dîner, on est allés dans un bar; il est venu s'asseoir près de nous. Il a tout de suite entamé la conversation. Très familier, vous voyez ce que je veux dire... Je me disais que peut-être je l'avais déjà rencontré, mais impossible de le resituer. C'était... comment dit-on encore? Un mot français, quand vous avez l'impression d'avoir déjà vu quelque chose auparavant, mais que vous n'êtes pas sûr. Comment appelle-t-on ça?

– Être sous influence? suggéra Harper.

– Non. Un autre mot. Bref, il avait un drôle d'accent. C'était pas un Japonais. Un Blanc, vous voyez? Il n'y avait que nous, là-bas, alors je ne me suis pas posé de questions sur sa gentillesse. Il a payé une tournée de Suntory, la camelote qui est supposée avoir le goût du bourbon. Puis, j'ai fait de même. Il racontait qu'il était dans les affaires; pour une firme européenne, dont il avait la représentation. Je lui ai dit ce que je faisais. L'armée, je veux dire. Rien de précis. Je m'attendais d'ailleurs à ce que les choses en restent là. Enfin, euh... les gens ne sont pas tellement portés à fréquenter les militaires. Avec ce mec-là, le scénario a été différent. Il a continué à bavarder, et même avec ma femme. Qui était ravie. Ce qu'il y a de bien, dans le service outre-mer, c'est qu'on rencontre plein de monde, des gens différents. »

C'était trop beau pour être vrai. Vraiment trop beau. Pourtant Harper avait envie d'y croire. Peut-être à cause de l'inconscience totale de Birch; ou alors c'était son naturel, ce calme, cette absolue indifférence. Si l'on pouvait prendre Birch en main, l'entraîner à contrôler ses dons, les mettre au service de quelques objectifs précis, il serait étonnant.

Birch raconta encore comment il avait donné son nom à l'homme, son numéro de téléphone, et comment en retour l'inconnu lui avait communiqué ses coordonnées. Il disait s'appeler Nowicki.

« Vous lui avez filé votre numéro au boulot?

— Non, monsieur.

— Pourquoi?

— Il me semblait que ce n'était pas bien.

— Donc, vous aviez des doutes...

— Non, monsieur. Pas vraiment. Je m'imaginais seulement que mon travail, c'était mes affaires.

— Peut-être que vous n'aviez pas tellement envie qu'il vous appelle là où d'autres pouvaient vous entendre?

— J'ai parlé de lui au colonel dès le lendemain, protesta Birch. Je m'en foutais de ce qu'il pouvait savoir. J'ai raconté au colonel que j'étais sorti à Tokyo et qu'on avait rencontré un type vraiment intéressant.

— D'où pensiez-vous qu'il était originaire, ce Nowicki?

— Il disait qu'il se sentait européen, expliqua Birch. Avec toutes ces guerres, ces personnes déplacées... les nationalités, cela ne voulait plus dire grand-chose, selon lui.

— L'accent russe? Vous avez déjà entendu?

— Au cinéma, oui. Greta Garbo, je crois, à la Dernière Séance. A moins que ce ne soit de l'allemand?

— Vous n'avez rien remarqué de particulier dans son accent?

— Il parlait vraiment bien l'anglais. Je n'ai eu aucun mal à le comprendre, c'est tout ce que je peux dire. »

Harper se leva brusquement. Birch le suivit des yeux. Harper nota une certaine curiosité dans son regard. « Allez-y, Birch. Ne vous arrêtez pas pour moi. »

Il avait espéré le déstabiliser, mais le jeune homme restait calme, confiant, sûr de lui.

Nowicki ne l'appela que deux semaines plus tard. Il se souvenait des dates. Elles coïncidaient avec les premiers rapports. Tout coïncidait, jusqu'au whisky japonais, qui était censé avoir le goût du bourbon.

« Vous êtes sûr de ces dates, Birch?

– Oui, monsieur.

– Vous avez pris note? Et pourquoi à ce moment-là?

– Je me souviens parfaitement de tout. Les noms. Les chiffres. C'est comme s'ils se fixaient dans ma tête; en tout cas quand j'en ai envie. Ma femme dit que c'est un don.

– Très bien, Birch. »

Nowicki voulait les avoir à dîner, lui et sa femme. Birch accepta, contre la promesse qu'il viendrait à son tour manger à la maison. Ce qui fut convenu. Ils se rencontrèrent à deux reprises, tous les trois. Ils parlèrent de choses et d'autres, rien de très intéressant. Birch était prêt à rapporter tout, mot à mot, mais Harper le pressa d'aller à l'essentiel. Chez Birch, Nowicki avait avisé quelques livres d'électronique, sur une étagère, et avait posé quelques questions.

« Je lui ai dit que c'était pour mon boulot, fit Birch. On en a parlé un moment. Mais vous pouvez être sûr que je n'ai rien dit de ce qui pouvait être classifié. Cela ne m'a pas paru louche non plus. »

A leur troisième rencontre, Birch était seul. Sa femme était grippée, mais elle avait insisté pour qu'il aille au rendez-vous. Nowicki l'emmena dans un restaurant français, celui de l'hôtel *Okura*, au dernier étage de l'immeuble. Ils purent apprécier la vue – imprenable – sur la Tour de Tokyo, les cocktails servis en apéritif et la musique éthérée de deux musiciens, flûtiste et harpiste, jouant à un bout de la grande salle.

« Quand j'ai vu les prix sur la carte, j'ai dit à M. Nowicki que c'était trop cher, que je ne pourrais jamais lui rendre la pareille, pas avec un salaire de E-6. Il s'est contenté de faire un geste vague : c'était sa société qui payait. Il ajouta que de toute façon, ce n'était rien comparé à la cuisine de ma femme qui, elle, n'avait pas de prix. Je lui ai parlé du PX. Je crois que j'ai même proposé de lui rapporter quelques bricoles, des alcools américains, des choses comme ça. Il a remis ça sur ma situation matérielle, qui devait être pénible pour quelqu'un comme moi qui aimait les bonnes choses de la vie. Je lui ai expliqué que, Dieu merci, je n'avais pas tellement des goûts de luxe; cela dit, si je pouvais passer E-7, je ne cracherais sûrement pas sur la différence. " Les goûts ne se révèlent que si l'occasion se présente ", qu'il m'a dit alors, et il m'a demandé si je n'avais jamais pensé à me faire un petit supplément. Je lui ai répondu que ce n'était pratiquement pas possible hors des States. A Fort Meade, j'avais fait un peu de réparation T.V., rien de très important.

— Est-ce qu'il a eu l'air intéressé par votre affectation à Meade?

— Je ne suis pas sûr d'avoir mentionné l'endroit. On a parlé télé.

— Je croyais que vous aviez une mémoire d'éléphant, Birch? » Harper paraissait regarder ailleurs.

« Il n'a pas été question de Meade ce soir-là. » Birch avait haussé le ton. « Mais je lui en ai parlé.

— A propos de l'école de la Security Agency?

— Non, monsieur. On n'a jamais abordé ce point.

— Mais vous aviez l'impression qu'il savait?

— Pas à ce moment, non. J'ai l'impression que vous ne comprenez pas vraiment comment il agissait.

— Oh! il me semble qu'au contraire je vois très très bien. » Harper le regardait fixement maintenant. « Cela n'a rien de très compliqué, tout de même. Ou je me trompe?

— Vous voulez dire que j'aurais dû me rendre compte, n'est-ce pas? Eh bien, ça ne m'est jamais venu à l'esprit. »

Harper aurait pu dire ou faire quelque chose pour calmer l'anxiété du garçon, mais il se contenta de hausser les épaules en conseillant à Birch de poursuivre.

« Quelques jours plus tard, il appela pour m'annoncer que sa société avait besoin de quelqu'un, un conseiller en électronique. Pas pour des trucs importants. Des petits problèmes. Un boulot de consultant – c'est ainsi qu'ils appellent ça. Je lui ai répondu que je ne connaissais personne dans cette partie. Il a expliqué que c'est à moi qu'il pensait. J'ai eu beau lui dire que j'étais pas spécialiste, il insistait : c'est sûr que je pouvais faire l'affaire. Il a répété que c'était rien de très compliqué, sinon ils auraient fait venir un technicien d'Europe, quelqu'un de la maison mère. Il a ajouté que c'était bien payé. Je lui ai dit que je ne voulais pas d'argent, à moins de l'avoir mérité.

— Admirable, Birch.

— Je suis comme ça, j'y peux rien.

— La question, précisément, est de savoir comment vous êtes. » Harper avait haussé le ton, faisant tressaillir Birch. « Oui, c'est bien ce qui me tracasse », ajouta-t-il aussitôt d'une voix plus douce, et peut-être plus inquiétante. « Qui êtes-vous au juste?

— Je ne comprends pas très bien ce que vous voulez dire », hésita Birch. Il avait l'air de s'excuser.

« Je pense que nous finirons pas comprendre, vous et moi, ensemble. Mais je vous ai interrompu, Birch. Continuez. »

Nowicki avait amorcé l'hameçon avec prudence. Birch, qui ne soupçonna même pas le barbillon, reçut plusieurs centaines de dollars au cours des premières semaines, en échange de quelques solutions à d'innocents problèmes – aucun n'ayant trait à une question militaire. Puis, insensiblement, Nowicki s'était mis à ferrer.

« Il a voulu connaître quelques spécifications techniques. Classifiées cette fois. Rien de vraiment important. Confidentiel tout au plus. Je ne sais pas trop si je peux vous en parler.

– J'ai lu les rapports, rassura Harper. Je sais parfaitement de quoi il retourne. Alors, de grâce, pas d'affolement déplacé : j'ai tous les degrés de sécurité souhaitables.

– C'est simplement que vous êtes un civil et tout ça.

– Et puis aussi le fait que je n'ai pas d'accent bizarre, ni d'attaché-case bourré de liasses...

– Là, vous êtes dur, protesta Birch. J'ai été surpris par la demande de Nowicki. Et puis il commençait à m'inquiéter aussi.

– Vous lui avez dit que c'était du matériel classifié?

– Je lui ai dit, oui.

– Très bien », approuva Harper. Il s'installa derrière la table et s'appuya sur ses coudes. « Et vous avez refusé de lui communiquer le renseignement?

– J'ai essayé. Mais il ne voulait rien entendre. Il disait que sa firme s'efforçait de décrocher un contrat aux States, et qu'ils voulaient avoir une chance contre leurs concurrents sur place. Il n'y avait pas de mal à leur filer l'information, puisque en définitive c'était une fourniture qui nous reviendrait.

– Et vous lui avez répondu quoi?

– Je l'ai remercié pour l'extra, mais je n'avais pas la réponse à sa question. "Vous pourriez la trouver", qu'il m'a dit alors. Je lui ai expliqué que cela risquait d'être long, et que de toute façon je n'étais pas autorisé à en discuter avec quelqu'un qui n'avait pas le degré de sécurité adéquat. Il m'a répondu que ce n'était pas urgent. Je n'avais qu'à prendre mon temps et réfléchir. Il m'a refilé encore un peu d'argent.

– Combien?

– J'ai voulu refuser, mais il insistait. Une avance, qu'il disait. Des arrhes.

– À combien vous a-t-il acheté, Birch?

– Il n'a rien acheté du tout. Cent dollars. Je les ai toujours. Il me les a donnés en billets. Écoutez, je suis tout prêt à vous les retourner si c'est nécessaire.

– Et en tout, combien vous a-t-il avancé?

– C'était pas des prêts. Je ne lui dois rien.

– Oh! que si. De son point de vue, vous êtes engagé jusqu'au cou. Il en exigera la contrepartie, soyez-en sûr.

– Il m'a versé 325 dollars, y compris les derniers cent billets.

– Et si je vous dis que je m'attendais à plus, à beaucoup plus, insinua Harper, vous avoueriez combien?

– Je vous ai dit tout ce qu'il y avait. Sauf si vous voulez parler des repas. Oui, c'est plus si on compte les repas.

– Pourquoi vous bloquer sur une somme aussi ridicule? Nous n'en ferons pas un drame, si c'est quelques centaines de plus. Vous n'avez pas les moyens de tout nous reverser : nous le comprenons parfaitement. Ce n'est pas l'argent qui nous intéresse, Birch. C'est la vérité.

– C'est comme je vous dis, monsieur Harper. Il m'a donné 325 dollars, très exactement. Plus quelques bons dîners. »

Harper aurait pu insister, harceler le jeune homme. Mais il était clair qu'il n'en démordrait pas. Ce qui en somme était assez encourageant – je parle de sa fermeté. Mais nous ne savions pas, bien sûr, s'il pouvait être formé à devenir aussi ferme dans le mensonge.

« Pourquoi avoir attendu si longtemps avant de nous faire part de votre contact avec Nowicki? interrogea Harper. Vous avez touché du fric, peut-être trois cents tickets, peut-être plus, pour fournir des informations à quelqu'un dont vous n'aviez aucune raison de croire qu'il était ce qu'il prétendait être. Et puis tout à coup, vous semblez avoir les jetons.

– Il n'y avait jamais rien eu de classifié avant. J'aurais dû être plus malin, je sais. Ou ne jamais le rencontrer. Ou refuser le moindre cent. Il ne serait rien arrivé de tout cela.

– Un type à l'accent slave vous file du pognon quand il apprend que vous bossez dans un secteur protégé. Allons, sergent Birch. J'ai vu vos tests, je connais votre Q.I., j'ai lu votre dossier : je sais donc que vous n'êtes pas un imbécile. »

Harper avait construit tout son interrogatoire en fonction de ce point précis, de cette interrogation ultime. Il ne quittait plus Birch des yeux, guettant la plus infime réaction, le plus petit signe de faiblesse : cette fragilité qui risquait d'être le vrai problème, s'ils en venaient à travailler ensemble. Ce n'était pas tant la vérité ou le mensonge qu'il cherchait à repérer – en fait, il croyait que Birch disait vrai – qu'une certaine force de caractère, qu'une certaine aptitude à rendre les choses plausibles, crédibles. Toutes qualités indispensables à l'exécution de ce qui devait être sa mission. Birch rencontra son regard, calmement cette fois.

« Je regrette de ne pas en avoir parlé plus tôt, fit-il. Vraiment, je regrette. Mais dans un premier temps, il n'y avait vraiment pas de quoi faire un rapport.

– En somme, ce que vous me demandez de croire, c'est que vous êtes le roi des jobards.

– Si vous estimez que c'est le mot juste, oui, je suppose que c'est ce que je suis. »

Pas mal. Tout ça n'était pas mal. Il tenait bon, inflexible sur les faits, mais pas sur la défensive. Il ne plaidait pas une cause. Simplement, il rapportait ce qu'il savait. Harper était très emballé par les potentialités qu'il lui découvrait.

« Je suppose que ceci va ruiner ma carrière, conclut Birch.

– Disons que le cours en sera modifié, corrigea Harper.

– Je vais perdre mon degré de sécurité.

– Vous en aurez d'autres. Plus élevés. Il y aura une enquête... J'espère que vous ne nous cachez rien.

– Je croyais que c'était cela, l'enquête. Je n'y suis plus du tout.

– Simple routine. Qui ne concernait que votre contact avec Nowicki. A présent, c'est justement ce problème qu'il va falloir approfondir. D'abord, j'attends de vous que vous contactiez Nowicki – ou celui qui se fait appeler ainsi. Vous lui annoncez que vous cherchez à avoir ce qu'il demande.

– Mais c'est illégal.

– Sergent Birch, notre intention est de vous retourner contre cet homme et ceux qui sont derrière lui. Cela ne se fera pas en un jour. Nous devons vous former. Ce qui n'ira pas sans risque. Personne ne doit être mis au courant. Je dis bien personne, en dehors de vous et moi. Ni vos supérieurs, ni votre femme. Vous allez vivre dorénavant du mensonge et dans le mensonge. »

Harper ne lui donna ni l'occasion d'hésiter ni celle de reculer. On ne demande pas sa permission à un homme lorsqu'on le soustrait à la vie vraie, à la reconnaissance des autres. On se contente de poser les conditions, c'est tout. Et celles-ci sont

toujours fort abstraites au moment du recrutement et relativement
excitantes à certains égards : la réalité ne devient évidente que
plus tard. Trop tard. Et il n'est plus question de faire marche
arrière.

« Est-ce que vous vous croyez capable d'apprendre à évoluer
dans le mensonge?

— Mentir à M. Nowicki? demanda Birch.

— Mentir à tout le monde. Sauf à moi.

— Est-ce que c'est pour le bien du pays?

— Le plus grand bien du pays », assura Harper. Et sur le
moment, il détesta son cynisme. « Toujours pour le plus grand
bien.

— Il faut que je vous dise : je peux à tout moment être appelé
pour le Vietnam. J'attends ma feuille de route...

— Il y aura un contrordre.

— Vous pouvez faire cela?

— Nous le ferons. Vous n'êtes jamais allé au combat?

— Non, monsieur. Ce devait être ma première affectation.

— Vous ne regretterez pas d'avoir manqué le coche. Ça non, je
puis vous le garantir.

— Je ferai tout ce que vous voudrez.

— Ce sera tout sauf une planque, ici, continua Harper. Ce sera
aussi la guerre. D'une espèce plus particulière. Plus personnelle.
Plus intense. Mais sans gloire.

— Je veux seulement être utile », assura Birch. Et Harper se
souvint de ces mêmes mots, modestes, gravés sur le fronton du
tribunal de New Haven et attribués à Nathan Hale. Peut-être que
c'étaient de simples mots, ni plus ni moins éloquents que d'autres.
Peut-être était-ce pour cette raison qu'on les avait immortalisés
dans la pierre à New Haven; peut-être que c'était pour cette
raison qu'à Langley on avait élevé une statue à leur auteur.
S'engager, être utilisé pour le plus grand bien de son pays.
L'éloquence, après tout, pouvait aussi bien participer du mensonge. Seulement être utile. Ces trois mots, en définitive, c'était
peut-être la dernière petite bribe de vérité qu'un homme puisse
encore énoncer. Ils méritaient, dans ce cas, d'être gravés dans la
pierre. En guise d'épitaphe.

6.

Les premiers rapports entre une recrue et l'officier traitant ont toujours quelque chose de gauche et d'embarrassant. On convient d'abord de signes particuliers pour établir le contact ou signaler un danger. Le rite de la sacro sainte boîte aux lettres est précisé : aller à l'endroit convenu, y laisser le message, savoir qu'il y aura toujours un acolyte dans l'ombre pour le recevoir. La grande fraternité d'Orphée, en quelque sorte, mais sans l'amour de la musique : défense de regarder en arrière.

Harper forma son novice méthodiquement, sans brûler les étapes. Il voulait être sûr que Birch comprenne : pas d'initiative; rien qui puisse être entrepris sans son ordre. Ils convinrent, Birch et lui, d'un code spécial qu'ils furent seuls à connaître. Même le chef de station n'en avait pas la clé. Harper n'avait pas l'intention de partager le contrôle de l'opération. Birch lui-même semblait incapable de faire encore la part des choses entre ce qui était sérieux et ce qui n'avait aucune importance. Rien d'étonnant à cela d'ailleurs, si l'on tient compte du contexte, extraordinairement neuf et étrange pour lui. Les noms codés lui rappelaient vaguement les jeux de son enfance. Le chef donne le mot de passe. Le chef désigne la boîte aux lettres. Crache par terre et dis je le jure. Harper lui assura que ce n'était pas un jeu.

Au même moment, Birch commença à éprouver le besoin de se rapprocher de Harper. Il se comporta avec lui comme avec son confesseur, lui parlant de son passé, y revenant sans cesse. Harper écoutait. Il connaissait ce sentiment de solitude. Dans cet univers que Birch découvrait, on ne communiquait ni ne partageait plus avec personne. Face à ce vide, quand plus rien ne semble subsister, on ne pouvait qu'être tenté de sauvegarder au moins un lien, une connexion... De même qu'on risquait à tout moment de succomber à la traîtresse tentation de faire confiance. Harper, peut-être parce que lui-même se savait rongé par d'identiques phantasmes, préféra conserver à l'égard du jeune homme une prudente réserve. Les liens qui se tissaient entre la recrue et lui ne pouvaient fonctionner qu'à sens unique. Il fit tout pour que Birch s'attache, mais veilla soigneusement à ce que lui-même, à tout moment, puisse sans peine et sans remords larguer le gosse. Non qu'il se méfiât de lui. Simplement question de principe. Birch, il faut le dire, n'avait d'ailleurs aucune des faiblesses dont il convient ordinairement de se garder. C'était comme pour l'argent, pour lequel il n'avait aucune attirance particulière. Il avait remis à Harper à peu près la totalité de ce qu'il avait reçu du soi-disant Nowicki. Harper avait dû insister pour lui faire accepter un traitement régulier versé par l'Agence – il devait conserver les apparences de quelqu'un vivant au-dessus de ses moyens. Sa vie était tout ce qu'il y avait de plus banal. Birch semblait incapable de désenchantement. Même au cours de sa formation, il ne prétendit jamais remettre en question des méthodes qui bousculaient sérieusement toutes les règles du fair-play américain. Il les avait acceptées, simplement parce que Harper lui avait dit que c'était ainsi.

Ce dernier point m'avait frappé tout de suite, en fait dès la réception des premiers câbles de Harper à Langley. J'étais optimiste, car je savais par expérience qu'un homme peut être utile et efficace, même s'il désapprouve certaines méthodes, tant qu'il reste convaincu du bien-fondé des buts à atteindre. Les arguties sur la fin et les moyens sont affaire de philosophes. Un individu ne devient dangereux que quand il n'est plus capable de croire dans l'absolue nécessité des objectifs à réaliser. Dès que je soupçonne ce doute chez quelqu'un, je l'écarte.

Rien de ce que Birch nous fit savoir de son enfance à Cleanthe, Illinois, ne laissait pressentir qu'il pût, un jour, être saisi par ce doute qui corrode. Le trou où il avait vécu devait être sinistre comme la pluie; il avait pourtant trouvé les mots qui en magnifiaient même la gadoue. Harper s'imaginait assez bien le père du jeune Birch : un homme pas très grand, dur, en bleu délavé et couvre-chef plouc, lymphatique et toujours prêt à se défoncer pour épandre le fumier sur sa terre. Birch lui-même était plutôt grêle, encore qu'il prétendît être plus fort que son vieux.

Cleanthe n'était guère plus que quelques bicoques le long de la voie ferrée; indiscernable pour les voyageurs passant par là en express. Des silos pour le grain, une école pour les gosses, avec deux salles de classe, une épicerie avec une double porte marquée 7-Up, une salle des fêtes où l'on buvait du whisky les années où c'était autorisé, et qui le reste du temps servait à entreposer des conserves en bocaux.

Birch passa huit années à l'école; quatre ans dans une classe, quatre dans l'autre. Régulièrement, au mois d'août, quelqu'un venait poncer et revernir les planchers de bois. A la rentrée, le temps des bonnes résolutions, tout brillait et sentait bon.

Difficile, dans un coin aussi perdu, de garder longtemps un secret quand on est enfant. Quand on est adulte aussi d'ailleurs. A l'âge de la high school, Birch alla à Welton, à six kilomètres. L'école lui paraissait énorme. Il en sortait bon an mal an une cinquantaine de diplômés. Birch s'y débrouilla assez bien. Une enseignante l'encouragea même à se présenter à Urbana, mais tout le monde savait qu'elle venait de là-bas, de quelque part dans l'Est, et qu'elle avait toujours eu des idées bizarres.

Birch était dans l'équipe de basket. C'est ainsi qu'il rencontra sa future femme, qui était chef de claque. Une année, l'équipe fut qualifiée pour la coupe des Juniors de l'État. Même les canards de Chicago en avaient fait tout un plat; ils avaient baptisé l'école « Wee Welton » pour on ne savait trop quelle raison. Ils avaient été battus dès la première éliminatoire, mais à leur retour, tard le soir, Welton les avait accueillis en fanfare, exactement comme s'ils avaient ramené la coupe.

Avant de quitter Cleanthe pour le régiment, Birch n'avait jamais ni conduit de voiture, ni bu plus de quelques bières, ni simplement fumé une cigarette – en dehors des inévitables bouffées furtivement tirées avec d'autres derrière la grange, quand il avait treize ans, mais le goût lui avait déplu. Il avait assidûment fréquenté l'école du dimanche et avait participé aux activités du club des jeunes ruraux. Contrairement à beaucoup d'autres, il n'engrossa aucune fille – encore qu'avec Donna, ils aient parfois été fort loin, assez loin pour qu'il se sentît vaguement coupable de ne pas prendre la défense d'amis moins chanceux (ou plus entreprenants), quand les parents hochaient la tête pour déplorer tel ou tel mariage obligé.

Les Birch avaient davantage le contact avec le monde extérieur que la plupart de leurs concitoyens. Ils descendaient en ville à peu près tous les deux ans; il fallait demander l'arrêt de l'express argenté. A Chicago, ils allaient toujours au même hôtel, l'*Old Grainman's*, sur LaSalle Street, insensibles à la décrépitude croissante de l'endroit depuis leur première escapade là-bas, au temps du grand-père Birch. L'exiguïté des chambres, les radiateurs écaillés, l'odeur de moisi dans les placards, ne signifiaient jamais qu'une autre manière de vivre : celle des gens de la ville.

A chacune de leurs visites, ils s'arrêtaient à la chambre de commerce, ce sanctuaire où, jour après jour, on évaluait et spéculait sur le produit de leur travail. Le jeune Birch était fasciné par l'agitation autour de la corbeille, par les appels de voix et les signes de la main; cette étrange activité où d'autres faisaient de l'argent comme lui produisait le grain. Toute la famille allait au restaurant, où des serveurs apportaient à table les plats déjà servis sur les assiettes et où les garçons n'avaient pas droit à une plus grande portion. Ils se promenaient ensuite entre des immeubles si hauts qu'on ne pouvait les voir d'un seul coup d'œil.

Non, la ville tentaculaire n'était pour rien dans l'éloignement de Birch de Cleanthe. Le service militaire n'avait été pour lui qu'un devoir, pas une délivrance. Il serait volontiers resté toute sa vie dans sa campagne, si, comme le lui fit savoir son père, il n'y avait eu chaque année cette part de la récolte à reverser. Le vieux Birch avait fait l'Europe, dans la Troisième Armée de Patton. Un épisode de sa vie dont il ne parlait jamais. Sa femme avait fait marcher la ferme, avec un ouvrier agricole et l'aîné des frères de Birch.

Cela pour dire que les Birch n'étaient pas particulièrement portés au délire patriotique. Le point est important. S'ils l'avaient été, peut-être Birch se serait-il posé des questions, notamment sur le sens du devoir de son père. Et peut-être aurait-il agi différemment. Mais le vieux Birch se contentait de s'aligner en toutes choses sur les normes qui régissaient toute l'activité sociale de Cleanthe; ni plus ni moins. Mettre ces règles en doute paraissait à chacun aussi absurde que de s'interroger sur l'utilité d'avoir le nez au milieu de la figure. Lorsque Birch rentra pour son premier congé, ce fut comme au soir du fameux tournoi de basket. On était pourtant aux années les plus sombres de la guerre. Mais Cleanthe, on l'a vu, savait honorer ses garçons, vainqueurs ou vaincus.

Harper enviait d'une certaine façon cette profonde normalité de l'enfance de Birch. Lui-même avait grandi en développant d'autres immunités; la conception du devoir, dans sa famille, était pour le moins différente. Le devoir, chez lui, apparaissait en quelque sorte comme le solvant universel. Il légitimait et donc excusait tout. Le profit – le profit personnel – était une fin en soi, l'aune à laquelle on mesurait le bien de tous. Non que l'on méprisât les droits du plus grand nombre. Son père, après tout, siégeait dans toutes les sociétés de bienfaisance et sermonnait régulièrement son fils sur l'importance de la charité. Mais celle-ci était subordonnée; on versait sa dîme, mais seulement après la récolte, et quand celle-ci était bonne. Et il eût été incongru de poser la question morale du sacrifice.

Dans sa vie, la famille ou même simplement la maison n'avaient jamais eu l'importance qu'elles avaient eue chez Birch; les collèges, très tôt, avaient supplanté l'une et l'autre. La maison et la famille, c'était pour les vacances. On lui avait dit qu'ainsi il apprendrait à être indépendant. Des pensions aux cours privés, le programme était toujours identique : produire une caste capable de régénérer la société d'en haut et sans jamais vraiment l'altérer. Tandis que Birch apprenait l'obéissance, on formait Harper à la discipline. Obéir pour faire obéir. Quand vint l'âge de l'université, Harper avait développé à l'égard de sa famille ce curieux sentiment, commun à toute sa classe, de civilité souriante, d'aimable scepticisme et de détachement.

A New Haven tout était fait pour amplifier cette tendance. Harper ne pouvait évoquer ces quatre années sans penser aussitôt à l'odeur douceâtre du bois brûlant dans les cheminées de pierre, sans retrouver le mélange subtil que formait cette odeur avec l'air salé et humide venant de la mer. Il avait étudié la littérature, pour cette simple raison qu'un homme de son milieu n'avait pas à apprendre la gestion des affaires. Il s'était passionné pour le théâtre, le jazz... Mais les improvisations au Village, fussent-elles brillantes, ne peuvent durer qu'un temps. A sa majorité, Harper était mûr pour une approche.

Nous en avons recruté beaucoup comme lui durant ces années sombres et difficiles. Exposés à tout ce qui traînait comme idées étrangères. Excellente forme d'immunisation en définitive. Ils

avaient les antidotes dans le sang, et nous avions toutes raisons de
croire que cette protection resterait efficace au moins le temps
d'une vie. Eux-mêmes se voyaient plutôt détachés et revenus de
tout – ce qui signifiait, en fait, que rien ne leur convenait
vraiment. Ils méprisaient les sentiers battus, les voies toutes
tracées qui s'ouvraient, croyaient-ils, sur leur avenir. Ils avaient
bien entendu tous flirté avec ce qu'à l'époque on appelait la
bohème de Greenwich. Tout ce qui de près ou de loin leur
paraissait américain était catalogué comme suspect, même un
simple nom. Ils vénéraient d'étranges « nouveaux poètes », lan-
çaient des magazines abscons, ne juraient que par la France,
écoutaient des compositeurs dont personne n'avait voulu. La
politique ne les intéressait guère, pas tellement parce que les
mouvements existants cadraient mal avec le radicalisme de pointe
qu'ils affectaient, mais plus simplement parce que cela leur
paraissait trop trivial.

Le contact fut établi par les soins d'un professeur dont il était
très proche, à la faculté; et qui nous était très proche, ce
qu'assurément personne n'aurait pu imaginer. L'homme avait la
réputation d'être assez excentrique – c'est un euphémisme – et
vaguement douteux sur le plan idéologique. La section locale des
vétérans avait dénoncé à plusieurs reprises ses théories sur la
politique soviétique, notamment parce que celle-ci le poussait
plutôt à rire qu'à grincer des dents.

« Tu as vu la dernière du petit gros? avait-il commencé, en
versant délicatement à Harper un sherry.

– Encore des funérailles prématurées?

– Il a annoncé que l'automobile était une invention russe.
C'était dans la *Pravda,* cette nouvelle perle. Du révisionnisme
historique cette fois. Certains de nos étudiants doivent envier
leurs... disons, leurs approximations.

– Typique », fit simplement Harper. Le vin était doux et
chaud sur sa langue. Il se cala confortablement dans le vaste
chesterfield de cuir. Le canapé idéal pour le genre ironique et
désabusé qu'il affectait alors. Il adorait ce prof, surtout parce qu'il
avait compris que le vrai problème du communisme, dans sa
pratique, résidait moins dans l'absence de classe que dans le
déclassement qu'il imposait. Le petit plouc rondouillard,
Khrouchtchev, personnifiait parfaitement ce qui foirait dans le
système : à côté d'un type pareil, même un Ike bafouillant prenait
des allures de Périclès.

« Typique, oui, fit en écho le professeur. Bien sûr, ce n'est jamais que de la *vranyo*.

– J'imagine », répondit évasivement Harper, qui avait au moins appris, en quatre ans d'études supérieures, qu'il valait mieux ne pas se mouiller quand on ignorait le sens d'un mot.

« Quand les Texans fanfaronnent, c'est surtout pour amuser la galerie. Avec les Russes, en revanche, quand ils y vont de leur *vranyo*, on est prié d'encaisser. Et sans broncher, que ce soit pour appuyer ou pour contredire. La *vranyo* est toujours un test, un coup de sonde.

– Ce type est une horreur absolue », ironisa Harper. L'arôme et le velouté du sherry sur sa langue donnaient tout son sel au commentaire.

« Une horreur relative, s'il fallait vraiment apprécier globalement le problème. Il est vrai que vous êtes trop jeune pour vous souvenir.

– Oui. Staline. Si c'est ce que vous voulez dire. Je me demande parfois si dans un sens, à la limite, il n'était pas plus honnête. » Harper savait parfaitement bien qu'en un sens, et à la limite, tout pouvait devenir n'importe quoi. Une façon commode de briller, ce que savent beaucoup de beaux esprits.

« Je suppose que le manque de goût peut être une forme de violence », reprit le professeur, manifestement désireux de flatter l'autre en paraissant réfléchir au sujet. « Mais tant que la *vranyo* reste une mauvaise plaisanterie, cela ne va jamais très loin. Au plus fort d'une pénurie par exemple, ils se vanteront de leurs méthodes agricoles. Est-ce que tu sais ce qu'est un *Khrustch*? Une sorte de scarabée, une plaie dans les fermes. Eh bien, ils ont simplement supprimé le mot de leurs dictionnaires!

– C'est dingue.

– Absolument pas, coupa le professeur. Ils sont tout sauf dingues. C'est bien plus grave... et plus dangereux. C'est l'exacte différence qu'il y a entre *vranyo* et *lozh*, le mensonge. Richard, ce peuple est le plus menteur, le plus délicieusement menteur au monde. C'est un trait culturel. Au point qu'ils arrivent à croire à leurs propres mensonges. Ce qui, après tout, n'est jamais que la nécessaire précondition de toute leur idéologie. Je me demande si tu ne devrais pas te diriger vers ce genre de travail.

– L'armée? ironisa Harper. J'ai pas l'impression que ce soit tellement mon truc.

– Sûrement pas, en effet. Pour un garçon de ton niveau, il

existe des emplois beaucoup plus efficients. Je pense au renseignement.

– L'espionnage, corrigea Harper.

– Bien entendu, ce que je viens de te suggérer doit rester
confidentiel. »

Harper était impressionné, et en même temps secrètement
flatté, par cette perspective d'avoir à partager avec son aîné un
secret de cette nature. Il s'empressa d'acquiescer. Il n'y a que dans
notre branche, je crois, que le recrutement fait déjà partie, sinon
du métier, du moins de son apprentissage.

« J'aimerais que tu rencontres certaines personnes, Richard.
Avec ta permission, je leur communiquerai ton nom. Je suis sûr
que tu seras étonné. Ces gens n'ont rien d'extraordinaire, pas du
tout comme tu les imagines. Ce pourrait être toi ou moi. Mais ils
ont du flair, ils sont perspicaces, imaginatifs. »

Harper passa ensuite par les habituelles phases d'indécision –
quelques rencontres avec nos gens, d'autres conversations avec le
professeur, jusque tard dans la nuit – mais j'ai l'impression que
dans son cas, dès le tout début, l'issue était acquise. Ce type de
recrutement, très curieusement, n'a pas que des avantages. A mon
sens tout au moins. Il mise trop sur la puissance d'analyse de nos
adversaires. D'où une attente, de la part de nos engagés, qui ne
trouve pas toujours une réponse. L'Agence n'est pas une université; les vrais chercheurs ne restent jamais très longtemps chez
nous. Nous nous retrouvons avec trop de Harper, vaguement
déçus, coincés entre la réalité du travail et ce qu'ils en avaient
rêvé. Et nous avons trop peu de Birch, bouillonnant de zèle et
d'ardeur, comme ces enfants prodiges quand ils saisissent leur
violon.

7.

Harper avait tout de suite décelé le don chez Birch. Il n'en mesura toute l'étendue qu'en commençant à travailler avec lui sur le projet. Le plan était simple en tout cas au début. Birch ferait une copie de l'information demandée par Nowicki, avec toutes les indications, y compris la mention classifiant le document : CON-FIDENTIEL. Puis il prendrait rendez-vous pour remettre le document. Tandis qu'ils peaufinaient les détails, Birch essaya d'imaginer ce qu'il pourrait dire. Harper le laissa faire, l'encouragea même. L'idée générale du plan était de faire croire au Russe qu'il tenait Birch, que celui-ci avait le sentiment d'être compromis, qu'il était mûr pour le chantage. Birch suggéra qu'il pourrait peut-être dire que le document avait été facile à obtenir.

« Voilà, fit-il, c'était vraiment pas difficile d'avoir le tuyau. Personne n'a l'air de se mettre en frais pour protéger la camelote, cela ne doit pas être bien important. »

Harper tourna et retourna l'idée. Un agent un peu malin en conclurait que Birch s'efforçait déjà de rationaliser sa trahison. Non seulement il trahissait, mais déjà il se mentait à lui-même. L'habileté de la feinte impressionna Harper. Il savait mieux que quiconque que c'était dans le raffinement des détails qu'une fiction devenait plausible. L'ornement distrait l'œil. Une volute par-ci, une arabesque par-là. Le tout grand art consiste à isoler l'élément incongru à première vue mais dont la logique s'impose à l'analyse. Pour ce premier contact, pourtant, il valait mieux rester simple. Harper ne savait rien du pseudo Nowicki, et surtout pas sa force. Il expliqua donc à Birch qu'il devait dire que le document venait d'un coffre haute sécurité.

« Il vous est accessible pendant la journée, fit-il, mais comme c'est trop risqué à ce moment d'aller à la photocopie, vous avez tout recopié à la main, dans votre bureau. Il insistera probablement pour avoir des vraies copies. Vous résisterez, et même vous l'agresserez. " Il ne vous faut pas une copie légalisée et certifiée conforme, tant qu'on y est? " Quelque chose de ce genre. Expliquez-lui que, la nuit, les coffres sont verrouillés et placés sous alarme. Vous pourriez y avoir accès, mais l'ouverture doit être enregistrée et il y a toujours une enquête. Il n'en laissera sans doute rien paraître, mais il pensera sûrement que vous disposez des clés de la malle au trésor.

— Et comment qu'il va le penser », murmura Birch.

Harper lui fit répéter son rôle. Il était sidéré par l'aisance du jeune homme, par son calme. Birch était né pour ce métier. L'histoire qu'ils avaient inventée se métamorphosait pour lui en vérité vraie. Une vague tristesse atténuait en même temps son enthousiasme. Il éprouvait comme un regret de voir cet homme qu'il savait si droit se plier aussi facilement aux malices du métier. Il ne pouvait aussi s'empêcher de penser que si Birch pouvait ainsi faire abstraction de ce qui différenciait le vrai du faux, lui-même, jusqu'à un certain point, ne pouvait que très difficilement opérer cette même distinction.

C'est très peu de temps après leur deuxième séance que Birch appela Harper, comme convenu. L'homme – Nowicki – avait repris contact. Les détails seraient dans la boîte aux lettres, le lendemain.

Le lieu choisi pour le premier dépôt – un cimetière – s'étendait sur une petite colline poussiéreuse. Il était entièrement clos par un mur de pierre grise, avec une seule entrée. Avantage décisif, aux yeux de Harper, qui entendait s'assurer de ce que personne ne filait sa recrue. Lui-même s'était posté, près d'une heure avant le rendez-vous, dans un snack idéalement situé, puisqu'il permettait de surveiller les différents accès à la porte. Seul dans l'établissement face à la vitrine largement dégagée, il savourait Christopher Marlowe, une phrase à la fois, pour être sûr de ne rien manquer de ce qui pouvait se passer dans la rue.

La pâtisserie n'était pas mauvaise. Et la propriétaire, une femme entre deux âges, semblait décidée à ne pas laisser refroidir le thé dans sa tasse. Puis deux autres personnes entrèrent – un couple japonais – et l'attention de la femme fut un moment distraite. Ils s'étaient mis à baragouiner avec volubilité. Harper se demanda si c'était à son propos qu'ils jacassaient ainsi.

L'impatience est un grave défaut chez un officier traitant. Quand l'heure convenue fut passée, largement passée, sans le moindre signe de Birch, Harper se contenta de commander autre chose avant de se replonger dans son livre. Quelques vieillards, hommes et femmes, faisaient leur promenade matinale.

Harper attendit quarante-cinq minutes avant de repartir, un peu déçu, et convaincu que les choses en resteraient là après un aussi mauvais départ. Birch avait été averti de la nécessité d'être à l'heure. La procédure normale consistait à aller jeter un coup d'œil sur le site, même dans des circonstances comme celles-ci. Harper se faufila donc dans le va-et-vient de la rue et se dirigea vers l'entrée.

Il remonta un sentier jusqu'à l'autre bout de l'enclos. Derrière un arbrisseau, à l'écart, presque invisible sauf pour un observateur attentif, il retrouva l'autel qu'ils avaient choisi. Il enjamba la tombe, peu soucieux du protocole qui voulait qu'on la contournât, écarta plusieurs branches, et à sa grande surprise découvrit un feuillet soigneusement plié. Rédigé en anglais, celui-ci, et manifestement pas à l'adresse du mort. Instinctivement, Harper jeta un coup d'œil derrière lui en même temps qu'il glissait le message dans sa poche. Il était seul. Il se força pourtant, avant de regagner la sortie, à cheminer sans but apparent, avec une nonchalance étudiée, s'arrêtant çà et là pour examiner une tombe, lire une inscription.

Il ne prit connaissance du billet qu'à l'ambassade. Il sourit alors, puis le plaça dans l'incinérateur. Le mot commençait par le pseudo de Harper, en guise de salut, et continuait par *Jeudi, 18 heures. Grand salon de l'Okura. Entré par l'arrière du cimetière, au-dessus du mur. Escalade facile. Cordialement, B.* Harper avait particulièrement apprécié le « cordialement ».

Birch ne perdait rien à attendre, pour l'engueulade. Escalader les murs en plein jour, c'était déjà tout à fait dingue, quand on est censé ne pas se faire remarquer. Mais quand en plus on se balade dans un environnement où tout vous distingue, la taille, la couleur de la peau... L'essentiel, dans l'immédiat, était de tout mettre en place pour le contact à l'*Okura*. Cette partie du boulot concernait essentiellement Harper.

Le chef de station rameuta ce qu'il put trouver de mieux

comme spécialistes, compte tenu des délais. Tout le monde se mit
au travail. Pas question de planquer un mouchard sur une table,
ou en dessous. Il y avait plusieurs restaurants à l'hôtel, et le
personnel n'était pas du genre à faire des extra dans la plomberie.
Difficile d'équiper Birch pour la prise de son.

  En définitive, le dispositif fut des plus simples. Trois guetteurs,
chacun muni de son nécessaire de prise de vue, et une chorégra-
phie soigneusement réglée, pour aller, venir et se fondre dans le
décor. Deux hommes et une femme. Les deux premiers étaient
d'ascendance japonaise – faciles à caser partout en Asie. La
troisième était blanche, jolie mais sans rien d'exceptionnel –
convenant partout. Harper avait choisi la voiture de George
Dankers, grand maître ès filatures. Le soleil brillait encore quand
ils prirent position. Dankers se gara à bonne distance de l'entrée.
Harper paraissait nerveux.

  Le jour commençait à décliner quand Harper aperçut enfin
Birch au loin, parfaitement à l'aise. Il n'eut pas un geste
d'hésitation en arrivant devant l'hôtel. Harper était prêt à jurer
qu'il l'avait vu siffloter.

  « Notre client? » demanda paresseusement Dankers, la tête
soigneusement calée sur le haut du dossier.

  « Non. Lui, c'est notre homme. Nous ne savons pas qui est
l'autre.

  – Je vois. Vachement jeune, la recrue.

  – Faut bien commencer un jour. »

  Dankers n'avait pas cessé de fumer, en secouant ses cendres par
la vitre baissée. Sans ajouter un mot, il jeta sa dernière cigarette,
mit le contact, et déplaça la voiture jusqu'au point d'où l'on
pouvait avoir une vue directe sur l'hôtel. Le hall était violemment
éclairé. Ils virent la femme, qui venait de s'arrêter devant les
battants vitrés de la porte. Elle renvoya le majordome qui s'était
précipité, ouvrit son sac et parut y chercher quelque chose. Le
signal pour dire qu'elle avait pris un bon cliché, de face, et que le
gibier et notre homme étaient au restaurant. Elle avait apparemment trouvé ce qu'elle cherchait; elle sortit rapidement de l'hôtel
et redescendit la rue.

  « Pas mal, apprécia Harper.

  – Un peu courte sur pattes à mon goût, répondit Dankers. Et
froide comme un glaçon. Elle aurait intérêt à prendre quelques
leçons avec les talents locaux. »

  Harper ne cessait de manipuler la chaînette d'un porte-clefs.

L'attente pouvait être longue. Les taxis se succédaient sous le porche. Dankers parut s'endormir. Ce fut pourtant lui qui réagit le premier.

« Les voilà. »

Le starter crachota pendant que Birch et l'autre homme apparaissaient dans le vestibule. Harper aurait pu reconnaître l'autre n'importe où, sur la simple description de Birch. A croire qu'ils n'accordaient jamais de visa qu'à ce qu'ils avaient de mieux et de plus moche; le moche pour surveiller le mieux. Grâce aux jumelles, il put détailler les traits épais des sourcils, le front large, les poches sous les yeux. L'authentique apparatchik, sorti tout droit de sa campagne et monté en grade pour avoir loyalement servi le patron qu'il fallait. Cet homme, qui disait s'appeler Nowicki, portait l'indélébile empreinte de la terre où il avait grandi; et rien ne pourrait en effacer les traces.

Le Russe saisit Birch par le bras et le guida vers la file de taxis. Birch se rebiffa. Harper pesta entre ses dents. Popov fronça les sourcils, rentra le menton dans les plis de son cou. Cette grimace forcée était censée exprimer sa déception. Birch sourit, s'écarta, fit encore non de la tête. L'autre lui passa un bras autour des épaules, lui tapota la poitrine d'un index énergique, hocha une dernière fois la tête, lui serra finalement la main et s'enfonça seul dans un taxi, avec des gestes d'ours savant.

Dankers attendit que le taxi ait pris un peu d'avance. Harper jeta un dernier coup d'œil à Birch, toujours sous les spots de la marquise. Il pouvait difficilement lui en vouloir, pas plus maintenant que pour l'incident du cimetière. Il y avait toujours cette part d'impondérable, même dans les plans les mieux préparés. Birch ne s'était pas attendu à la proposition du Russe – Harper ne tarderait pas à savoir de quoi il s'agissait. Dommage qu'il n'ait pas eu plus de temps pour former le gosse.

Ils suivirent le taxi le long de quelques rues secondaires, puis dans le flot d'une grande artère.

Devant eux, la voiture déboîta brusquement, les laissant sans protection, juste derrière le taxi. Le moujik se frictionnait le cou, et Harper surprit, dans le rétroviseur du taxi, la masse sombre de ses sourcils.

« Il est sur ses gardes, grinça Harper.

– On va tranquilliser le gros bébé. » Le feu passa au vert, et Dankers obliqua à son tour pour dépasser. « Pas de panique, ajouta-t-il comme pour lui-même. On est loin d'être hors du coup. »

C'est l'appui qui mène la danse, voilà tout. Nous, on s'offre une petite balade, histoire de voir autre chose. »

Quelques blocs plus loin, Dankers gara la voiture, mais sans couper l'allumage, et éteignit ses feux. Toutes les rues étaient à sens unique, vers la droite, et le taxi serrait du côté du trottoir. Dankers savait ce qu'il faisait.

Quand le taxi les dépassa, Harper dut se forcer pour ne pas regarder de ce côté. Puis ce fut l'équipe de soutien : le chauffeur leur fit un clin d'œil. Dankers repartit d'un coup sec et s'élança derrière les autres. Une grosse camionnette fit hurler ses freins derrière eux et klaxonna.

Le chauffeur du camion les doublait à présent et s'essayait à la queue de poisson en cherchant à se rabattre entre la voiture de soutien et la leur. Dankers ne céda pas d'un pouce. L'autre dut accélérer pour pouvoir se rabattre plus avant dans la file. Il remonta jusqu'au taxi dont il coupa la route, juste devant le feu rouge suivant.

Dankers avait prévu le coup. La voiture fit une embardée, tandis que l'avant du taxi s'écrasait contre l'arrière de la camionnette, dans un bruit déchirant de tôle froissée.

La voiture de soutien avait également pu éviter la collision. Elle contourna l'obstacle des véhicules accidentés et passa au feu vert. Dankers suivit puis s'arrêta.

Le taximan gesticulait en allant du conducteur du camion au capot écrasé de son bahut.

« J'ai l'impression qu'on a frôlé d'un poil l'incident international, ricana Harper.

— On va voir ce que notre gibier va faire, dit Dankers en ajustant le rétroviseur extérieur.

— Birch devait rester avec lui, bordel. Le trouduc...

— Voilà qu'il sort du tax, plutôt en rogne d'après ce que je peux voir. J'adore quand ils râlent, les Russki. Ah merde. Le salaud s'en va à pied. »

D'un même mouvement, ils furent hors de la voiture, juste à temps pour voir le Soviétique tourner le coin et disparaître dans la foule.

« Peut-être qu'il va tout de même nouer son contact, réfléchit Harper.

— Si ce n'est que ça », souffla Dankers.

Ils ralentirent quand ils ne furent plus qu'à une trentaine de mètres de lui. C'était un autre de ces quartiers à clandés où l'on

trouve à peu près n'importe quoi pour n'importe qui : la rigolade
pour papa, des jouets pour les gosses, des cuistots pour épargner la
corvée bouffe à bobonne.

Le bougre se frayait un chemin dans la cohue, une tête plus
grande que tout le monde.

« Ils ont des planques dans le coin? demanda Harper.

– Faut pas trop m'en demander, vieux. Moi, je fais que
conduire. »

Harper se disait que la soirée ne serait peut-être pas tout à fait
perdue. Nous pourrions en identifier un, peut-être deux, et
repérer au moins leur *safe house*. Le Russe s'arrêta devant une
porte, parut étudier l'écriteau, puis disparut à l'intérieur.

« On y est, fit Harper. Je fais venir du renfort.

– Tu as vu ça, s'esclaffa Dankers. Ça ne pouvait pas rater!
Sont vraiment tous les mêmes! »

C'était un salon de massage.

8.

Harper ne croyait plus en rien ce soir-là. Il réclama une équipe supplémentaire, pour couvrir l'arrière du bâtiment, et quand le Russe émergea finalement, près de deux heures plus tard, la cravate de guingois et le pas hésitant, il désigna des hommes pour y aller voir de plus près. Mais les apparences n'étaient pas trompeuses. Les girls étaient des professionnelles – clandestines elles aussi, mais pas dans le sens où Harper l'avait espéré. Les habitués qui s'y trouvaient en même temps que le moujik n'avaient rien à cacher, sauf leurs petites fantaisies. L'opération fut bientôt célèbre dans toute la station, où on l'appela la « Grande Débandade ».

Et pourtant, comme l'avait espéré Harper, la nuit n'avait pas été perdue. Les instantanés pris par l'équipe photo à l'*Okura* avaient permis d'identifier le Russe, membre d'une délégation commerciale chargée de négocier des contrats pour l'industrie lourde. Nous avions pas mal de renseignements sur lui. Sa spécialité n'avait évidemment aucun rapport avec la finance internationale. Sur ce plan, Harper avait d'ailleurs vu juste : Ivan avait grandi à la campagne et il devait tout au Parti. Son nom, Nowicki, datait de son entrée au G.R.U., les renseignements militaires. L'autre nom, le véritable, ne lui était plus d'aucune utilité : Pavel Nicolaievitch Roubachov, fils d'une des victimes des procès à grand spectacle du petit père Staline.

Nos archives, à Langley, étaient assez fournies sur le père Roubachov – un bolchevik de la première heure. Tout jeune encore, il s'était vu confier la difficile mission d'organiser l'agriculture. Il fut crédité de quelques réussites aussi étonnantes qu'imaginaires. Nicholaï Pavlovitch Roubachov ne manquait de rien : sa situation s'améliora encore quand l'homme auquel il avait fait allégeance devint le maître incontesté du Parti. Nous avons à Langley une photo rarissime du vieux Roubachov et de Staline lui-même, jouant avec le jeune Pavel dans une datcha des environs de Moscou. Quand Staline entraîna dans son sillage Nicolas Pavlovitch Roubachov vers les sommets de la hiérarchie, Roubachov préféra laisser sa femme et son fils à la campagne.

Tandis que le père alourdissait régulièrement sa vareuse de nouvelles médailles, la femme et le fils menaient une vie relativement simple. La position du père leur épargnait malgré tout les dures réalités du maraîchage privé : leurs voisins grattaient comme ils pouvaient quelques lopins privatisés, en dehors des heures passées sur les terres communes. Le mandat mensuel reçu de Moscou facilitait grandement l'orthodoxie des Roubachov.

Nos fichiers sont quasi muets sur l'activité de Nicolas Pavlovitch dans la capitale. Il ne comptait pas parmi les confidents de Staline, mais qui pouvait se vanter de l'avoir été? L'ancien révolutionnaire, l'ancien soldat restait égal à lui-même : aux ordres. C'est pour cette raison sans doute qu'il s'était empêtré dans ses programmes agricoles. Trop soumis aux directives, même quand elles devenaient incohérentes ou folles.

Puis vint le temps des grandes dénonciations; la mise à l'index des traîtres, pour la plus grande gloire de la solidarité prolétarienne. A chaque nouvelle révélation, Nicolas Pavlovitch serrait les dents. Rendons-lui au moins cette justice : il ne dut guère être surpris quand son tour arriva. A Langley, certains de mes collègues ont étudié plus en détail cette période. Ils expliquent que Nicolas Pavlovitch s'est battu comme un diable, qu'il a clamé son innocence pendant des mois – les mois où il fut mis au secret. C'est un homme affaibli, épuisé par la faim et les mensonges, qui se serait présenté au procès. Il y a un hic cependant. Dans les films où on le voit, pendant son procès, Nicolas Pavlovitch n'a pas l'air brisé, ni physiquement ni psychiquement. Il n'a rien perdu de sa prestance. Il se tient droit dans le box des accusés, presque fièrement, et ses yeux expriment à la fois une telle passion et de tels remords qu'ils auraient convaincu sans peine les plus susceptibles de nos juges. Non seulement il plaidait coupable, mais il se sentait en faute, profondément.

Nous n'avons jamais pu expliquer ce phénomène. Le débat reste ouvert. Certains penchent pour l'explication « technique » : drogues, thérapies fondées sur l'aversion, etc. Ce sont les mêmes qui chez nous, et ce n'est pas un hasard, sont favorables aux programmes (à présent discrédités) d'expérimentations sur l'homme. D'autres estiment au contraire que Nicolas Pavlovitch était vraiment coupable, qu'il trahissait depuis longtemps, que donc il n'avait jamais avoué que la stricte vérité.

Nicolas Pavlovitch n'avait assurément trempé dans aucun complot – mais il devait avoir, au plus profond de lui-même, de solides réserves à l'égard de Staline, d'impalpables soupçons, des doutes qui, une fois révélés et formulés par ses inquisiteurs, purent aisément passer aux yeux d'un homme aussi loyal que lui pour de l'apostasie. De là à la confession, il n'y avait qu'un pas. Il avait réellement vécu tant de déceptions, pendant si longtemps, que ses derniers aveux – expression secrète de ses remords les plus intimes – furent en définitive sa vérité.

Quand tout fut fini pour lui, il y eut l'assignation à résidence pour sa femme et son fils. Leur vie, en pratique, resta ce qu'elle avait toujours été... sauf que les mandats n'arrivaient plus. Ils travaillèrent sur les terres communes, comme tout un chacun, et vendirent au marché noir les radis de leur jardin. Quand vint la guerre, le jeune Roubachov fut versé dans l'infanterie. Il s'y comporta honorablement et eut la chance d'échapper à l'opprobre de la capture, qu'il craignait plus que la mort. Il gagna ses galons sur le terrain, fut confirmé dans son grade au cours de la paix armée qui s'ensuivit, et découvrit tout de même qu'en dépit de son nom, le Parti ne lui était pas fermé.

Lorsqu'enfin il fallut récrire l'histoire, Roubachov fut projeté sur l'avant-scène pour dénoncer ce qu'avait subi son père. Il revint chez lui pour rédiger des libelles où les lumières des temps nouveaux étaient opposées aux ténèbres précédentes, qui avaient brisé sa famille. Il reçut sa récompense, une place dans les rangs très privilégiés de l'espionnage et un nouveau nom, pour mieux gommer le passé.

Pour nos permanents à la station de Tokyo, Roubachov-Nowicki ne cotait pas très haut. Les Russes, sur ce point, se comportent comme tout le monde : prompts à faire payer les fils pour les fautes des pères. Le Popov, c'est clair, n'était qu'un sous-fifre. Un boulot pas très futé à l'étranger, c'était évidemment la voie de garage idéale, combinant l'honneur et l'exil indolore.

Comme chez nous les charges d'ambassadeur. Le premier moment passé, chacun à la station se désintéressa de l'affaire. Sauf Harper, bien décidé en revanche à s'accrocher. Il faut dire qu'en face non plus, ils n'avaient pas fait très grand cas de Birch – au point de le refiler à un gratte-papier du G.R.U.

Harper, pour leur prochain rendez-vous, choisit la planque avec un soin tout particulier. Elle était dans le quartier de Shibuya, discrètement nichée au-dessus d'un bar, dans une ruelle obscure. On y accédait par au moins une demi-douzaine de voies, d'allées et de passages, tant par-devant que par-derrière. Quelques tatami, des chaises basses, rien qui puisse différencier l'appartement de ce qu'on pouvait trouver aux environs. L'absence de décoration superflue facilitait l'entretien et rendait le mouchardage quasi impossible.

Harper arriva de bonne heure avec les techniciens. La pièce sentait le moisi. Quand ils eurent promené leurs balais magiques dans les moindres recoins, Harper ouvrit une fenêtre et livra la pièce à l'air surchauffé et pollué de la ville.

A l'heure dite, il vit Birch remonter la rue, en tenue, mains dans les poches, très détendu. L'uniforme était un trait de génie. Une merveilleuse couverture. Il ne se retourna pas une seule fois. D'où il était, Harper put constater que ce n'était pas nécessaire. Ils ne se mettaient toujours pas en frais pour le filer.

En lui ouvrant la porte, il distingua, venant du rez-de-chaussée, les accents perçants de la guitare et la plainte nasillarde du chanteur, par-dessus les rires forcés des entraîneuses.

« C'est chouette. Ça me rappelle l' " inter-danse " à la radio, quand j'étais petit », expliqua Birch.

Harper lui laissa à peine le temps de s'asseoir. Il l'entreprit aussitôt sur l'affaire de la boîte aux lettres. Avec des reproches soigneusement dosés.

« Vous étiez censé ne pas vous faire remarquer.

– Aucun risque, assura Birch. J'avais inspecté les lieux avant d'escalader le mur. Je savais comment cela se présentait.

– Encore une erreur. Ne jamais traîner aux alentours d'une boîte avant de l'utiliser. S'il y a eu contact, on est susceptible d'être filé. J'insiste pour que vous fassiez toujours très exactement ce que je vous dis.

– Je croyais bien faire, s'excusa Birch.

– Eh bien, c'est raté! Vous avez des instructions à suivre, un point c'est tout. »

La relation entre un officier et son agent est toujours délicate. Le plus pénible étant réglé, il pouvait rassurer Birch, lui certifier que les erreurs de parcours étaient bénignes, annoncer que la première manche était un succès. L'homme avait été identifié : il était russe, comme prévu.

« Il a fait ce que vous aviez dit qu'il ferait, monsieur Harper. Il voulait des photocopies. Mais il a pris les notes manuscrites. Je lui ai parlé des consignes de sécurité. Il a tout avalé.

— Étonnant qu'il ne vous ait pas demandé de signer le document.

— Pourquoi l'aurait-il fait?

— Pour vous compromettre, et donc obtenir plus de vous.

— Si je marche avec lui, pourquoi voudrait-il me faire chanter? J'espère que j'ai pas fait de conneries, s'inquiéta Birch.

— Vous avez été parfait. Et ne vous inquiétez pas pour les retombées. Nous sommes les seuls à pouvoir vous venir en aide.

— Il m'a dit que sa compagnie n'hésiterait pas à me donner de l'avancement, reprit Birch. J'ai la cote, à ce qu'il paraît.

— Un vrai petit capitaliste.

— Il m'a proposé de remettre ça avec autre chose. J'ai noté ici les documents qu'il voulait avoir. Mais je lui ai dit que j'étais pas vraiment sûr de pouvoir les obtenir.

— C'est pour ça que vous avez rechigné devant la porte?

— Ah, vous savez cela aussi?

— Il vous proposait quelque chose et vous avez refusé...

— Oui, monsieur.

— Combien vous a-t-il donné? »

Birch plongea la main dans une de ses poches et en sortit une enveloppe marquée *air mail*.

Harper la déchira et commença à compter les billets de vingt et de cinquante.

« Il y en a là pour cinq cents dollars, annonça-t-il. Vous êtes plutôt surpayé. » Il était surpris par le montant. Agréablement surpris. Les Soviétiques n'ont aucune liberté de manœuvre, en ce qui concerne les devises, et de telles sommes n'étaient jamais confiées à des seconds rôles. On commençait donc à s'intéresser à Birch. Pour Harper ce ne pouvait être que le K.G.B.

« Où voulait-il vous entraîner après dîner? demanda-t-il.

— C'est sans rapport avec l'affaire.

— Rien n'est sans rapport, malheureusement. »

Birch tendit la main vers l'enregistreur : « Il faut vraiment que ce truc tourne?

– Ça vous ennuie?

– Non, fit-il vivement. Je m'attendais pas à un truc pareil. Nowicki m'avait toujours paru si... euh, comment dire... si bien, si correct avec Donna et tout. J'ai été surpris par sa proposition. Je ne savais plus où j'en étais ni comment il avait pu penser que je pourrais...

– Mari fidèle?

– Il y a du mal à ça?

– Non, c'est très bien, Birch. Et trop rare.

– Faut me comprendre. J'aurais pas pu faire ça à Donna.

– Chacun a ses limites. Et nous avons pour principe de les respecter, chaque fois que c'est possible.

– Je vous en remercie, monsieur Harper. Vraiment. Je ne pourrais pas le suivre sur ce terrain. Jamais.

– Rien n'est perdu pour cette fois, assura Harper.

– Je me suis senti tout bête, quand je suis rentré ce soir-là.

– Il n'y a pas de raisons. Je ne vous avais pas préparé à ce genre de situation. Bon. Étape suivante : je vous déniche les quelques bricoles qu'il demande. Cela peut attendre quelques jours. D'ici là, vous faites des dépenses. Des trucs chers pour votre femme. Gardez les souches, nous rembourserons. Mais dites à votre copain que vous avez payé à crédit, que pour le cash vous êtes lessivé. Faites-lui croire que vous avez des dettes.

– En un sens, c'est assez vrai.

– Plus il y en aura, mieux ça vaudra.

– J'en ai à votre égard aussi, dit Birch.

– Vous êtes un soldat », corrigea Harper. Surtout que Birch n'aille pas croire que la relation était du même ordre, mais dans une direction différente. « Après tout, c'est pas neuf pour vous d'avoir des fournitures du gouvernement dans votre armoire.

– Ils ont pas l'habitude de fournir des manteaux de fourrure.

– Si, mais seulement à la fine fleur de la *Cav,* Birch. Si en prime vous pouviez lui faire voir quelques-unes de vos nouvelles babioles, les nouvelles robes de votre femme, par exemple, ce serait parfait.

– Ça la rendrait nerveuse, risqua Birch. Déjà qu'elle commence à se demander ce que signifie tout ce pognon. Elle est pas du genre à pouvoir dissimuler.

– Très bien, trancha Harper. Si elle est un peu crispée, c'est encore mieux. Elle a confiance en vous, non? Et quoi qu'il arrive, elle aura au moins eu ça.

– Je déteste lui mentir.

– C'est pas des mensonges. Simplement vous lui épargnez une part de votre anxiété. Dites au copain qu'elle aimerait le revoir. Oui, c'est bon ça. Elle adore quand il est là et elle est un peu jalouse quand vous sortez à deux, sans elle, dans des endroits chics.

– Elle ne se plaint jamais.

– L'oiseau rare, sourit Harper. Elle ferait une recrue parfaite. »

Quand tout fut terminé, ils burent un verre à la réussite de leur projet et à la mystification de l'adversaire. Harper, planté devant la fenêtre, semblait fasciné par la nuit qui enveloppait la ville, par la fulgurance et les scintillements barbares des néons. Derrière les toits et l'enseigne lumineuse d'un cinéma, on devinait les volutes élégantes d'un temple, silhouette saugrenue dans cet univers d'acier, de béton et de verre.

« Ils peuvent vraiment être très différents de nous, murmura finalement Harper sans tourner la tête. Ils *étaient* différents. Vous ne trouvez pas que toutes les oppositions, que toutes les inimitiés finissent tôt ou tard par converger? »

Birch parut surpris, troublé même par ce qu'il venait d'entendre. Il laissa la question sans réponse.

9.

A Langley, au même moment, des bruits avaient commencé à circuler sur Harper, ou plus exactement sur sa vie privée – celle-ci risquant fort d'interférer négativement sur ses activités professionnelles. Il venait de demander Janet en mariage. Nous étions tous au courant, puisqu'il avait utilisé notre ligne télex pour se déclarer! Elle était sur le point de quitter Saigon pour retourner aux States, avec une escale à Bali où ils devaient se retrouver une dernière fois. L'affaire Birch le bloquait à Tokyo. La mousson perturbait les liaisons téléphoniques avec le Vietnam. Il devait la toucher. Et comme il n'avait pas envie de la perdre...

Les collègues m'accusent souvent d'avoir l'esprit tordu. Leur formule est plus pudique : ils parlent de déformation professionnelle. Il s'agit, vous l'aurez compris, de cette manie qu'on m'attribue de voir dans toute chose son contraire. Je pense d'ailleurs qu'ils n'ont pas tout à fait tort. Bref, contrairement à baucoup, j'étais sincèrement ravi d'apprendre que Harper voulait se marier. Je crois qu'il n'est pas bon d'isoler le travail de la vie tout court.

Il se trouve pourtant, dans le matériel transmis par Harper et se rapportant à cette période, quelques éléments extrêmement révélateurs. Je ne les ai découverts que beaucoup plus tard. Il y a par exemple ce petit film, pris un soir d'été depuis le poste de surveillance que Harper avait installé dans la rue de Birch.

Le film montrait Birch et sa femme sortant de chez eux avec un panier d'osier et une couverture. On voit Birch s'arrêter sur le seuil, réfléchir comme s'il avait peur d'oublier quelque chose. L'image est assez chahutée dans ce plan. J'imagine que l'opérateur se préparait pour la filature. Mais les Birch n'allaient pas loin. On les voit étaler le plaid sur le bout de pelouse brûlée devant chez eux – une pelouse si étroite qu'ils sont en partie sur le trottoir. Donna déballe le casse-croûte, les assiettes, tandis que son mari dépose symétriquement deux bougies qu'il allume, non sans mal à cause du vent. On distingue leur voisin à sa fenêtre – un Japonais. Il semble apparemment surpris par ce rite étrange et hoche la tête. Plus loin dans le film, le jour commence à baisser et Birch s'enhardit, il se penche sur sa femme et lui donne un baiser. Elle sourit, lui répond par une petite tape sur la joue, et lance un coup d'œil furtif autour d'elle, comme si elle sentait un regard indiscret.

L'autre pièce du dossier est une cassette entièrement effacée, sauf un petit bout de conversation; le genre de phrases qu'on ne trouve jamais dans une transcription officielle. L'enregistrement provient sans doute de l'un des micros que nous avions plantés dans la salle à manger. Tout semble indiquer qu'ils attendaient le moujik ce jour-là.

« Chérie (la voix de Birch), où es-tu?

– ... cuisine.

– Laisse, je peux m'en occuper. On n'a plus tellement de temps. Faut pas qu'il trouve tout en pagaille en arrivant ici.

– Je suis désolée. J'ai pris du retard.

– Ce n'est rien.

– Tiens, mets-toi là. Je vais te les passer. Ça ira plus vite... Tu as vu dans le journal? Cet accident d'avion...

– Terrible. (C'est Birch qui répond.)

– Je n'aime pas quand tu es en l'air.

– J'y suis jamais pour mon plaisir.

– Je veux être avec toi la prochaine fois.

– Mais je vais nulle part, à ce que je sache.

– La prochaine fois.

– D'accord.

– Je veux être avec toi.

– J'pense qu'on est vraiment bien ensemble, non?

– Je sais que je suis idiote.

– Tu es adorable. »

Assurément, il y avait quelque chose de trouble dans la fascination de Harper pour ce qu'il considérait comme la vie privée exemplaire de son agent. Il est certain qu'il eut du mal à casser le curieux lien d'attachement qu'il éprouvait pour lui.

Sur ces entrefaites, à Langley, nous misions de plus en plus sur l'opération Birch. Il y avait eu cette sinistre réunion sur BLACK BODY. Il nous fallait coûte que coûte des options, des choix, des initiatives. La situation empirait d'ailleurs : notre contre-espionnage était inopérant, ses rapports devenaient de plus en plus rares.

Mis à part le fait qu'il n'avait pas encore été enlevé à sa première nounou slave, Birch paraissait bien placé pour une vaste opération. Il avait des connaissances en électronique. Nous savions que les Soviétiques utilisaient aussi BLACK BODY en Asie. Quoi de plus normal donc que Birch ait été en contact avec les méthodes que nous étions censés avoir développées pour pénétrer leur système. Le fait que c'était eux qui l'avaient approché en premier ajoutait encore à sa crédibilité.

La question restait de savoir comment nous pouvions écarter le Russe au profit de quelqu'un de plus important, un agent du K.G.B. Les sommes que Birch avait reçues indiquaient à coup sûr une intervention du redoutable Comité. Mais pour quelque obscure raison, les grosses têtes ne se montraient pas. A Langley, après épluchage du dossier, nous fûmes d'avis que Birch présentait encore un profil trop « indépendant ». Le K.G.B. n'avait pas le sentiment d'un véritable contrôle sur notre homme. Comme Harper, ils avaient senti les énormes potentialités de Birch, mais ils restaient prudents. Il n'y a pas plus père tranquille qu'un Ruskoff. Avant de risquer le moindre pas, il veut être sûr que sa victime est ferrée, qu'elle mord à l'hameçon. Et Ivan n'a cette certitude que lorsqu'il la voit se débattre. C'est la seule forme d'autorité qu'ils puissent concevoir. Nous décidâmes donc, pour que Birch devienne opérationnel contre BLACK BODY, de le rendre dépendant d'eux. Totalement dépendant, puisque c'était ainsi, et ainsi seulement, qu'ils concevaient la chose.

10.

Un portrait du président et une calligraphie chinoise, c'est tout ce qui ornait les murs du chef de station. En 1978, on aurait pu sans trop de risques déployer ce genre de calligraphie. Les exclus étaient rentrés en grâce, y compris ceux qui n'avaient pas volé leur mise au rancart. Quant au chef de station, en toute circonstance, son dossier resterait ce qu'il avait toujours été : intact. Il avait traversé sans accroc les situations les plus épineuses, même celles qui avaient cassé ses amis, et il en serait toujours ainsi, quelle que soit l'orthodoxie en cours.

« Entrez et asseyez-vous, Harper. Désolé de vous retenir si tard. Vous supportez votre whisky sans glace? J'ai oublié d'en demander à la fille.

— Seulement du soda pour moi, répondit Harper. J'ai encore du boulot qui m'attend. »

L'absence de commentaire sur ce qu'il affichait à son mur ne signifiait pas qu'il refusât d'en parler. Certains affirmaient que si tant de gens savaient, pour la calligraphie, c'était parce qu'il s'était toujours arrangé pour qu'il en soit ainsi. Une autre technique pour passer à travers tout. C'était habile.

« Un poème de Mao, observa Harper.

— Ah! oui, vraiment? Je ne savais pas que vous connaissiez le chinois.

— C'est quelqu'un qui m'a donné le tuyau, un jour.

— Ah! bon. Je crois qu'il y est question de nature. Ou de canons. Ou peut-être les deux. Je n'ai jamais été très doué pour les langues. Bien. Si vous n'y voyez pas d'inconvénient, je m'en verse un godet, sans façon.

— Je vous en prie. Je comptais jeter un coup d'œil sur les rapports de filature.

— Vous le ferrez serré, hein? Je ne voudrais pas décourager un zèle aussi louable, mais ce n'est pas en surveillant Birch que vous obtiendrez des résultats rapides.

— Je suis un homme patient, fit posément Harper.

— Vous n'avez jamais eu affaire aux Russes.

— A leurs amis, oui.

— C'est loin d'être la même chose. Vous vous frottez ici aux grands maîtres européens. Rien à voir avec les sous-traitants d'Asie. Stratégie fine. A la Clausewitz, si vous voulez. Les Russes sont virtuoses dans l'art d'exploiter la patience de l'adversaire. »

Il prit son verre et alla s'asseoir sur le divan, en face de Harper.

« Je n'irai pas par quatre chemins. Je laisse la diplomatie aux gens des relations extérieures. Mes opérations sont claires, nettes, et j'ai passé l'âge des grands desseins.

— Il commence à être tard, fit Harper, en esquissant un mouvement.

— Restez assis et ne soyez pas stupide. Vous savez parfaitement qu'il y a anguille sous roche, et ce n'est pas en me plantant là avec mon whisky que vous y couperez. Je croyais que vous aviez retrouvé votre confiance en vous.

— Qu'est-ce qui vous fait croire que je l'ai perdue?

— J'ai lu vos rapports. Pas tellement agressifs à l'égard de Bartlow, je trouve. Plutôt autocritiques, même. Le moins que l'on puisse dire est que vous n'essayez pas de l'accabler.

— Les choses parlent d'elles-mêmes, coupa Harper.

— Ouais. Et en même temps, vous êtes passé à travers.

— Je vous imaginais capable d'apprécier la chose. Et de la méditer...

— Je vous sais très dangereux, fit tranquillement le chef de station. Si c'est ce que vous insinuez.

— Vous connaissez la définition que Dryden donne de la satire?

— J'ai bien peur que non. Ce monsieur m'est à peu près aussi étranger que l'idéogramme sur le mur. Il m'arrive encore de lire quelques romans, pour la technique, mais jamais de poésie. En fait, je suis médiéviste. L'un des problèmes, avec Bartlow, c'est qu'il croyait à toutes ces démagogies sur l'histoire qui se répète, etc. Il se voyait rééditant le finale de la Seconde Guerre mondiale. Tellement obsédé, qu'il ne se rendait même plus compte que ce n'était pas au Q.G. allemand qu'il avait affaire. L'histoire n'a rien à voir avec cette saloperie de recommencement soi-disant éternel. Elle n'est qu'une succession d'événements sans liens, dont le seul point commun, précisément, est d'être une saloperie. Bartlow est fort à sa manière. Je l'ai vu à l'œuvre, pendant assez longtemps, et j'ai dû le supporter, comme vous. C'était en Chine, comme vous ne l'ignorez pas. Mais il savait à la perfection prendre la mesure de l'interlocuteur. Il rapportait toujours très exactement ce qu'on attendait de lui, à cent pour cent. On peut penser ce qu'on veut à propos de ce qui est arrivé à votre réseau au Vietnam, mais il n'a sûrement pas coulé parce que Bartlow ne comprenait pas ce qu'on voulait.

— Ce qui revient à dire que c'est moi qui ai cafouillé?

— Je suis sûr que cette pensée vous a déjà effleuré. Allons, laissez-moi vous servir ce verre. J'ai l'impression que vous en avez besoin... Ils n'ont jamais été foutus d'imiter correctement un bon scotch. Leurs Suntori ont tous le même goût. Voici pour vous.

— Nous ne réussissons pas mieux le whisky qu'eux, remarqua Harper.

— Mais on a assez de jugeote pour en importer du convenable. » Le chef lui tendit son verre et retourna se caler à l'autre extrémité du canapé. « Langley est d'avis que le moment est venu de passer à la vitesse supérieure. En fait, ils mettent toute la sauce sur votre opération. Et ils veulent brancher le K.G.B. sur l'affaire.

— Et je suppose qu'ils ont une idée sur la manière d'y parvenir?

« Vous m'excuserez, mais il me semble avoir déjà entendu cet air-là quelque part. Je dois passer pour le spécialiste des solutions désespérées... enfin, désespérées pour les autres.

— Je savais que vous n'aimeriez pas ça, Richard. Mais ce n'est pas du tout comme la dernière fois. Il ne s'agit pas de faire courir un risque quelconque à Birch. Et ne soyez pas obnubilé par ce soi-disant sentiment de *déjà vu*.

— Le gosse trotte exactement à l'allure qui convient. Il n'a commis aucune erreur. Ce n'est pas de ma faute si les Russes ne mordent pas tout de suite à l'appât.

– Possible. Mais qui sait ce que certains iront imaginer.

– Il y en a sûrement qui rempliraient cette tâche mieux que moi...

– Possible aussi. Mais nous n'avons pas les moyens d'organiser un concours, fit le chef. Si tout marche comme prévu, Birch aura une dure partie à jouer. Et vous avez sa confiance, Richard.

– Oui, et je suis prié d'en abuser.

– Vous devez le persuader de faire ce qui est l'impensable pour lui. Ce n'est peut-être pas drôle pour vous, mais lui ne risque rien, physiquement. Langley a l'impression que Birch n'est pas suffisamment sous la coupe des Rouges. L'argent n'est pas tout, selon eux. L'idéologie, dans le cas de Birch, personne n'y croirait. Reste le sexe. C'est sur ce plan qu'il va falloir le compromettre.

– Ça ne marchera jamais, coupa Harper. Je connais mon bonhomme.

– Je crois, en effet, que ce n'est pas du tout cuit. J'ai lu vos rapports. Mais l'ordre n'est ni une base de discussion ni sujet à interprétation, vous *devez* réussir.

– Et on peut savoir ce qu'ils sont, ces messieurs qui concoctent d'aussi séduisantes combines?

– Pour une fois, je suis plutôt d'accord avec eux, Richard.

– Je n'ai pas envie de porter le chapeau pour ce qui peut arriver, protesta Harper.

– Vous ne serez responsable de rien. Sauf si vous échouez... »

Quelqu'un avait un jour expliqué à Harper que les états dépressifs résultaient toujours de processus chimiques. Un subtil déséquilibre électrolytique du cerveau. Si c'est vrai, pensait-il, les cristaux de ce poison sont comme les flocons de neige : jamais deux fois semblables. Chaque dépression se distinguait par ses qualités spécifiques. La sienne, aujourd'hui, avait l'odeur amère et forte de Saigon la nuit.

Janet était déjà couchée quand il rentra ce soir-là. Il se pencha sur elle et l'embrassa sur la joue. Elle remua vaguement.

Il resta un moment à la regarder dans la faible lumière qui venait du vestibule. Elle paraissait si confiante dans ce lit. Il frissonna. Comment pouvait-on se fier à qui que ce soit? Il referma doucement la porte et revint vers le living où il se versa à boire.

Le bruit de la radio le fit sursauter quand il tourna le bouton; il réduisit aussitôt le volume. Une légère brise agitait doucement le petit mobile devant la fenêtre ouverte. La voix, dans le transistor réglé au minimum, n'était plus qu'une inflexion modulée. Comme du vietnamien.

Cette nuit-là, confronté à ce qu'il allait devoir dire à Birch, il s'inquiétait. Le discret tintinnabulement de l'éolienne, la secrète rumeur de Tokyo, ne le calmaient pas. Au contraire. Il savait maintenant. La trahison. Il en connaissait la nécessité. Et le prix.

Le plan, concernant Birch, était d'une bêtise absolue. Une puérilité d'adolescent. Fallait qu'ils soient dans une situation désespérée. Le compromettre sexuellement pour rassurer ceux d'en face! Le moujik avait pris la mesure des sentiments de Birch pour sa femme. Il aurait fallu jouer de cette faiblesse, la transformer en atout.

Harper regrettait. Il n'aurait pas dû parler de Donna dans ses câbles. Mais il se croyait malin. Il était fier d'avoir joué sur elle pour rendre crédible la vénalité de Birch. Il s'était empressé de rapporter son astuce à Langley. L'idée imbécile, en somme, venait de lui.

Pas question évidemment de faire marche arrière. Birch ne risquait rien. Il n'y avait ni fusils ni confusion entre alliés et ennemis. Et il savait déjà, avec précision, de quels arguments il userait pour persuader le jeune homme. Le sentiment du devoir, c'était clair, ne mènerait à rien. Mais il y avait autre chose, cette peur panique qu'avait Birch d'être envoyé au Vietnam.

Le colonel Robertson en avait dit un mot au moment où Harper avait parlé de la nécessité de gommer Birch des listes d'appelés pour le front.

« J'irais pas jusqu'à dire que c'est un lâche, avait expliqué Robertson. Mais sa femme a vraiment un problème. Il m'a avoué qu'il s'inquiétait pour elle en cas de mobilisation. L'Armée n'accorde malheureusement pas d'exemptions pour cause d'épouse malade des nerfs. Il était mal barré. J'étais désolé pour lui, mais je ne pouvais vraiment rien tenter. Sûr que vous avez été pour lui un don du ciel, monsieur Harper. »

Harper était resté longtemps près de la fenêtre, à réfléchir aux moyens d'utiliser l'amour de Birch pour le rendre infidèle. Il se demanda si tous les grands mots dont les hommes se servent pour habiller leurs mobiles – amour et fidélité et honneur – n'étaient pas tout simplement des synonymes du verbe survivre. Puis il avait regagné sa chambre pour s'allonger près de Janet. Et il s'était agrippé à elle, chair chaude et vivante.

11.

Birch n'avait montré aucune réticence à évoquer sa vie sexuelle. En réalité, il était assez fier de sa vertu. Il tenait à préciser pourtant que ce n'était pas faute d'occasions, même avant de quitter Cleanthe.

Son père, à sa connaissance, n'avait jamais connu qu'une femme – sa mère – même pendant les années de guerre. Ils n'en avaient jamais parlé. Il supposait seulement. Pour son père, c'était le genre de sujet qui ne valait pas tout l'intérêt qu'on lui accordait généralement. Si l'un des garçons, à la ferme, voulait prendre des cours d'éducation sexuelle, il n'avait qu'à aller rôder du côté de la porcherie. Et si les mœurs animales lui paraissaient frustes et expéditives, eh bien, il y avait là aussi une leçon à prendre.

Harper avait rudement bien amené l'affaire. Une mission de « toute grande priorité », avait-il dit. L'Agence avait pensé à lui. Le devoir implique toujours une part de sacrifice. Sans hommes prêts à couvrir cet espace, aucun pays ne pouvait survivre.

« Je savais que vous trouveriez cela choquant, Birch. le contraire m'aurait déçu. Mais quand vous dites non au Russe, quand vous lui donnez mauvaise conscience sur cette question, il s'inquiète, il se détache de vous... »

Harper l'entreprit alors sur la question de la fidélité. Ici encore, il le décontenança sans trop de mal, travaillant par la bande et transformant chaque chose en son contraire.

« La loyauté est une attitude, Birch, pas un acte. » L'autre répondit qu'il ne voyait pas ce que cela voulait dire.

« Je veux dire que le devoir fait tout converger. Si vous accomplissez correctement votre tâche, vous créez un lien, vous ne le violez pas. Imaginez que votre femme puisse connaître les faits : elle comprendrait que votre mission n'entache en rien l'intégrité de votre sentiment pour elle. »

Birch résistait, même sans argument à opposer à Harper. Il n'était pas philosophe, il ne savait rien de l'art de retourner les mots et les phrases. Mais que quelqu'un puisse échafauder sérieusement des plans aussi tordus restait à ses yeux un mystère. La question, à vrai dire, n'était pas tout à fait neuve pour lui – il s'était toujours trouvé quelque bonne âme pour l'entraîner dans de telles aventures. Sans doute avait-il dû paraître coincé en refusant – notamment avec Nowicki – mais il s'en fichait. Il fallait le prendre comme il était.

« Non, monsieur Harper. »

C'est alors que Harper joua son va-tout. Langley arrêterait les frais si l'opération n'était pas poursuivie dans la voie indiquée.

« Votre dossier a été mis sur une voie d'attente administrative, expliqua Harper. On vous a soustrait du cours normal des affectations, pour une durée indéterminée. L'opération se développant, dans les termes souhaités, nous ne pourrions prendre le risque de vous voir muté sur un terrain où l'ennemi pourrait vous capturer. Bien sûr, si nous interrompons notre action au point actuel, votre dossier retrouvera le cours ordinaire des désignations.

– Ce qui veut dite le Vietnam, murmura Birch.

– Ou ailleurs. L'Agence, en tout cas, ne s'en préoccupera pas.

– Ce n'est pas très sympa.

– Je me contente d'énoncer des faits, Birch. C'est à vous de prendre la décision. Je veux simplement que vous le fassiez en connaissance de cause. »

Birch cherchait désespérément une issue. Il pourrait offrir à Ivan des renseignements supplémentaires. Ou lui demander plus d'argent. Il inventerait qu'il s'est mis à boire. Ou une histoire de drogue, ou des dettes. Harper ne semblait pas l'écouter.

Birch quitta la planque sans avoir accepté quoi que ce soit. Il était bouleversé et furieux. Les rues de Tokyo lui parurent plus hostiles que jamais. Il se laissa aller au gré des tourbillons de la foule, sans but, aveuglé par le clignotement des néons qui l'interpellaient. Il échoua dans une de ces rues chaudes qu'il avait en horreur. Les raccoleurs le tiraient par la manche. Les maquereaux vantaient la marchandise. Il repoussait tout le monde, sans trouver pourtant la force de s'éloigner. Il n'avait pas choisi ce boulot infâme; on l'y précipitait. Devoir, contrainte, fidélité... Tout était devenu si confus.

Donna guettait son retour. Elle lui ouvrit la porte, tandis qu'il cherchait encore ses clés d'une main tremblante. Elle l'embrassa. Il eut honte de ce baiser.

« Avant que je n'oublie, fit-elle. Nowicki a essayé de t'atteindre. Je ne connaissais pas ton programme et je n'ai rien pu lui dire. Il a dit qu'il ne pouvait pas laisser de numéro là où il se trouvait. Ça avait l'air urgent.

— J'espère qu'il ne t'a pas trop ennuyée.

— Je ne faisais rien de spécial. Une lettre de maman. J'ai commencé à y répondre. Papa a eu la grippe, mais il va mieux. Ils ont pratiquement dû le mettre au lit de force. Tu sais comment il est. J'ai pensé qu'on pourrait lui envoyer une de ces mignonnes petites poupées qu'on vend par ici. Tu ne trouves pas que c'est une bonne idée?

— Oui. Très bien. » Il ne supportait pas son regard. Elle ne lui demandait pas pourquoi il rentrait si tard. Et ce soir, il ressentait cette confiance comme un reproche.

« M. Nowicki a demandé s'il pouvait se permettre d'appeler plus tard. Je lui ai dit que l'heure n'avait pas d'importance. Tu as mangé? »

La chatte s'approcha. Birch s'agenouilla et l'animal ronronna en se frottant contre lui.

« Je n'ai pas vraiment faim.

— Moi j'ai déjà mangé un morceau, mais je peux te préparer quelque chose rapidement. »

Birch grimaça un sourire et l'embrassa du bout des lèvres sur la joue — le baiser de Judas. Il se rappela ce que Harper avait dit : « Si l'opération continue, il n'y a aucune raison qu'elle sache. Au contraire, elle *doit* ignorer! Mais si nous en restons là, et si vous êtes muté, vous ne pourrez rien faire pour lui éviter l'épreuve. » Il monta jusqu'à leur chambre. Donna était paniquée à l'idée de ce qu'il risquait. Un cousin à elle s'était fait tuer. Elle était sûre que Birch serait touché. Lui avait naturellement voulu la rassurer, en plaisantant : il était beaucoup trop précieux pour qu'on l'expose inconsidérément! Mais il avait fini par y croire. N'était-ce pas, en fin de compte, ce qu'on lui avait laissé entendre?

Le téléphone se trouvait sur l'une des tables de nuit. Birch prit l'appareil, le cala sur ses genoux, composa un numéro, puis couvrit la tonalité à l'aide d'un coussin. Quand le bruit eut cessé, il ne reposa pas le combiné sur sa fourche. Un court moment, il se sentit soulagé. Au moins, il venait de poser un acte qui les protégerait

« Tu es O.K., chéri? » Elle avait déposé sur le lit un plateau avec des fruits, une salade et du fromage.

« Un peu fatigué, c'est tout.

— Tu ne veux pas m'en parler?

— Je viens de t'en parler. »

Elle ne réagit pas à la sécheresse du ton. « C'est ce nouveau lieutenant, hein? Il te tape sur les nerfs.

— Je me fous de ce mec.

— Tu l'amadoueras, Jerry. Celui-ci comme les autres. Est-ce que tu te rends compte que tu n'as pas raccroché le téléphone?

— Touche pas. Laisse-le comme il est.

— Ça fait inutilement grimper la note », fit-elle d'un ton de reproche. Elle esquissa un geste en direction de l'appareil. Il le lui arracha des mains.

« Fais ce que je te dis, merde! Pour une fois.

— C'est toi qui voulais qu'on économise, protesta Donna. C'est pour ça que...

— Je sais ce que j'ai dit.

— M. Nowicki essaie peut-être de t'appeler.

— Et peut-être que j'ai pas envie de lui causer. Peut-être que j'ai pas envie de causer tout court. Qu'est-ce que tu penses de ça? »

Donna traversa la pièce pour aller s'asseoir sur la banquette de la coiffeuse. Sans un mot, trop fière pour montrer qu'elle était blessée.

« Alors, vas-y! Mais vas-y donc, lança-t-il. Déballe ce que tu veux dire. Allons...

— Je ne sais plus ce que je dois faire quand tu es fâché, Jerry.

— Peut-être que c'est ça le problème.

— Explique-moi... Tu veux que je te masse le dos. Parfois ça marche.

— Mon dos va très bien.

— Oh! Jerry.

– Et toi, tu restes là et tu encaisses, hein? sans même savoir pourquoi.

– S'il te plaît, Jerry. Peut-être que si tu manges quelque chose...

– Oh! oui, tout s'arrangera. Tu remplis ma panse, tu me masses le dos, et t'as fait tout ce qu'il fallait, n'est-ce pas?

– Faut pas que tu ailles te coucher sans manger.

– Je ne suis pas ton bébé, Donna. Y a pas de bébé. On ne joue pas à en avoir. T'as intérêt à te mettre ça dans la tête. »

Elle s'était levée.

« Où vas-tu maintenant?

– Me préparer pour aller au lit, fit-elle.

– Je te demande pardon », grommela-t-il. Mais elle était déjà sortie.

Il se leva en prenant le plateau pour le redescendre. Il marqua un temps d'arrêt devant la porte close de la salle de bains. On entendait le bruit de l'eau dans la baignoire.

« C'est pas ta faute, Donna, cria-t-il.

– Je ne sais jamais.

– Eh bien, je te le dis. »

Dans le living, il essaya d'avaler un morceau de fromage. La bière lui sembla amère et chaude. Il resta dans le noir, à écouter les mouvements de Donna, là-haut, la lenteur et la tristesse de ses gestes. Il aurait voulu qu'elle sache ce qu'il sacrifiait pour elle, et ce secret le déprimait. Il en était réduit à la brusquer, au moment où elle était le plus vulnérable. L'absence de cet enfant qu'ils ne pouvaient avoir, son besoin désespéré de le savoir heureux. Bien sûr, il y avait moyen de lui faire partager ses problèmes. Mais ses moyens étaient tous cruels. Et il détestait cette faiblesse en lui, qui le rendait incapable de supporter seul l'épreuve. Tout était si confus dans sa tête. L'amour transformé en affront, et l'infidélité élevée au rang de devoir.

Le bruit avait cessé à l'étage. S'il refusait d'accomplir ce qu'ils attendaient de lui, ce serait pire encore. Il recevrait son ordre de marche. Ils seraient séparés. Une année sans se voir. Elle chercherait à comprendre mais lui seul saurait.

Il la rejoignit. Elle respirait difficilement. On croyait qu'elle avait pleuré. Le téléphone était toujours décroché. Il prit le cornet pour le remettre délicatement en place, puis il se pencha sur elle et l'entoura de ses bras, comme pour la protéger. Il la sentit se détendre.

« Jerry, je t'aime. Je ne sais pas ce que j'ai fait de mal, mais je t'aime.

– Je vais tout arranger, fit-il dans un murmure. Ne t'inquiète pas. Tout cela est de ma faute. »

Lorsqu'il revint dans la cuisine, il tourna le bouton de la radio pour couvrir sa voix. L'American Forces Network émettait toute la nuit. Il vida sa bière avant de composer le numéro que Harper lui avait dit d'appeler. A l'homme qui répondit, d'une voix endormie, Birch expliqua qu'il essayait d'avoir un taxi. « Parfait, fit la voix. Je savais que nous pourrions compter sur vous. » Birch raccrocha et alla s'installer dans son fauteuil. Pour attendre le coup de fil du Russe.

C'est à partir du moment où le rendez-vous fut pris que Birch commença vraiment à culpabiliser. Donna ne comprenait pas. Elle s'imaginait, en voyant son air contrit, qu'il avait des remords pour ce qu'il lui avait dit, à propos des bébés. Au vrai, il expiait par anticipation. Et le profond dégoût pour ce qu'il avait accepté de faire était la seule force qui lui permettait d'affronter l'échéance. En un sens, cette infidélité était comme le pendant de l'autre trahison – la remise des documents secrets à Nowicki. Les papiers étaient authentiques. Très bien. Vu de l'extérieur, il était donc dans la peau d'un misérable Judas. La véritable traîtrise, pourtant, fonctionnait dans l'autre sens. Les motifs cachés l'absolvaient, non parce que les événements échappaient à son contrôle, mais parce qu'il les avait choisis, librement et sans malice. Il était responsable de son innocence, comme d'autres le sont de leur culpabilité. C'était pour cela qu'il souffrait.

Elle avait son importance, cette souffrance. Il savait qu'il n'éprouverait aucun plaisir à accomplir l'acte. Il en aurait du dégoût, comme il avait été écœuré en acceptant cette mission. Ce serait aussi faux que les mensonges qu'il débitait au moujik. Si Donna apprenait, elle serait horrifiée. Mais elle n'en saurait rien.

Au restaurant, Nowicki formula de nouvelles demandes. Birch avait de la peine à se concentrer, ce soir-là, mais l'autre ne parut pas le remarquer. Il nous avait fait savoir le lieu et l'heure de l'entrevue par la procédure habituelle. La boîte aux lettres fonctionnait toujours. L'homme n'attendait que des bricoles, comme les fois précédentes. Birch était déçu. Ils ne le prenaient toujours pas au sérieux. Il n'aurait donc aucune excuse à rester en panne pour la suite. Les renseignements étaient simples à trouver. Tout se passait comme s'ils le testaient encore. Mais dans quel but? Birch risquait un maximum, et il avait la désagréable impression que Popov, de son côté, cherchait surtout un prétexte à se goberger dans les grandes maisons.

Birch exprima sa contrariété en renouvelant ses réticences à s'engager davantage. Le Russe le rassura une fois de plus. Il ne s'agissait que de court-circuiter les pesanteurs bureaucratiques. Pourquoi une firme travaillant pour le gouvernement américain ne disposerait-elle pas d'informations qui l'aideraient à rendre son produit plus performant?

« Je ne vois pas pourquoi, en effet, argumenta Birch. Mais il doit y avoir une raison.

— Vous essayerez, n'est-ce pas?

— Je verrai. Toute cette histoire me rend nerveux.

— Très mauvais, cela. Ma société n'aime pas savoir ses meilleurs collaborateurs dans cet état. Elle les aime détendus et heureux. Venez avec moi, ce soir. Vous ne penserez plus à ces broutilles.

— Si vous insistez, fit Birch, après une hésitation.

— Bien. Excellent! »

Ils allèrent en taxi jusqu'à l'endroit choisi par le Russe. De l'extérieur, il correspondait point par point à ce que Birch imaginait. Ils entrèrent. Le moujik chancela, sous l'effet combiné du scotch et du vin, tandis que Birch s'immobilisait dans la contemplation des hideuses photos qui ornaient l'entrée. Le vestibule se prolongeait par un escalier minable, que le Russe monta en posant son bras sur l'épaule de Birch. A l'étage, une porte seulement, d'un rose criard. Nowicki frappa et une vieillle femme vint ouvrir.

« Oh! monsieur Nicki-san, susurra-t-elle. C'est toujours un grand plaisir pour nous. »

Le Russe se plia en deux, dans une parodie grotesque de révérence. Elle lui prit la main et le fit entrer. Birch suivit.

Ce n'était pas du tout comme il avait pensé. La pièce ressemblait à n'importe quelle salle d'attente. Éclairée, beaucoup trop même. La vieille les fit asseoir à une table joliment recouverte d'une nappe. Une bougie dégageait une fausse odeur de santal.

« Votre ami? demanda la femme.

– L'amitié exige du whisky, exige des femmes, psalmodia le Russe.

– Ah », répondit-elle. Et elle s'éloigna dans son kimono à l'ancienne.

Où étaient les lumières tamisées, la fumée, le murmure étouffé des saxophones? Birch avait du mal à faire coïncider l'image des lieux avec l'idée qu'il avait du péché. Il aurait dû insister pour choisir l'endroit lui-même. Il serait allé dans un bar de permissionnaires, celui qui était en dessous de leur planque, à Harper et à lui, par exemple. Au moins, il n'y aurait pas de confusion possible.

Nowicki était assis sur son siège, les poings en équilibre au bord de la table, la tête penchée, marmottant d'une voix grinçante une chanson sans paroles.

« L'amitié... », bredouilla-t-il quand il remarqua que Birch l'observait. Puis il reprit sa mélopée solitaire.

Birch entendit des gloussements venant de l'endroit où la femme avait disparu. Un petit rire de complicité devant la bêtise des hommes. Quelque chose se déclencha en lui. Un sentiment de crainte, comme en éprouvent les enfants. La peur de laisser paraître son plaisir. Le même sentiment qui, tout jeune, l'avait à la fois attiré et éloigné de ce qui était interdit. La force qui l'avait conduit à refouler ses désirs et qui, en même temps, donnait à ceux-ci une saveur toute spéciale. « Vous prendrez Toshi, monsieur Nicki-san? demanda la vieille en revenant vers eux.

– Elle est vive comme l'eau », gémit le Slave, manifestement à la dérive.

« Toshi! » appela la vieille en claquant sèchement des mains.

La fille arriva avec un plateau, une bouteille et deux verres. Elle avait la taille et la fraîcheur d'une adolescente, mais ses formes étaient celles d'une femme, pleines et arrondies. Elle était vêtue de blanc, à l'occidentale. De la dentelle. Ses cheveux noirs, brillants et lisses, tombaient joliment sur ses épaules comme ceux de Donna. Birch s'était levé pour l'accueillir. Il l'aurait souhaitée plus vulgaire.

« Ah! Toshi, fit la vieille. Regarde donc qui est là. »

La fille sourit et détourna son regard de Birch. Elle posa le plateau devant eux, se penchant si près de Birch que celui-ci sentait l'odeur discrètement épicée de son parfum. Ses petits seins, hauts et fermes, frémissaient librement sous le chemisier. Le Russe souleva sa main épaisse. Elle s'avança, soumise et silen-

cieuse. Birch dut regarder ailleurs. Ce qu'il éprouvait était bien
plus que de la pitié.

« Monsieur Nicki-san ». Elle parlait doucement.

« Voici mon ami, grogna l'autre. Jerry Birch.

– Jelly-y, répéta la fille, en butant sur le mot.

– Amie de Toshi, annonça la vieille, en introduisant une
deuxième fille. Vous aimez, oui? »

Celle-ci était plus grande, plus forte. Pas plus âgée que l'autre,
sans doute. Pour Birch, grâce au ciel, elle était ce qu'il fallait. Sa
blouse de coton écru était transparente sous l'éclat des spots. Les
taches sombres des aréoles accrochaient le regard, comme des
piécettes de cuivre terni dans la poussière.

« Elle, Kokura », confia la vieille. La fille vint s'asseoir près de
Birch et posa délicatement sa main sur le renflement de son
entrejambe.

« Oui, très bien », fit Birch. La pression des doigts le glaçait.

« Je vous laisse », dit la vieille en trottinant vers la porte.

Toshi prit la bouteille avec des gestes précieux et se chargea de
remplir les verres.

« Vous parlez anglais? », lui demanda Birch. La jeune femme
releva les yeux avec un petit rire nerveux.

« Elle de la campagne », expliqua Kokura. Sa voix était
profonde et sourde. « Je connais les mots. » La caresse de sa main
s'était faite plus pressante, et elle se collait à lui. Birch sentait
l'arrondi de ses seins contre son bras. Toshi, qui avait fini de
servir, redressa la bouteille d'un délicat mouvement de poignet qui
le charma.

« Vive comme l'eau », répéta Nowicki. Il se pencha vers elle,
immobilisa son visage et l'embrassa goulûment.   Quand il se
redressa, elle démêla gracieusement ses cheveux et esquissa un
sourire, comme s'il ne s'était rien passé. Puis elle se pencha à
nouveau vers Birch, par-dessus la table, et poussa son verre vers
lui.

« Pas foutue de dire un mot, grommela le Russe. Mais ça ne
l'empêche pas de produire des sons merveilleux. »

Birch vida son verre et ferma les yeux pour résister à l'âpre
morsure de l'alcool. Il était bouleversé par ce besoin poignant qu'il
sentait en lui de la protéger – pour ne rien dire d'autres émotions
qu'il refoulait désespérément. Il inspira profondément et rouvrit
les yeux.

Kokura posa sa tête sur son épaule en murmurant : « Toi

heureux en moi? » Il avait la nausée, rien que d'y penser. En face de lui, la petite écoutait en silence les allusions obscènes de Nowicki. Le Russe malaxait ses seins. Birch chercha sur son visage une trace de dégoût ou de souffrance. Rien. Elle surprit son regard et lui sourit, comme si le mal n'existait pas sur terre.

« Toi, pas aimer Kokura? » minauda l'autre fille contre lui. Il se versa un autre verre. Sa main vint se poser sur celle de Kokura, qui réagit en le guidant, par-dessous l'ourlet de sa chemise, jusqu'à la douceur de sa peau.

Et il eut envie, soudain, d'en finir, d'être loin de Toshi, d'être quitte de tout cela. De calmer non ses sens, mais sa conscience. De se trouver seul avec celle des filles dont il ne redoutait rien, qui le révulsait. Son corps répondrait, mais ce ne serait que mensonge. Moins qu'un réflexe animal. Il fallait que s'effacent les senti-ments que Toshi allumait en lui; car ceux-là étaient vrais, et cette vérité n'était que trahison.

« Bon endroit ici, bredouilla Nowicki, le nez dans son verre. Bon pour les hommes, bon pour les amis.

– Je crois qu'on peut y aller », fit sèchement Birch. Kokura comprit, et se frotta plus fort et plus haut contre ses doigts. Il dut faire un effort pour ne pas retirer sa main. « Où sont les chambres?

– Attends, beugla le Russe, en manquant de s'affaler sur la table. Toshi est pour toi, ce soir. Elle est vive comme l'eau. Je prendrai l'autre. Tout partager.

– Non, protesta Birch. Non, non, je vous en prie.

– Pour me faire plaisir, grasseya l'autre en levant son verre. Pour l'amitié.

– Kokura est mieux », protesta faiblement Birch, tandis que la fille se détachait de lui. « Je préfère. Vraiment. »

Mais le Russe ne voulait rien entendre. Déjà la grande était sur ses genoux et Toshi entraînait Birch vers la porte. Le simple contact de sa main l'avait fait frémir. Il essayait de ne pas y penser.

La chambre était à peine plus grande que le parloir. Joliment décorée de bouquets séchés et de natures mortes. Elle alluma le brûle-parfum et le posa sur le grand lit. Avant même qu'il n'ait dit un mot, elle s'était mise nue, ôtant sa robe d'un seul mouvement, comme une danseuse. Elle était là, jeune et douce et forte, comme le désir. Il se détourna. La lumière. Il aurait voulu que tout soit sombre. Obscur. Mais elle-même n'était que clarté.

Le petit triangle noir au bas du ventre figurait le seul point d'ombre, et cette tache foncée était un éclatant mystère. Il frissonna encore, au miracle de cette nudité. Puis elle s'approcha, leva les mains vers son visage et l'attira contre elle, sur sa poitrine. Il ne résista pas, comme il ne résistait pas au remords. Elle l'étendit doucement sur le dos et commença ses caresses. Il permettait, il souhaitait, il exigeait le frôlement de ses mains expertes sur son corps; et puis, bientôt, ses lèvres fourgonnant là où aucune autre femme ne l'avait jamais effleuré.

Quand il la repoussa, ce fut par désir d'elle.

« Je ne peux pas, murmura-t-il. Je ne peux pas. »

Toujours étendue, elle le regarda sans comprendre. Il voulut la rassurer, dire la vérité compliquée qu'elle avait touchée en lui. Mais il n'y avait rien à espérer des mots. Il sortit précipitamment de la chambre.

Nowicki de son côté en avait terminé. Kokura, encore penchée sur lui, les mains enfouies dans son intimité, regarda Birch passer comme une flèche. Le Russe voulut se redresser, mais retomba sur sa chaise.

« Attends, copain », beugla-t-il. Birch était déjà au bas de l'escalier.

12.

Le renseignement, c'est d'abord une lente, et patiente, et systématique accumulation de données, même insignifiantes. Je comprends qu'on puisse être fasciné à l'idée de nos gens hantant les rues obscures ou forçant clandestinement des frontières défendues militairement. De telles circonstances existent, assurément. Mais le plus souvent, nous accumulons du papier. D'abord, parce que nous ne jetons jamais rien. L'exemple des textes codés est significatif. Même ce que nous sommes incapables de déchiffrer, nous le classons, pour le cas où... C'est presque pathologique. Durant les purges, il est apparu que les Sœurs conservaient même des documents tellement secrets que leur destruction était obligatoire. Ils avaient appelé cela le « classement des pièces à détruire ».

Les archives d'une affaire comme CONVERGENCE sont particulièrement fournies. J'y ai trouvé, en plus de l'habituelle profusion de transcriptions d'écoutes, d'interviews, de rapports de surveillance, toutes les notes de Harper, celles qu'il rédigeait au jour le jour et qu'il destinait à son dossier. Je sais qu'on considère parfois ce genre de document – je parle des notes destinées aux dossiers personnels comme trop subjectives. Chacun devient le héros des mémos qu'il rédige, et dans le secret des chemises de carton brun qui s'accumulent sur les rayons d'acier des chambres fortes, nous sommes tous tentés de récrire l'histoire, de déformer les perspectives, de prétendre avoir dit les paroles qu'on voudrait avoir prononcées.

Dans le cas de Harper, les mémos personnels couvrant cette

période sont remarquablement cohérents par rapport aux câbles qu'il envoya à Langley au même moment. Il avait dit ce qu'il pensait du plan, qui réactiverait à la rigueur l'intérêt des Russes pour Birch, mais qui risquait en revanche, et à coup sûr, de nous l'aliéner. Nous pourrions difficilement recouvrer toute sa confiance.

Quoi qu'il en soit, à Langley, lorsque arriva la nouvelle de la défection de Birch, l'unanimité sur le plan n'avait pas tardé à voler en éclats. Ceux qui avaient eu l'habileté de ne pas s'engager par écrit, s'empressèrent de donner raison à Harper. A les entendre, ils étaient de cet avis depuis le début. Le genre de pirouettes que j'exècre. Je n'ai aucun respect pour ceux dont les opinions varient, au gré des courants et des modes. Je suis d'un autre temps – d'une époque où la carrière d'un homme dépendait davantage de la fermeté de sa parole que de son habileté à prendre les trains en marche, ou à en descendre.

On l'aura compris : j'étais de ceux qui appuyaient le plan. Ce qui ne m'empêchait pas d'apprécier Harper et de respecter ses positions. Certains de mes collègues, à Langley, envisagèrent, après l'épisode du bordel, une manœuvre énergique pour ne pas perdre le contact avec les Soviétiques. Birch était ce que nous avions de mieux à ce moment et ils étaient affolés à l'idée qu'il ait pu tout compromettre. Je fus d'avis qu'il valait mieux ne pas broncher. Attendre. Et voir ce qui allait arriver.

Birch avait scrupuleusement relevé la boîte aux lettres, le jour suivant. Il savait donc où et quand retrouver Harper. Il fut ponctuel. Il expliqua longuement les émotions contradictoires qui l'avaient assailli la veille. Il avoua qu'il était à la fois désolé d'avoir échoué dans sa mission, et soulagé d'avoir agi comme il l'avait fait. Toutes choses qui confirmaient la thèse de Harper sur l'importance accordée par Birch à la fidélité dans le mariage. Harper, en bavardant de choses et d'autres, avait eu le sentiment que l'incident avait laissé Birch passablement confus et embarrassé. Il se souvenait de tout, de chaque geste, de chaque mot, des moindres détails. Mais dès qu'il s'agissait d'expliquer son blocage, il semblait incapable d'ordonner ses idées. Harper nota dans son rapport que c'était comme si le choc, pour Birch, avait été si traumatisant qu'il en avait perdu tout contact avec sa propre réalité. Une seule chose était encore claire en lui : le mensonge.

Je dois dire que, sur le moment, personne n'accorda trop

d'attention à ce mémo. Toute son attention, comme la nôtre, s'était polarisée sur les Russes.

Lesquels restaient silencieux. Nowicki ne fit aucune tentative pour renouer le contact. Impossible d'ailleurs de le repérer où que ce soit. Notre poste d'écoute au bordel n'enregistrait rien, sauf les joyeux ébats des patrons japonais en ribote avec leurs clients, aux frais de leur firme. La surveillance de son domicile ne donna pas davantage. Nous hésitions entre deux hypothèses : ou il avait levé le pied (ce qui paraissait peu vraisemblable, encore que nous ayons discrètement fait passer la consigne de l'éconduire avec douceur mais fermeté s'il lui venait l'idée de jouer les transfuges), ou ils l'avaient mis sur la touche, quelque part dans une planque, en attendant que les retombées du fiasco se soient tassées. Quand finalement on nous le signala à l'aéroport, escorté par son chef du G.R.U. et entouré de quelques costauds du K.G.B. « dissimulés » derrière leurs verres teintés, nous préférâmes nous garder d'un optimisme aussi exagéré que prématuré en la circonstance. Car nous ne savions absolument pas qui allait reprendre l'opération là où le moujik l'avait bousillée, et cette inconnue compensait largement le fait qu'une partie au moins de notre plan venait de se réaliser : Nowicki était hors jeu, renvoyé chez lui, aux bons soins de l'Aeroflot, et visiblement pas très heureux de l'être.

Nous avons perdu la trace de cet homme. Rien ne prouve qu'il ait connu une fin analogue à celle de son père. Personnellement, je vois assez bien Nowicki échouant dans une de ces grandes cliniques, impersonnelles et efficaces. Diagnostic : troubles de l'équilibre sexuel. Étiologie : l'absence de père et la corruption occidentale. Traitement : isolation, médication, autocritique. On l'encourage sans doute à tenir un journal, qu'on s'empresse de lire et d'analyser. J'imagine qu'à l'heure actuelle, il s'est suffisamment torturé les méninges – comme son père avant lui – pour avoir intériorisé l'implacable et infaillible jugement de la hiérarchie. C'est cela, la vraie nature de sa folie.

Birch fut mis en alerte, dès l'annonce du départ de son recruteur. Il devait s'attendre – et se préparer – à une nouvelle approche. Harper ne savait pas comment elle se présenterait, si elle avait lieu, ni qui s'en chargerait. Mais il insista pour que Birch ne dévoile rien, ni faiblesse ni ambivalence, à propos de l'incident du bordel. Pas d'allusion à Toshi ou à l'attirance trouble qu'il avait éprouvée pour elle, ni de culpabilité déplacée.

L'attente fut courte, heureusement. Ils contactèrent Birch

ouvertement, et en des termes dont ils savaient qu'ils alerteraient notre homme sur la nature réelle de l'entreprise.

Birch faisait des courses en ville, ce jour-là. Pour être précis, il cherchait un cadeau d'anniversaire pour Donna. Devant l'étalage d'une bijouterie, un homme très élégant (l'allure, les gestes, l'accent...) l'appela par son nom. Birch n'eut pas à se forcer pour paraître surpris. La boutique grouillait de monde. Le visage de l'homme qui lui avait adressé la parole lui était totalement inconnu. Pas à nous, en revanche. C'était Anton Ignatiev Kerzhentseff, du K.G.B. Leur agent le plus expérimenté en Asie, l'homme à qui les Français et les Britanniques devaient leurs plus cuisants et plus récents échecs dans ce coin du monde. L'homme que nous supposions aussi être le maître d'œuvre de BLACK BODY.

Kerzhentseff se présenta sous son vrai nom. Il succédait à Nowicki, dont la grossièreté était impardonnable. Il souhaitait renouer, sur de nouvelles bases, des rapports fructueux. Birch hésita longuement comme nous le lui avions recommandé. Il se prétendit embarrassé d'avoir à parler ainsi en public. Kerzhentseff abonda dans son sens. Le moment et le lieu étaient mal choisis pour une discussion sérieuse. Il suggéra un autre endroit, plus tard dans la journée. Une voiture prendrait Birch à un endroit qu'il indiqua – un carrefour particulièrement animé de Ginza. Birch marqua son accord. Sans rien ajouter, Kerzhentseff s'évanouit dans la foule.

Birch alla seul au rendez-vous. Nous ne l'avions pas fait filer, de crainte de tout compromettre en révélant notre présence. Il poireauta nerveusement pendant près d'une heure, avec pour seule distraction l'image tremblée d'une douzaine d'écrans de télévision dans une vitrine en face. Une Mercedes se rangea finalement le long du trottoir. Une voix grave prononça son nom.

Birch se glissa à la gauche de Kerzhentseff, sur la banquette arrière. Le chauffeur articula quelques mots dans une langue étrangère. Kerzhentseff répondit. La voiture s'insinua dans le trafic et partit au hasard, sans but précis. La langue était du russe. Les deux hommes ne faisaient rien pour le dissimuler.

« Vous êtes dans la firme de M. Nowicki, en Europe? demanda Birch.

– Je suis sûr que vous commencez à avoir quelques doutes à ce propos, remarqua Kerzhentseff.

– Je ne vois pas ce que vous voulez dire.

– Peut-être était-ce plus facile pour vous de pouvoir fonctionner dans cette histoire à dormir debout, concernant notre activité.

– Qu'est-ce que vous racontez?

– Allons, monsieur Birch, vous êtes un garçon intelligent. Vous savez parfaitement que nous avons voulu vous suborner. Comme vous n'êtes pas sans savoir la nature exacte des renseignements que nous vous avons demandé de fournir. Alors, monsieur Birch? Étiez-vous réellement aveugle à notre sujet?

– Je suppose que non, avoua Birch.

– Il n'y a pas de quoi s'énerver, d'ailleurs », continua Kerzhentseff en allumant une cigarette française à l'odeur âcre. L'homme n'était pas grand : il avait des traits raffinés, délicats, comme on l'eût dit d'un rasoir. Sa main droite reposait immobile sur ses genoux. « Il importe que nous développions nos relations sur de nouvelles bases, monsieur Birch. Plus franches, si je puis me permettre. Vous êtes parfaitement en sécurité avec nous. En fait, vous devriez vous sentir infiniment plus à l'aise maintenant que nous voici débarrassés de la bêtise de M. Nowicki. Rien n'est plus redoutable qu'un imbécile.

– Qui êtes-vous alors?

– Je vous parlais de franchise, monsieur Birch. Je suis exactement celui que je prétends être. Et puisqu'il serait imprudent de vous pousser à chercher la réponse par vous-même, je représente ici mon gouvernement et mon pays, l'Union soviétique.

– Je crois que vous devriez me laisser ici, coupa Birch.

– De grâce, reprit Kerzhentseff. Ne vous croyez pas obligé de manifester une quelconque émotion. Vous n'avez rien à espérer, pour votre sauvegarde, d'une illusoire et fausse naïveté. C'est nous, et nous seuls, monsieur Birch, qui pouvons assurer votre protection – si tant est que la chose devienne un jour nécessaire. Je suis convaincu, d'autre part, que vous trouverez quelques avantages, infiniment plus positifs, à collaborer étroitement avec nous. Ne perdez pas de vue que le risque, pour vous, n'est pas fonction d'un engagement accru à notre égard, mais au contraire dans un désengagement inconsidéré. Nous avons la preuve de ce que vous avez déjà fait pour nous – des copies de votre main. D'ores et déjà, vous êtes compromis. Et vous détruire serait pour nous vraiment très facile, monsieur Birch. Cette nuit encore, si nous le voulions. Trop facile, vraiment. Seul un idiot comme Nowicki envisageait une telle manœuvre. Vous pouvez nous être très utile, monsieur Birch. Comme nous pouvons l'être pour vous. Vous vous en rendez compte, je suppose?

— Il faudrait que je réfléchisse. Tout est si différent, maintenant.

— Je pense que c'est tout réfléchi, monsieur Birch. Permettez-moi de vous expliquer pourquoi. Mais une chose d'abord : soyez sûr qu'il n'y aura plus d'épisodes embarrassants comme celui que vous a infligé Nowicki. Je vois que vous portez un paquet. Je suis certain que vous avez trouvé quelque chose de très bien pour votre femme. Donna, n'est-ce pas? A l'avenir, vous aurez les moyens de lui offrir mieux encore. Ce point mis à part, il n'existera jamais aucun lien entre ce que nous faisons et votre vie privée. Nowicki a commis une grave erreur en ne respectant pas vos convictions. C'est une faute professionnelle, monsieur Birch. Dans ce métier, il faut prendre chacun comme il est. Je vous étonnerai peut-être, mais notre profession n'est pas différente des autres. Chaque activité peut souffrir de la réputation que lui font quelques maladroits qu'elle tarde à éliminer, par charité ou lassitude. En dépit des apparences il ne s'agira nullement de vous mettre à la question. Nos techniques, je puis vous l'assurer, sont très sophistiquées, et tout à fait indolores si vous ne nous dissimulez rien. C'est un problème qui ne se posera d'ailleurs jamais pour vous. En tout état de cause et jusqu'à nouvel ordre, nous ne communiquerons plus que par boîte aux lettres.

— Par quoi? » demanda Birch.

Kerzhentseff le considéra un moment avant d'esquisser un mince sourire, ou quelque chose d'approchant.

« L'expression est curieuse, je vous l'accorde. C'est une image, bien sûr. Aucun rapport avec l'administration des postes. Je vous expliquerai. Mais auparavant, une chose encore : nous n'attendons de vous ni loyauté ni fidélité à notre égard. Je sais que vous n'êtes pas le moins du monde intéressé par le grand débat idéologique qui oppose nos deux pays. A dire vrai, je ne le suis pas davantage. S'il n'y avait pas eu Marx entre nous, il y aurait eu autre chose — je ne sais pas, un schisme religieux peut-être, n'importe quoi pouvant légitimer une inimitié. Nous sommes condamnés à œuvrer dans des camps opposés, monsieur Birch, et il est de loin préférable que la compétition se déroule dans l'ombre plutôt qu'au grand jour, avec ces armes effrayantes que nos deux nations possèdent. Je m'en voudrais de paraître trop cynique, monsieur Birch, mais je pense que pour les petits hommes que nous sommes, la seule fidélité possible est celle qui nous lie à nous-même. »

Birch hésita, puis saisit la main gauche, puissante, qui lui était offerte. Il la serra gravement.

« Je n'ai qu'une parole, monsieur Birch. Je crois qu'ensemble, nous pouvons au moins conclure une paix séparée. »

J'avoue mon admiration pour l'habileté – l'instinct? – de Kerzhentseff. Sans doute aurait-il approché différemment un Européen, mais pour séduire Birch, il sut éviter le piège des arguments idéologiques. Mieux même, il était parvenu à jouer sur leur négation. Ce Russe est un as. Birch lui-même l'avait senti immédiatement. Kerzhentseff sait, comme moi, que tout nous sépare d'eux, irrémédiablement. Mais il a compris qu'en même temps nous ne demandons qu'à croire, naïvement, comme Richard Harper, que derrière les apparences, Russes et Américains, nous sommes tous semblables.

13.

Harper confirma Birch dans son impression : Kerzhentseff était infiniment plus fort et plus important que Nowicki. Il se tut, en revanche, sur ce que nous savions du personnage. Inutile de décourager Birch. Quelques rounds d'observation donneraient l'exacte mesure de l'adversaire. La masse d'un ours a toujours quelque chose d'inquiétant mais elle peut l'entraîner s'il perd l'équilibre. Un coup de griffe ne pardonne pas, mais il y a des parades. Et puis surtout, Birch devait se faire à l'idée : il n'est personne, même le plus futé, qui ne puisse être piégé.

Nous avions toutes les raisons de nous méfier de Kerzhentseff. Une de ses manies depuis qu'il opérait à l'étranger – sa signature, en quelque sorte – consistait à ne jamais travailler qu'au plein jour. Il fréquentait assidûment la meilleure société, et sauf quelques dénégations aussi souriantes qu'évasives dans les cocktails huppés où on l'invitait, il ne faisait rien pour décourager les bruits qui circulaient sur ses fonctions clandestines. Kerzhentseff a beaucoup lu, sa culture est vaste, il parle un anglais châtié, appris jadis en Angleterre où son père, diplomate subalterne, était en poste. La rumeur persistante sur son appartenance au K.G.B. n'avait fait qu'accroître son aura, il n'en était que plus recherché comme convive ou comme confident par les cocottes de la presse et de la politique, qui croyaient trouver dans l'illusion de danger qu'il y avait à le rencontrer un semblant de dérivatif à leur ennui. Tout ce beau monde, si volontiers accueillant et bavard, n'imaginait pas l'importance réelle de Kerzhentseff, ni son rang dans la hiérarchie de son organisation. Il avait (et a toujours) le grade de colonel, attaché à la première direction du K.G.B., le service chargé du harcèlement à l'Ouest. On n'y devient pas colonel par la grâce de l'avancement, du principe de Peter ou de la femme d'un supérieur qu'on a su circonvenir. Au K.G.B., un grade pareil consacre toujours l'habileté vraie et la ruse. Toutes qualités pour lesquelles Kerzhentseff avait maintes fois su démontrer sa maîtrise.

Nous apprîmes très tôt, à nos dépens, la redoutable efficacité de Kerzhentseff. Ses débuts coïncidèrent avec la capture de nos meilleures infiltrations dans la hiérarchie du K.G.B. Action d'autant plus remarquable, de son point de vue, qu'il s'agissait de ses supérieurs. Je sais par expérience que c'est un jeu particulièrement délicat à jouer, nécessitant habileté et sûreté de jugement. Ses méthodes lui valurent un surnom : *Zapadnya,* la Trappe. En tout cas, parmi les rares transfuges qui purent se replier sur Langley. Zapadnya. En fait, le mot a plusieurs sens : le leurre, le miroir aux alouettes, l'attrait de l'Occident, la tentation petite-bourgeoise, et puis bien sûr, les mâchoires d'acier qui happent et vous retiennent.

Kerzhentseff, on le voit, n'était pas de ceux qui se contentent d'attendre qu'une faille dans les procédures de sécurité fasse apparaître un point faible. Il avait un sixième sens pour flairer les vulnérabilités, les appétits, les doutes les plus secrets de chacun. Zapadnya déployait alors ses sortilèges, suscitait les situations susceptibles de vérifier ses intuitions. Il avait le génie du contre-espionnage. Plus d'une fois, des hommes mis par lui sur une affaire prétendue délicate – impliquant des officiels du Parti, par exemple – découvrirent, à leurs dépens, que l'enquête portait sur eux-mêmes, qu'il s'agissait de tester leur fiabilité. Kerzhentseff pouvait détecter une défection potentielle avant même que nous n'ayons tenté de l'exploiter. Les transfuges le mentionnaient souvent comme l'élément déterminant de leur désertion. Une autre manière, en somme, d'éliminer ceux qui ne pouvaient l'être physiquement.

Tout s'était bien passé pour Kerzhentseff. Du moins jusqu'à son envoi à Tokyo. A ce moment, certains d'entre nous ricanèrent : l'exil en Asie indiquait que Zapadnya avait fini par se prendre dans une de ses trappes. Je crois qu'en réalité, il s'était simplement porté sur notre point le plus faible. A cause de la guerre, nous étions particulièrement vulnérables dans cette partie du monde. Les Russes pouvaient évoluer sans entraves, tandis que nous étions handicapés par nos controverses intestines sur la légitimité de notre cause. Nous vivions dans la hantise du moindre faux pas. La présence de Kerzhentseff à Tokyo n'était qu'un signe : celui de nos faiblesses. Comme plus tard, quand à notre tour nous fûmes saisis par la folie des purges, dans la foulée de la défaite vietnamienne, c'est chez nous qu'on le vit faire surface, à Washington D.C.

Tout cela pour expliquer la sensation que provoqua son irruption dans l'affaire Birch. C'était bien lui la cible prioritaire. Si nous pouvions l'amener à douter de BLACK BODY, nous reprendrions l'avantage. Tandis que Harper s'attelait à former Birch à son nouveau rôle, nous avions conscience de la tâche presque impossible que nous lui imposions : abattre Zapadnya en usant contre lui de sa propre force. De même que nous courions le risque, en dépit de nos précautions et de notre confiance en Birch, de voir Kerzhentseff retourner contre nous notre propre agent.

14.

J'ai dit que Birch était impressionné par la personnalité de son nouveau contact. La perspective d'avoir à affronter le détecteur l'inquiétait encore plus. Harper eut carte blanche pour résoudre les deux problèmes.

Il commença par faire construire de nouveaux locaux à Camp Zama. Des soldats fantômes n'arrêtaient pas d'entrer et de sortir des baraquements dans la zone grillagée. Harper paraissait trop occupé pour lui expliquer, mais apparemment ce n'était pas une mince affaire que d'installer un polygraphe. Paradoxalement, l'importance des préliminaires rassurait plutôt Birch. Sans savoir de quoi il s'agissait, on pouvait au moins être certain que c'était bien fait.

Il remarqua aussi que les nouveaux arrivés n'avaient pas tellement l'air de militaires, même s'ils se pliaient jusqu'aux moindres détails aux rites de la vie de caserne. Témoin, ce panneau que quelqu'un avait songé à planter : SÉCURITÉ MILITAIRE – 3ᵉ DÉTACHEMENT. – PERSONNEL AUTORISÉ SEULEMENT. Avec, en prime, l'inévitable Snoopy dessiné, cette fois agrémenté d'une énorme paire d'écouteurs et surmontant une devise : *Ne rien voir. Ne rien dire.* TOUT ENTENDRE.

Birch fut officiellement chargé d'assurer la liaison avec la nouvelle unité. Il dut attendre pourtant, avant de pouvoir s'approcher du préfabriqué. Quand finalement on l'invita à entrer, il fut étonné par ce qu'il découvrit. Les fenêtres avaient été occultées, les murs et le plafond étaient recouverts d'un capitonnage – dont il sut plus tard qu'il était conçu pour absorber les ondes. En fait de centre de contrôle, la pièce ressemblait plutôt à un entrepôt. Des conteneurs spéciaux s'entassaient dans un coin – vides peut-être. Au milieu du local, à même le sol bétonné, sur une grande table, les différentes parties du polygraphe et d'autres appareils. Autour de la table, des chaises pliantes. Et au-dessus, une simple ampoule dont la lumière crue se déversait violemment sur toutes choses. Il y avait encore un monitor T.V., un magnétoscope et un enregistreur. Ainsi qu'un fauteuil rembourré, devant la table, aussi déplacé en ce lieu qu'un trône dans une grange.

« C'est tout? interrogea Birch.

– C'est plus qu'assez, assura Harper. Nous aurions pu faire avec beaucoup moins, mais nous tenions à fournir à vos amis de quoi alimenter leur curiosité.

– Mes amis s'en foutent. C'est pas eux qui vont poser des questions sur ce qui se passe ici.

– Je parle de vos amis russes.

– Les Russes ne sont pas mes amis. Mais est-ce que je suis censé abonder dans ce sens maintenant?

– C'est parfois un peu confus, n'est-ce pas? Savoir à qui l'on parle et ce que l'on attend de vous...

– Tant que vous me dites ce que je dois faire et ce que vous attendez de moi, je serai O.K.

– J'attends de vous que vous vous en sortiez avec cette machine, enchaîna Harper. Il y a deux modèles de base : les détecteurs qui utilisent des électrodes de contact et ceux qui mesurent les variations d'intensité de la voix. Le poly que vous voyez est de loin ce qui se fait de plus précis à l'heure actuelle. Il enregistre différents types de réactions, notamment celles que l'on appelle involontaires : température du corps, pulsations, respiration, conductibilité électrique de la peau. Le dispositif réglé sur votre voix fonctionne suivant le même principe. Il travaille à distance et analyse le timbre et l'intensité de vos syllabes. L'idée est déplaisante, mais vous devrez toujours vous dire qu'ils l'utilisent.

« La clé de tous les systèmes, c'est le stress. Souvenez-vous, vos parents : ils n'agissaient pas différemment. Quand j'étais gosse, j'étais toujours sidéré par la facilité avec laquelle mon père détectait mes cachotteries. Beaucoup plus tard j'ai compris. Notre corps nous trahit. »

Harper tendit la main vers le chrome scintillant de l'appareil et mit le contact. Une bande de papier commença à défiler sous une batterie de curseurs. Les traits étaient parallèles, sans relief, sauf, parfois, une saute occasionnelle due à une interférence électrique.

« N'oubliez jamais : la machine ne lit pas dans vos pensées. Elle déchiffre votre corps, ou plus exactement elle prend l'exacte mesure de vos craintes.

— Et les drogues? demanda Birch.

— Ils ne s'y fient pas. Nous non plus, d'ailleurs. Les gens réagissent trop différemment. Vous pouvez obtenir d'eux la vérité que vous cherchez ou vous retrouver avec leurs phantasmes. On a la certitude que le client est chargé, mais c'est tout. Nous l'essayerons plus tard, si vous voulez.

— Non, merci.

— Si vous parvenez à abuser la machine, vous pourrez battre les drogues. Première règle : vous devez faire de votre couverture une part de vous-même, vous y mouler. Ce qui n'est pas toujours aussi difficile qu'on le pense. Installez-vous. Je vais vous montrer. »

Birch n'avait pas tort quand, beaucoup plus tard, il nous reprocha de ne pas l'avoir averti des risques que nous lui faisions courir. C'est vrai que, s'il avait su, il n'aurait probablement jamais accepté de se couper de tout lien vérifiable avec la vérité. C'est vrai aussi qu'il est injuste de douter d'un homme lorsqu'on l'a techniquement mis en mesure de déjouer les moyens de vérifier ses dires. Mais notre mission, à l'Agence, n'est pas d'être équitable. Nous avons appris à vivre avec cette unique et triste vérité : un informateur formé par nous devient un homme dangereux, y compris pour lui-même.

Sur le moment, Birch ne s'était pas posé de questions. Il avait quelque chose à apprendre, c'était tout. En premier lieu, il devait être en mesure de répondre si on l'interrogeait sur ses allées et venues. Harper lui expliqua que la rapidité d'intervention du K.G.B., après l'élimination du moujik, indiquait à coup sûr qu'ils l'avaient surveillé. Il aurait donc à rendre compte de pas mal d'heures : les visites à la planque, les *trips* à la boîte aux lettres. Harper l'aida à reconstituer ses mouvements, avant et après leurs rendez-vous. Puis, ensemble, ils mirent au point des alibis aussi proches que possible de la réalité. Tandis qu'ils répétaient inlassablement les mêmes scénarios, Birch en arrivait presque à entendre réellement la voix des vendeuses japonaises des boutiques où il était censé avoir flâné pendant les heures passées avec Harper.

Harper lui fournit ensuite une explication relativement vague à donner sur la présence de la nouvelle unité. Birch n'avait pas besoin d'en savoir davantage pour l'instant. Son grade n'impliquait d'ailleurs pas qu'il en sache plus long. Nous avions préparé un schéma de ce qui était censé se trouver dans le préfabriqué. Birch le mémorisa aussitôt. Après seulement, ils en arrivèrent à la machine. Un technicien lui entoura la poitrine d'une inconfortable courroie élastique destinée, lui dit-on, à mesurer le rythme et l'ampleur de sa respiration. Il lui barbouilla les poignets et le front d'une gelée conductrice, glaciale, puis posa les électrodes. Birch se sentait immobilisé, corseté, lié. Avec le rituel, les ornements, l'onction, c'était à peu près comme une prestation de serment. Il se demanda s'il ne s'agissait pas d'une mise en scène destinée à l'impressionner. Toute cette histoire de peur de la peur. Bon. Avec lui, ça ne prendrait pas. Il respira profondément, en dépit de la courroie, et secoua la tête.

« Ça ira? demanda Harper.

— Très bien, oui.

— La première manœuvre servira à l'étalonnage. A voir comment vous réagissez normalement. Le matériel qu'utilisent les Soviétiques sera peut-être un peu différent, mais sûrement pas meilleur. Vous avez là le fin du fin, *made in Japan*.

— J'espère que je serai à la hauteur. »

Le technicien actionna un commutateur. Le ruban commença à courir sous les stylets. Birch observait les courbes. Il inspira profondément. Les fragiles aiguilles dévièrent brusquement. C'était une sensation étrange, comme de se regarder dans un miroir.

« Vous ne devez répondre aux questions que par oui ou par non, annonça Harper. Tout autre commentaire fausserait les mesures. Vous comprenez?

— Oui. »

Q. — *Votre nom est Jerry Birch?*

R. — Oui.

Q. — *Êtes-vous né en septembre 1946?*

R. — Oui.

Q. — *Êtes-vous marié?*

R. — Oui.

Q. — *Avez-vous des enfants?*

R. — Non.

Birch venait de ressentir une curieuse contraction au ventre. Il était extraordinairement conscient de ses moindres réactions, de ses sentiments, de leur complexité. En d'autres circonstances, il aurait simplement répondu à la dernière question, sans arrière-pensée. Et voici qu'il s'appesantissait. Donna qui aurait tant voulu un bébé, leurs efforts pour en avoir, leurs espoirs, le fait qu'il s'était servi de leur échec pour la blesser...

« J'aimerais attirer votre attention sur quelque chose, Birch. Avez-vous noté ces perturbations dans le diagramme?

– Je m'attendais à quelque chose du genre, oui.

– Vous disiez la vérité, j'imagine. Pourtant, quelque chose vous a fait réagir.

– Nous avons toujours désiré un enfant, expliqua Birch.

– Ce que je veux dire, c'est que des variations de cet ordre peuvent être normales. Elles n'indiquent pas un mensonge. L'opérateur va noter le profil de vos courbes sur des questions sans importance. Elles seront des points de référence. Chaque individu a en quelque sorte des empreintes polygraphiques qui lui sont propres. Celles-ci servent de base à toutes les mesures ultérieures. »

Q. – *Êtes-vous sergent de carrière dans l'armée des États-Unis?*

R. – Oui.

Q. – *Touchez-vous une paye et des indemnités régulières?*

R. – Oui.

« Nos versements? remarqua Harper. Moi, j'aurais plutôt tendance à les considérer comme des extra, pas vous?

– Oui, peut-être.

– La question avait un sens caché. Vous l'aviez senti?

– Pas vraiment.

– Ça donne quoi? fit Harper en regardant le technicien.

– Peut-être qu'il avait pas compris la question.

– J'avais compris, dit Birch.

– Ah! ça n'avait pas l'air de vous tracasser », nota l'homme derrière ses appareils.

Q. – *Connaissez-vous quelqu'un du nom de Nowicki?*

R. – Oui.

Q. – *Lui avez-vous communiqué des informations classifiées?*

Birch sentit comme une boule au creux de l'estomac. Il s'aperçut que son souffle était plus court. Les électrodes sur son front l'embrouillaient et lui donnaient la nausée.

« Ça vous préoccupe toujours, n'est-ce pas?

– Je suis censé répondre par oui ou par non?

– C'est bien de ne pas prendre les choses à la légère, continua Harper. Cela donne un résultat fort convaincant sur la bande. »

Q. – *Le 17 juillet, êtes-vous allé au cimetière de Rappongi?*
R. – Oui.

Harper ne lui avait pas dit s'il pouvait se risquer à sortir de son sujet, mais Birch était curieux de savoir comment cela se passerait. Si quelqu'un du K.G.B. l'avait vu glisser le message dans le petit autel, il était foutu. Le reste, avec le recul, était facile à expliquer.

Q. – *Est-ce que vous avez escaladé le mur pour entrer dans le cimetière?*
R. – Oui.
Q. – *Étiez-vous déjà allé précédemment dans cet endroit?*
R. – Oui.
Q. – *Saviez-vous qu'il y avait une porte et qu'elle était ouverte?*
R. – Oui.
Q. – *Êtes-vous monté sur le mur pour chercher un coin discret où uriner?*
R. – Oui.
Q. – *Dans le cimetière, avez-vous laissé un message pour quelqu'un?*
R. – Non.
Q. – *Aviez-vous convenu avec quelqu'un d'aller dans ce cimetière?*
R. – Non.
Q. – *Avez-vous uriné avant de remonter sur le mur?*
R. – Oui.

« Excellent, Birch! s'exclama Harper. Je doute que même notre expert ici puisse trouver quelque chose d'anormal dans la série. »

Q. – *Avez-vous déjà parlé à quelqu'un de vos rencontres avec Nowicki?*
R. – Oui.
Q. – *En avez-vous parlé à votre femme?*
R. – Oui.
Q. – *A vos supérieurs?*
R. – Non.
Q. – *Avez-vous discuté de ceci avec un service spécial américain?*

R. – Non.

Q. – *Aviez-vous des raisons de croire que Nowicki était un agent soviétique?*

R. – Oui.

Q. – *Aviez-vous des raisons de le croire avant que vous n'ayez parlé à Kerzhentseff?*

R. – Oui.

Q. – *Avez-vous nié à Kerzhentseff que vous aviez des raisons de le croire?*

R. – Oui.

Q. – *Avez-vous menti parce que vous aviez peur, en l'avouant, de vous trouver dans une situation légalement embarrassante?*

R. – Oui.

Q. – *Est-ce que vous mentez?*

Un sourire éclaira le visage de Birch. Il se rappela les énigmes mathématiques qu'il aimait dans les magazines scientifiques. Les véritables casse-tête. Sans réponse.

R. – Absolument.

« Vous m'avez l'air assez content de vous, remarqua Harper.

– Pas vraiment, mais c'est le fait de mentir quand on dit qu'on ne ment pas, et de dire vrai quand on dit qu'on ment.

– Paradoxe d'Épiménide, fit Harper. Très utile dans notre profession.

– C'est qui, Épiménide?

– A vrai dire, j'en sais rien. Vous avez raison d'être fier de vous. Vous réagissez parfaitement.

– C'est marrant, ce truc, quand on y pense. Car enfin, on est des adultes.

– Et nous faisons joujou avec des objets coûteux.

– Nous nous jouons des tours de cochon, corrigea Birch.

– Ce qui vaut mieux que de se tirer dessus.

– C'est ce que Kerzhentseff m'a dit.

– Un fieffé menteur, celui-là.

– Je ne sais pas trop si je dois trouver ça drôle, insinua Birch.

– Rire n'a rien de compromettant dans ce cas-ci. La machine ne fait pas la différence avec la peur. Les aiguilles font des bonds. C'est très amusant. Parfaitement ambigu, quel que soit le point d'interrogation. Rire peut vous sauver la vie.

– J'imagine difficilement Kerzhentseff cartonnant de cette manière.

– Il a peut-être ri en pensant au sort de votre ami Nowicki.
– Oui, admit Birch. Ce n'est pas impossible. »

Q. – *Avez-vous souvent rencontré Nowicki?*

R. – Oui.

Q. – *Vous vous retrouviez pour aller dîner?*

R. – Oui.

Q. – *Vous êtes-vous vus parfois dans un parc?*

R. – Non.

Q. – *Vous est-il arrivé d'aller ensemble dans un bordel?*

R. – Oui.

Q. – *Avez-vous déjà fait l'amour avec une autre femme que la vôtre?*

R. – Non.

« Attendez, ajouta Birch. Il faut effacer ceci. Y a pas de rapport! Vous savez parfaitement ce que j'ai fait cette nuit-là, et pourquoi je l'ai fait. Eux aussi le savent. Même Kerzhentseff a promis de ne plus revenir sur cette saloperie.

– Et vous l'avez cru? demanda Harper. Pour moi, il s'agit simplement de vous entraîner, c'est tout. Que vous sentiez le truc. Vous savez ce que disent les entraîneurs? Pas de progrès sans peine.

– Je croyais qu'il s'agissait de régler la machine?

– C'est pourquoi nous devons aller jusqu'aux points de stress, pour voir comment vous réagissez.

– Eh bien, vous l'avez vu maintenant!

– Oui... C'est ce qui m'ennuie. Vous ne devez leur concéder aucun avantage. Ils vont se ruer dans la brèche s'ils soupçonnent un point faible.

– Je ne veux pas qu'on touche à ma femme, c'est tout. Je croyais que nous étions d'accord là-dessus.

– Il n'est pas question qu'on la mêle à quoi que ce soit. J'étais d'ailleurs contre dès le début.

– Vous leur avez dit que leur combine était dégueulasse?

– Dit et répété. Ils n'écoutaient même pas. A présent, oui, je vous assure. Cela ne risque plus de se produire. Du moins de notre part. Pour les Russes, je ne peux évidemment rien dire. Mais vous devez être prêt à tout. Et nous avons besoin du profil de votre réponse, pour le cas où nous devrions travailler ce point. Bon, on continue? »

Q. – *Votre femme, vous l'avez rencontrée pendant vos études.*

R. – Oui.

Les stylets couraient doucement sur le papier. Birch avait retrouvé son calme.

Q. – *Était-elle dans la même classe que vous?*

R. – Oui.

Q. – *Vous êtes-vous marié immédiatement après l'école?*

R. – Oui.

Q. – *Avez-vous eu des relations sexuelles avant votre maria-ge?*

R. – Non.

Q. – *Votre femme a-t-elle eu des relations sexuelles avant le mariage?*

R. – Non.

Q. – *Depuis votre mariage, avez-vous eu des relations sexuelles avec quelqu'un d'autre que votre femme?*

R. – Non.

Q. – *Avez-vous des raisons de croire que depuis votre mariage votre femme a eu des relations sexuelles avec quelqu'un d'autre que vous?*

R. – Non.

Birch était hypnotisé par le cours monocorde des questions. Elles touchaient à ce qu'il avait de plus intime, et pourtant, comme ces points de doctrine essentiels à l'église, elles perdaient toute leur force dans le murmure lancinant de la litanie.

Q. – *Avez-vous eu l'occasion de désirer un rapport sexuel avec quelqu'un d'autre que votre femme?*

R. – ...

Pas besoin de regarder le graphique pour savoir que les curseurs venaient de sursauter. Il sentait la sueur perler à chacun de ses pores.

R. – Oui. Non. Jamais.

« Alors, c'est quoi, Birch? Décidez-vous.

– Ce n'est pas facile. »

Q. – *Avez-vous eu un contact sexuel avec quelqu'un d'autre que votre femme?*

R. – Non. Oui... Vous avez changé la question.

« Les Russes ne vous feront pas de cadeaux, Birch.

– Donnez-moi deux secondes

– Nous devons continuer. »

Birch respira profondément, serra et desserra plusieurs fois les mains pour se détendre.

Q. – *Avez-vous eu des rapports sexuels avec quelqu'un d'autre que votre femme?*

R. – Non.

Q. – *Depuis votre mariage, avez-vous été tenté d'avoir des rapports sexuels avec quelqu'un d'autre que votre femme?*

R. – Oui.

« C'est curieux, nota Harper, avec autant de détachement que s'il commentait un quelconque bulletin météorologique. Regardez ceci. Votre courbe révèle une arrière-pensée, quelle que soit la réponse. Vous ne trouvez pas ça bizarre?

– Écoutez, s'énerva Birch, je vous ai dit ce qui s'était passé avec la fille. Alors, vous, dites-moi si je l'ai désirée!

– Vous seriez vraiment un type pas ordinaire si ce n'était pas le cas.

– Ce qui veut dire?

– Tout le monde est tenté, un jour ou l'autre. Le plus souvent pour beaucoup moins que cela. Elle n'est pas mal du tout. J'ai vu les photos.

– Parce que vous avez fait des photos! Oh! mon Dieu...

– Elle est vraiment ce qu'elle paraît être.

– Une pas grand-chose, ricana Birch.

– Disons plutôt, une fille sortie de sa cambrousse pour aider à nourrir sa famille. Vous voulez toute l'histoire?

– J'en ai rien à foutre.

– Mon rôle, ici, se borne à vous donner quelques indications. Et nous n'avons plus tellement de temps. Le point à retenir, c'est que si vous vous sentez mal à l'aise, il faut multiplier les informations. Ne répondez ni par oui ni par non. Noyez le poisson. Cela troublera les mesures et vous gagnerez du temps. A la limite, commencez à tousser.

– Mais s'ils veulent une réponse...

– Alors faites-la courte et sèche. Ne pensez pas à ce que vous dites. Laissez faire l'entraînement : les réflexes répondront pour vous. A l'issue de ces séances, vous vous sentirez prêt, je vous l'assure. Bien. Quelques questions encore. »

Q. – *Avez-vous déjà été arrêté?*

R. – Non.

Q. – *Avez-vous déjà travaillé pour la Justice?*

R. – Non.

Q. – *Avez-vous déjà été poursuivi pour parjure?*

R. – Non.

Q. – *Avez-vous déjà subi un test au polygraphe?*
R. – Non.

Les deux hommes regardèrent en même temps le ruban de papier. Les courbes n'avaient pas oscillé. Puis Birch éclata de rire et les aiguilles devinrent folles. Harper aussi se mit à rire. Il n'avait pourtant rien à craindre.

15

Une colonie d'oies sauvages était venue barboter dans l'eau noire des douves. Trois ondes concentriques, comme les courbes sinusoïdales d'un manuel d'électronique, rompaient seules les calme parfait de la surface. La haute muraille de pierre, au-delà de l'eau, paraissait deux fois plus grande du fait de la réflexion. Plus loin encore, on voyait se profiler la masse du palais impérial, hostile et défendue contre les dangers d'un autre siècle.

Le soleil tremblotait dans les vapeurs brumeuses qui semblaient presque naturelles en cet endroit. Birch se demandait pourquoi Kerzhentseff avait choisi un lieu aussi calme, aussi serein. Dans le préfabriqué, ils l'avaient mis en garde : les Soviétiques essayeraient de le décontenancer, de le mettre sur la défensive, pour mieux le prendre au piège, en flagrant délit de mensonge. Il s'était entraîné, jour après jour, branché pendant des heures sur le réseau d'appareils, comme un malade aux soins intensifs.

Même sa rencontre avec Toshi ne posait plus problème. Il ne l'avait pas désirée. Jamais. Il était toujours resté fidèle. La machine ne le coinçait pas : c'était devenu *sa* vérité. Il n'avait plus à se forcer, à se maîtriser, à se contrôler pour que les curseurs restent calmes. Tout lui était redevenu naturel. Se forcer, c'était échouer.

Un groupe de touristes s'était approché de lui, près du fossé, baragouinant une quelconque langue européenne. Une femme du groupe, plus âgée, commença à disposer les autres devant le fragile garde-corps, au bord de l'eau. L'inévitable photo de

groupe. Un peu plus loin, un jeune Japonais paraissait méditer.

« Attendez, laissez-moi faire », proposa Birch en s'approchant
de la touriste et en offrant, geste à l'appui, de prendre lui-même le
cliché. La grosse touriste le remercia et expliqua avec vivacité le
maniement de l'appareil. Birch, qui ne comprenait pas un mot,
opina. Puis elle répéta encore quelque chose, s'éloignant vers les
autres. Oui ou merci, supposa-t-il. Elle s'insinua au centre du
groupe et arbora un sourire en celluloïd.

Si le rendez-vous devait être secret, autant éviter d'en laisser des
traces, même dans l'album souvenir d'un quidam. Si Kerzhentseff
l'épiait, il serait rassuré par sa présence d'esprit. L'œil collé au
viseur, Birch observait les ultimes préparatifs : celle-ci tirait sur sa
robe, une autre ouvrait le second bouton de sa blouse pour se
donner l'air plus déluré. Il recula de deux pas, l'œil toujours rivé
à l'appareil, de manière à les avoir en pied. Ils souriaient tous,
sauf un type obèse, au milieu, qui en paraissait tout à fait
incapable. Au loin, dans la courbe du fossé, le jeune Japonais
s'éloignait. Birch força les touristes à garder le sourire jusqu'à ce
qu'il soit sorti du champ, puis il déclencha l'obturateur.

« Encore une, lança-t-il en les renvoyant à leur place. Pour plus
de sûreté. »

Quand elle fut prise – celle-ci en contre-plongée – un genou en
terre, afin qu'ils aient l'air plus élancés, il tendit l'appareil à la
femme et refusa les pièces qu'elle voulait lui glisser dans la
main.

« Le service est gratuit », plaisanta-t-il, se disant aussitôt qu'il
eût mieux fait d'accepter. On oublie plus facilement un geste tarifé
qu'une bonne action. Trop tard. Le groupe s'éloignait déjà vers
d'autres toiles de fond.

C'est en revenant près du garde-fou que Birch vit ce qu'il
attendait. Sur le gravier, tracé à la pointe du pied, à l'endroit
prévu, le signe de la paix, mais inscrit dans un carré au lieu d'un
cercle, pour éviter toute confusion. Le jeune Japonais était à une
cinquantaine de mètres maintenant. Il s'éloignait d'un pas alerte,
sans se retourner.

Le signal était clair et impératif. Démarrez dès que vous le
verrez. Sans hésiter, Birch brouilla la marque d'un mouvement de
pied et s'en alla à travers la grande pelouse. Le jeune homme
l'avait observé pendant près d'une heure avant de faire un geste.
Ils ne se fiaient toujours pas à lui. En regagnant la rue, il jeta un

coup d'œil à sa montre. Il lui restait six minutes pour le prochain train. La circulation était trop dense pour qu'il puisse se risquer sans attendre le passage au vert. Il s'impatienta, puis repartit d'un bon pas, en coupant par le hall d'un hôtel afin de confondre ses poursuivants imaginaires. Le tout conformément au plan que Kerzhentseff avait établi dans la voiture. Il rejoignit la voie, qu'il longea jusqu'à la station. Birch fit la queue pour acheter son ticket. Quand il fut au guichet, aucun train n'avait encore été annoncé. Jusqu'au bout, il devait laisser planer le doute sur sa destination. Il s'attarda devant le plan du métro pour attendre l'arrivée de la rame. Alors seulement il se précipita dans les escaliers. Il put se faufiler entre les portes pneumatiques au moment où elles se refermaient.

Les places n'étaient pas toutes occupées, mais il préféra rester debout. Le train roulait déjà. Personne n'était monté après lui. Il avait parfaitement calculé son coup. En un sens, il était sauf.

La voiture cahotait assez brutalement. Il écarta légèrement les pieds pour assurer son équilibre, une main agrippée à la barre chromée près de la porte.

« Ils s'attendent à ce que vous soyez paniqué. » Harper l'avait prévenu. « Ils vous prennent pour un amateur. Par conséquent ils s'imaginent que vous trouillez à l'idée d'être reconnu.

– Je serai donc effrayé », avait dit Birch. Depuis lors, il l'était sans se forcer.

Au quatrième arrêt, il descendit de voiture et resta sur le quai jusqu'à ce que tout le monde soit parti. Un nouveau coup d'œil à sa montre : dix-sept minutes. Dans les temps. Il descendit les marches et se retrouva sur le trottoir au moment où une voiture venait s'y ranger. Il se glissa sur le siège en refermant la porte tandis que le chauffeur embrayait et se coulait dans la circulation, sans un mot.

Aucun signe de reconnaissance. Rien. La procédure était étrange. Muette et insécurisante. Le chauffeur l'observait attentivement dans le rétroviseur. Birch surprit et soutint le regard dur de l'homme, qui détourna les yeux. Un point de marqué.

Personne, en fait, ne guettait Birch. Personne, sauf lui-même. Il était conscient de ses moindres gestes, comme un mordu de ciné épiant un personnage sur l'écran.

Il ne voyait plus du tout où ils pouvaient être. Il avait perdu le fil. Quand la voiture stoppa, il ne fit pas un mouvement. Il attendait de nouvelles instructions. Celles qu'il avait reçues s'arrêtaient là. La portière s'ouvrit comme par enchantement. L'homme hocha la tête dans sa direction, toujours sans dire un mot.

« Et après? » demanda Birch en se glissant hors du véhicule. Le chauffeur regardait devant lui sans répondre.

« J'aimerais savoir ce que je dois faire. »

La portière claqua et la limousine s'éloigna. Il était seul. Qu'avait-il dit au juste?

« Nous saurons si vous avez été suivi. Si nous entamons l'approche finale, vous saurez que vous êtes en sécurité. Le mot sera *projets d'excursion*. Vous demanderez le chemin pour le temple Shinto. »

Mais par où aller? Impossible de le savoir sans instructions. Et personne pour le prendre en charge. Il alla jusqu'au coin de la rue où s'alignaient quelques boutiques. Il s'arrêta devant un étalage mobile d'appareils électro-ménagers.

Quelque chose avait foiré. Une fausse manœuvre. Harper avait promis de ne pas le faire suivre. Mais pouvait-on se fier aux promesses de quelqu'un? Birch se sentait sans défense, exposé. Il pensa se cacher dans une boutique, ne fût-ce que pour échapper aux regards.

« Des projets d'excursion? »

La voix venait de derrière. Il se retourna brusquement, trop vivement, révélant du même coup sa panique. Il n'était pas dans le bon film. C'était lui la victime. Et tout le monde voyait le danger, sauf lui.

L'homme qui avait parlé regardait nerveusement par-dessus l'épaule de Birch, vers la rue à présent déserte. Il était petit, corpulent, avec des cheveux roux mal coiffés. Il dissimulait ses yeux derrière des verres réfléchissant, ce qui lui donnait l'apparence d'un reptile. Sous son imper, il dissimulait peut-être une arme.

« Des projets d'excursion? insista-t-il.

– Oui, balbutia Birch. A vrai dire, je... j'essaie de trouver un temple.

– Un temple Shinto? »

Birch essayait de situer cet accent étrange, chuintant. Sûrement pas d'un terroir qu'il connaissait. « Oui, c'est cela. Shinto.

– Je crois pouvoir vous aider. C'est par ici. » Il avait pris Birch par le coude, ses doigts le serraient douloureusement, comme pour le punir.

« Vous me faites mal », protesta faiblement Birch. Mais l'homme ne relâcha pas son étreinte. Il ouvrit une porte de service et le poussa en avant. Birch trébucha. Il eut le temps de voir le battant se refermer sur le visage de son guide, puis ce fut l'obscurité. Une obscurité plus oppressante qu'une simple absence de lumière.

« Vous m'avez l'air troublé, monsieur Birch. » Une voix douce-reuse. Kerzhentseff.

Birch tâtonna en direction de la voix et se heurta douloureu-sement le genou à quelque chose de dur.

« Je pense que vous devriez attendre un instant et laisser à vos yeux le temps de s'habituer. Je crains fort qu'il n'y ait d'autres obstacles sous vos pas. »

Birch palpa l'objet contre lequel il était allé buter. Une caisse vraisemblablement. Il sentait les planches de bois brut.

« Mais je vous en prie, monsieur Birch, prenez un siège. Vous excuserez, comment dire, le caractère sommaire de l'installation. Nous faisons l'impossible pour être discrets. Plus de lumière ne servirait qu'à attirer l'attention. Je pense que vous ne tarderez pas à vous habituer à nos méthodes. Elles peuvent déconcerter au début. Avec le temps, vous les trouverez moins précautionneuses. Et je suis sûr que vous verrez l'avantage qu'il y a à être prudent.

— Quand le chauffeur m'a laissé seul, j'ai cru que quelque chose avait foiré et j'ai pris peur », expliqua Birch.

Le jour se glissait dans le local par une fenêtre éloignée et en partie occultée. Birch commençait à distinguer le contour des choses, mais pas l'expression de Kerzhentseff.

« Qu'est-ce qui vous fait croire qu'il pouvait y avoir un problème ? » insinua Kerzhentseff. Le piège était grossier. Il n'en resterait sûrement pas là.

« Tout ceci est nouveau pour moi. Et je n'avais pas d'instruc-tions.

— Il fallait rester sur place et attendre les ordres, coupa Kerzhentseff. Ne faites jamais quelque chose avant qu'on ne vous l'ait dit.

— Se grouiller ou attendre. Comme à l'armée.

— Exactement », approuva Kerznetseff. Aucune trace d'humour dans sa voix. « Dans un premier temps, je serai votre seul interlocuteur. Plus tard, peut-être, d'autres se joindront à nous, avec un équipement plus sophistiqué. Vous ne parlerez à personne, sauf en ma présence. »

Il y eut un long silence. Birch se concentra sur le bruit d'un ventilateur ou d'un aérateur. Il distinguait aussi la rumeur assourdie du trafic extérieur. Un muscle de son bras se contractait nerveusement. S'il avait été branché, les curseurs seraient en pleine folie. Mais il savait qu'ils ne pouvaient rien mesurer pour l'instant, sauf sa voix. Tant qu'il s'agissait de parler, il serait à l'abri.

« Vous n'êtes pas aussi innocent qu'il y paraît, ne vous en déplaise, reprit Kerzentseff. Et s'il faut que nous travaillions ensemble, vous avez intérêt à ne pas jouer les imbéciles avec moi. Vous pourriez commencer par me parler de vos contacts avec le contre-espionnage.

– Je les ai rencontrés pour mon certif d'habilitation. C'était il y a deux ans. »

Le Russe était redoutable, mais Birch savait que tout irait bien tant qu'il pouvait se cantonner dans ce que l'autre savait déjà.

« Ce n'est pas du tout à cela que je fais allusion, monsieur Birch. Et de grâce, essayez de comprendre que l'heure n'est plus aux finasseries. Pas avec moi. Je peux être très dangereux pour vous. Nous savons que Nowicki était sous surveillance. Ils ont donc dû vous ficher. Que leur avez-vous dit, monsieur Birch? »

Tous les moyens lui seront bons, avait expliqué Harper. Il prétendra connaître des faits qui vous contredisent. Mais n'avouez jamais.

« J'en ai parlé à personne, répéta Birch. Même pas à ma femme. Elle pensait que je travaillais pour la société d'électronique. »

Birch n'était pas vraiment à l'aise, mais le tressaillement musculaire avait cessé et sa voix était aussi tranquille que le permettaient les circonstances.

« Nous savons comment ils opèrent, monsieur Birch. Dès qu'ils enregistrent un contact non autorisé, ils ouvrent une enquête. Vos mensonges n'ont pas de sens...

– Personne ne m'a jamais demandé quoi que ce soit sur Nowicki. Mais... vous pensez qu'ils ont des doutes sur moi? C'est cela? Pourquoi ne m'avez-vous rien dit? Vous allez me faire repérer... »

Il libéra toute son angoisse dans ces quelques mots. C'était cathartique. Sa peur était crédible et même elle confirmait ses dires.

« Vous seriez le premier à savoir, s'il y avait un risque pour vous, fit Kerzhentseff. Que vous ont demandé les Américains?

— Rien. J'ai jamais cru qu'ils puissent être sur moi. On m'a même confié un nouveau poste.

— Peut-être pour vous éloigner.

— Je ne crois pas, non. Ils ont l'air d'y attacher beaucoup d'importance.

— Nous verrons cela plus tard. Mais je vous répète qu'il est impensable qu'ils ne vous aient pas remarqué avec Nowicki. Les restaurants. Les putes. Vous étiez assez tristement célèbres, tous les deux.

— Si ma famille apprend quelque chose, ils en mourront, s'écria Birch.

— Laissez votre famille là où elle est, monsieur Birch. Vous êtes seul pour l'instant. Et je ne vous crois pas.

— Que voulez-vous que je vous dise? Vous m'annoncez que je suis repéré. Vous m'apprenez que Nowicki était imprudent. Là-dessus vous me dites que vous vous méfiez de moi, que vous ne me faites pas confiance.

— Personne n'a parlé de faire confiance à qui que ce soit.

— Je suis le seul, d'accord. Je suis là avec seulement un pied sur une corde raide, et vous vous foutez de moi. Je voudrais savoir pourquoi vous m'avez fait venir alors?

— Peut-être que je me suis trompé », admit Kerzhentseff, comme si c'était sans importance. « Nowicki était tellement insignifiant, dans tous les domaines... Les Américains, après tout, ne lui ont peut-être jamais accordé le moindre intérêt.

— Peut-être ceci, peut-être cela, grogna Birch. Moi, j'ai besoin de savoir.

— Et nous aussi, monsieur Birch. Nous aussi.

— En tout cas moi, je n'ai pas l'intention de m'enfoncer davantage », fit Birch, en se levant brusquement comme pour prendre congé.

« Asseyez-vous, monsieur Birch. J'ai l'impression que vous n'appréciez pas correctement votre position. Nous n'avons rien à perdre. Vous, oui. Nowicki ne nous est plus d'aucun usage. Vous ne pouvez donc pas nous menacer sur ce plan. Vous n'avez rien à vendre aux Américains. En revanche, si ce que vous dites est vrai, si donc vos compatriotes ne vous soupçonnent pas, nous n'aurons aucun mal à vous compromettre. Si vous avez menti, dites-vous que nous le saurons toujours assez tôt. Et je vous assure que nous n'avons pas l'habitude de plaisanter sur ce chapitre. Ceci pour vous faire comprendre que vous avez tout intérêt à nous persuader de votre bonne foi. »

Dès qu'une situation se complique, avait expliqué Harper, toujours ralentir le mouvement. Gagner du temps. Ne pas se braquer. Vos alibis sont parfaitement au point : surtout n'y changez rien. Birch attendait, respirait, s'efforçait de prendre la mesure de cet homme dont il ne distinguait toujours que la silhouette, de l'autre côté de la pièce. Aucun appareil ne pourrait jamais décrypter cette voix. Même branché sur la machine, le Russe livrerait des graphiques aussi plats que ceux d'un cadavre.

« Qu'est-ce que je peux faire, alors? » demanda finalement Birch. Sa soumission, en un sens, était totale.

« Pour commencer, vous pouvez parler de cette nouvelle affectation. Cela me donnera peut-être une idée. »

Birch lui raconta l'arrivée de la nouvelle unité. Kerzhentseff demanda les détails. Les dates, les effectifs, combien de chaque grade. Il écarta Birch des points essentiels – ceux que nous voulions faire passer – et le garçon n'était plus en mesure de le ramener sur le terrain. Il avait l'impression d'être là depuis des jours, sans dormir. Il était épuisé, incapable de résister au Russe qui le promenait où il voulait. Et pourtant... Quand toutes les défenses furent tombées, Kerzhentseff ne trouva que les alibis forgés par Harper : le tableau de service de la nouvelle unité. Faire un effort, dans l'état de fatigue et de soumission où il était, c'était courir au-devant de l'échec. Birch s'était réfugié dans la routine, en l'occurrence nos mensonges. Le nombre d'hommes utilisés dans le préfabriqué, aux différentes heures de la journée. Les noms inscrits sur les uniformes.

« Et on vous a dit en quoi consistait la mission? demanda Kerzhentseff.

– Non, monsieur. Je ne suis là que pour assurer la liaison, les aider dans leur installation, et éventuellement arranger les bidons quand ils ont besoin de quelque chose.

– Y a-t-il d'autres mesures particulières de sécurité?

– Oui, monsieur.

– Lesquelles, Birch?

– Un passe spécial pour franchir l'enceinte. Le colonel Robertson et moi, on est les seuls à le posséder.

– Quoi d'autre?

– Un briefing, monsieur.

– Vous voulez dire un interrogatoire?

– C'est cela. Je ne sais plus exactement les questions. Les trucs habituels. Si j'avais appartenu à certains groupes et tout ça. Il a fallu remplir quelques questionnaires.

– Vous avez eu de nouvelles habilitations, alors?

– Oui, monsieur.

– Et quel nom lui ont-ils donné, Birch?

– Le nom est classifié top secret. Je ne l'avais jamais entendu auparavant.

– Vous tournez autour du pot, Birch.

– Black Body. Ça vous dit quelque chose?

– Cela me dit que vous avez essayé de me doubler. »

Seulement dans le sens qui avait été arrangé et seulement dans le but d'être découvert. « Je n'ai pas menti, assura Birch.

– Vous avez parlé à des gens du contre-espionnage, laissa tomber le Russe. Et pas il y a deux ans. Je suis de nouveau très troublé, Birch.

– C'était sans rapport avec l'affaire Nowicki.

– Le problème n'est pas là. Je ne suis pas ici pour vous poser des questions d'avocat ou de juriste. Vous n'avez pas à moduler vos réponses. Ces gens qui vous ont interrogé : ils étaient en uniforme?

– Oui, monsieur. Mais c'étaient des civils.

– Comment le savez-vous?

– Juste une impression. Une manière de se tenir. De me parler. D'être affalés sur leur siège. L'un d'eux n'arrêtait pas de se balancer d'avant en arrière. Il écoutait en se balançant, rien d'autre. C'était pas un soldat.

– Finement observé », nota Kerzhentseff, et d'un ton qui signifiait qu'il n'était nullement impressionné.

« J'ai eu peur quand vous m'avez dit qu'on me soupçonnait. Je ne voulais pas croire qu'ils enquêtaient.

– Vous avez essayé de me le cacher.

– De me le cacher à moi-même, monsieur. Ils m'ont posé les questions rituelles, c'est tout. Et j'ai signé les paperasses.

– Vos comportements, vos gestes, coupa Kerzhentseff. Voilà ce qu'on vous demande. Des faits. Du concret, le reste est conjoncture, et vos suppositions sont totalement dénuées d'intérêt.

– Oui, monsieur. » Le point de péril maximum, aurait dit Harper. Celui au-delà duquel vous n'avez plus rien à donner.

« J'aimerais que vous veniez par ici un moment. »

Birch avança en tâtonnant parmi les caisses. Il se déplaçait lentement, avec prudence. La lumière l'aveugla si brusquement qu'il faillit perdre l'équilibre. Il protégea instinctivement son visage et ne put réprimer un petit cri.

« Ce n'est qu'une lampe survoltée, dit Kerzhenseff. Cela ne vous fera pas mal. »

Birch regarda par-dessous son bras replié; il crut surprendre un semblant de sourire sur les traits du petit homme. Ce dernier était assis dans un transat, devant une table basse, bancale. La lumière qui tombait sur le tablette projetait sur son visage des reflets étranges et en accentuait le caractère asiatique : une certaine nuance de la peau, le dessin des yeux. Ils ne sont pas comme nous, pensa Birch. Ils sont d'un autre monde, et la différence est inscrite en eux, dans chacun des os de leur squelette.

« A propos de comportement, reprit Kerzhentseff, j'aimerais avoir votre avis sur ceci. »

Il étala lentement cinq photographies sur la table. Birch reconnut son image, pas nette à cause du grain. Le coup d'œil jeté en arrière. Le rétablissement disgracieux. Le bond par-dessus le mur du cimetière.

« Curieux, vous ne trouvez pas? » susurra Kerzhentseff.

Birch risqua un petit rire, comme on le lui avait appris, mais la main du Russe, la seule valide, lui immobilisait déjà le poignet, le forçant au silence.

« Regardez-y de plus près, monsieur Birch. » Les doigts s'enfonçaient dans la chair et l'entraînaient davantage dans la zone de lumière.

« Je me souviens de ce jour-là, fit Birch. J'étais allé faire un tour.

— On n'oublie jamais un événement qu'on s'efforce de dissimuler.

— J'étais vraiment embarrassé, continua Birch.

— Vous pensiez pouvoir les semer. Puis vous vous êtes énervé.

— Je devais pisser, oui. Tout ce café. J'imagine que vous avez une photo de cela aussi. Birch se soulageant. » Il revivait vraiment la pression de sa vessie, le sentiment de culpabilité d'avoir profané un espace consacré. Il n'aurait pas été autrement surpris s'il lui avait montré un cliché de ce qui n'avait pas eu lieu : une image nette, sa main en éventail et la courbe du jet.

« Vous aviez des raisons de croire que les Américains vous

filaient cette fois-là? laissa tomber Kerzhentseff, pas vraiment interrogatif.

— C'était bien avant, fit Birch. Avant Black Body.

— Alors de quoi aviez-vous peur?

— Je ne sais pas. Rien de particulier, mais je devais rencontrer Nowicki. Il avait appelé.

— Vous êtes un froussard, Birch.

— Peut-être, oui. » Il admettait par tactique. Et aussi parce qu'il savait que c'était vrai. Il avait peur de se battre, peur d'être tué. Même en amour : il était fidèle par tempérament, sans doute, mais aussi par peur.

« Nous n'avons rien contre les poltrons, Birch. Ils font d'excellentes recrues. »

L'humiliation était totale. Birch l'endurait comme un juste châtiment.

« Dans l'hypothèse où les Américains ne se méfieraient pas de vous, nous vous demandons d'être prudent. Vous agirez toujours comme s'ils avaient un doute. De notre côté, nous prendrons quelques mesures de nature à sauvegarder l'intégrité de nos rapports.

— Vous me protégerez?

— C'est une des compensations que nous offrons. Sur ce plan-là, faites-nous confiance. Nous gommerons soigneusement toute trace de vous et de Nowicki.

— Quelles sont les traces à gommer?

— Des souvenirs fortuits. Ce n'est pas votre rayon je vous le répète. Faites-moi confiance. Nous avons l'expérience de ce genre d'action.

— Je suis désolé, si je n'ai pas toujours rapporté correctement tout ce que je savais. Mais j'ignore encore ce qu'on attend de moi.

— Nous sommes sans illusion, Birch. Nous n'attendons de vous que ce que vous pouvez nous livrer. »

16.

Quand Harper eut mis le point final à son câble, même les nettoyeuses avaient quitté l'immeuble. Elles s'étaient activées autour de lui, plus tôt dans la soirée, sans lui adresser la parole. Les tiroirs de son bureau étaient verrouillés, et il avait rangé ce qu'il venait d'écrire dans le coffre. Il enverrait le tout demain matin. Pour le reste, on verrait.

« J'ai chopé la crève, m'sieur Harper. » Le *Marine* de garde lui tendait la planchette où il consigna l'heure précise de son départ.

« Vous aviez déjà vu l'automne par ici?

– Non, m'sieur. J'ai même jamais eu froid à Okinawa. » Le visage du gosse était aussi frais que l'empesage de sa vareuse.

« Eh bien, imaginez des feuilles qui jaunissent et puis qui tombent. C'est chouette, l'exotisme, mon vieux. »

Harper n'avait pas de manteau. Le vent s'engouffrant sous son veston le fit frissonner. Il aurait aimé pouvoir penser à autre chose. Mais on ne peut jamais oublier. Il y avait pourtant pas mal de lacunes dans ce qu'il croyait savoir de Bartlow. Il s'était toujours imaginé pouvoir tout reconstituer avec précision, à n'importe quel moment. La tuerie l'avait hanté à ce point qu'elle ne pouvait s'effacer dans sa mémoire. Pourtant, l'impérieuse nécessité d'oublier avait brouillé ses souvenirs. Il n'avait pu en rapporter à Langley que des fragments.

En arrivant chez lui, il monta précautionneusement l'escalier, parmi des jouets abandonnés par les gosses du dessous.

Il grimpa quatre à quatre la dernière volée. Et entendit la télévision à travers la porte.

« Salut, c'est moi », annonça-t-il avec un peu d'hésitation. La porte n'était jamais verrouillée.

« Juste une minute », cria-t-elle d'une autre pièce. Il ôta sa veste et la laissa sur un dossier.

La télé passait un film samouraï. Il resta un moment devant l'écran. Les voix surtout le fascinaient, graves, hargneuses.

« Qu'est-ce que tu regardais? » demanda-t-il quand elle s'approcha pour lui donner un chaste baiser sur le front.

« Le seul programme en anglais était une bondieuserie. Ceci avait l'air pas mal.

— Tu parviens à suivre l'histoire?

— Pas tellement. Mais c'est toujours la même chose, non? Comme les westerns. »

Janet sortait de son bain, ses cheveux encore humides, toute odorante de lotion adoucissante et de crème. Elle portait le peignoir de soie bleue qu'il lui avait offert pour se faire pardonner les semaines passées à l'entraînement de Birch. Quand elle se pelotonna près de lui sur la moquette, le haut de sa robe de chambre s'entrouvrit légèrement, révélant l'arrondi laiteux de ses seins.

Il fixa à nouveau l'écran.

« C'est celui qu'ils montrent toujours dans les festivals? demanda-t-il.

— Je ne crois pas. Tout n'a pas été comme tu le voulais aujourd'hui, n'est-ce pas?

— Pour une fois qu'on ne m'engueule pas parce que je suis impassible...

— Qu'est-ce qui ne va pas? Si tu peux en parler...

— Il se trouve que je peux. En fait, tu connais déjà toute l'histoire.

— On prend un verre pour commencer?

— Cela s'impose. »

Elle ne lui demanda pas ce qu'il voulait. Elle le savait.

« Et moi, qu'est-ce que je prendrais bien?

— Tu as intérêt à prendre un scotch.

— C'est si grave?

— En tout cas, c'est tout comme. »

Janet revint avec les gobelets, déposa le sien sur un sous-verre et se repelotonna sur la moquette. Il lui caressa la nuque.

« Le chef de station m'a remis un câble, cet après-midi. Obligation de réponse immédiate. Ils rouvrent le dossier Tri. Une nouvelle enquête.

– Je croyais que Bartlow avait été liquidé.

– Il l'est, soupira Harper. Cette fois, c'est sur moi qu'ils s'interrogent.

– Oh! Richard. »

Tout avait commencé entre eux lors des jours les plus sombres de l'affaire. Les souvenirs qu'ils en avaient l'un et l'autre combinaient des grands moments de joie et de peine. C'était comme un champ de gravité qui les rapprochait et les éloignait à la fois. Tout ce qui touchait l'un perturbait l'autre. Proches, mais incapables de gommer la distance.

« Le chef a vraiment été chic, comme toujours, reprit-il. Il ne sait pas qui a déterré le dossier, mais selon lui, c'était inévitable.

– C'est cette guerre, fit Janet. Les derniers soubresauts. Nous l'avons perdue.

– Le mémo n'était pas très explicite, continua Harper. Dites-nous ce que vous savez. C'est à peu près tout. » Le chef de station lui avait tendu le dossier, codé en lignes de couleur vive, et estampillé partout HUMINT – EYES ONLY. *Humint,* human intelligence; les lignes rouges symbolisaient le sang. Ses yeux avaient sauté d'une ligne à l'autre, ne relevant au passage que quelques mots : « meurtre », « avertissement » et « échec ». Quand il l'eut relu plus attentivement, il s'aperçut que c'était bien l'essentiel du câble.

« Je suis sûr qu'ils rouvrent tous les dossiers, pas seulement le tien.

– Le chef n'est pas de cet avis. Je pense que c'est lié à l'opération sur laquelle je suis pour le moment.

– Mais il n'y a aucun rapport. » Harper voyait l'inquiétude dans ses yeux.

« Il y en a un, dit-il après un silence. Si l'opération foire pour une raison ou une autre, Langley aura acté ses doutes à mon sujet. Tu dois être fatiguée de toute cette merde.

– Pas plus que toi, fit-elle. J'aimerais que tu aies la paix.

– Cela va changer, assura Harper.

– Mais auras-tu encore besoin de moi?

– Différemment. Ça te ferait vraiment quelque chose?

– J'ai toujours su à quoi m'attendre, fit Janet. Depuis le début, je l'ai su.

– Je suppose que c'est pour cela que tout marche entre nous... Le fait que tu as connu le pire de ce que je pouvais t'offrir.

– Tu as l'avantage de savoir où est le danger. Peut-être que secrètement, j'espère que tu pourras m'en tenir éloignée. Nous ne sommes plus des enfants. Nous nous ressemblons même, sous certains aspects. Dans une bonne association, chacun s'occupe de ses oignons, tant que l'autre n'a pas d'ennuis.

– C'est important pour toi, la distance, n'est-ce pas?

– Pour les gens comme nous, c'est important, oui? Cela évite qu'on ne se marche sur les pieds.

– Ce danger-là, en revanche, c'est de toi que je dépends pour qu'il me soit épargné! »

Il effleura ses cheveux, en éprouva la douceur. Amour et distance... L'amour peut sauver. Mais la distance avait aussi son importance. Elle protégeait contre la trahison et signalait, encore que ce soit au sens premier du terme, la duplicité de leurs rapports.

« Leurs questions étaient terribles – je parle de Langley. » Il savait pouvoir partager ce risque avec elle.

« Pas plus graves que celles que tu t'es posées à toi-même.

– Infiniment plus. Aux miennes, je me suis fait à l'idée de ne pas avoir de réponse.

– Qu'ont-ils voulu savoir sur Tri?

– Sur Tri, pas grand-chose. Les morts ne sont jamais très intéressants. Ils sont en dehors – au-delà – des compromis ou des règlements de comptes. Mais j'ai l'impression que quelqu'un cherche à prouver que je n'ai pas suffisamment tiré la sonnette d'alarme.

– Qu'est-ce qu'ils auraient voulu? Que tu déclenches toutes les sirènes de la ville? A Saigon? Personne n'y aurait prêté attention.

– Ils veulent savoir ce que j'ai dit à Bartlow, et quand. Et si j'ai laissé filtrer quelque chose aux Viets gouvernementaux. Et pourquoi je me suis envolé pour Saigon cette nuit-là sans d'abord téléphoner à Tri.

– Ils ont oublié que tu as été décoré pour cette affaire?

– Les médailles font d'excellentes cibles, ricana Harper. Tu vois, j'essaie de regarder en arrière, de me souvenir, mais tout est si flou. Il y a ce que l'on fait, ce qu'on peut avoir fait, ce qu'on voudrait avoir fait. As-tu jamais essayé de te rappeler un événement avec exactitude? Je veux dire, se souvenir alors qu'un nouvel élément est intervenu, rendant chaque détail crucial. Ce n'est pas seulement ce qu'on aurait souhaité qui perturbe. On en vient à douter de ce qu'on voulait réellement. Moi, je n'ai jamais souhaité que ce soit un échec. Mais jusqu'où ce sentiment a-t-il pu déteindre sur ce que j'ai dit ou accompli? C'est vrai qu'au même moment, j'avais des doutes.

— Tu en as toujours, fit-elle doucement. Tu es – vous êtes tous – tellement réservés, prudents, dubitatifs.

— J'ai même eu du mal à me décider à te demander en mariage (il souriait à présent).

— Tu as très exactement attendu que toutes les données du problème soient réunies, afin de savoir avec précision où était le danger (elle aussi souriait maintenant).

— Figure-toi qu'on a oublié de supprimer mon nom sur la liste des envois pour information. (Il s'était rembruni.) J'ai même lu ce foutu rapport.

— Qui disait quoi?

— Peu importe. L'important, c'est que je l'ai lu, et que je suis incapable de dire pourquoi. Ce serait tellement plus facile si on n'avait jamais à se souvenir?

— C'est parfois agréable de regarder en arrière. Je me souviens du *Raffles* à Singapour. C'était si exotique.

— Je ne t'ai peut-être jamais désirée que pour de mauvais motifs, même alors, fit-il.

— Peut-être que c'est ainsi que je voulais être désirée.

— Je me demande si la duplicité est dans nos gènes, se divisant, se reproduisant. Vérité et mensonge, inextricablement imbriqués. Les parallèles ne finissent-elles pas toujours par se rejoindre?

— C'est une illusion d'optique, Richard.

— C'est de la haute géométrie. »

17.

L'enquête ne donna rien. Le câble de Harper y mit un point
final. Je n'avais moi-même ordonné la réouverture du dossier que
parce qu'il fallait éviter, pour la suite, une conclusion trop
précipitée. Le jeune loup qui avait relancé l'affaire fut transféré
dans un service où son goût de l'intrigue s'éroderait rapidement. Il
ne comprenait rien à ce qui peut rendre un homme vulnérable.
Harper n'était pas de ceux qui succombent aux charmes de
l'Orient. Il faut toujours, pour qu'une défection soit possible, que
deux éléments se conjugent : une faiblesse et une force. La seconde
était singulièrement absente à Saigon, n'importe qui aurait pu
s'en rendre compte.

On classa d'autant plus volontiers l'affaire que Harper progressait dans l'opération Kerzhentseff. Le succès est souverain pour
dissiper les doutes, et les rapports en provenance de Tokyo étaient
euphorisants. On avait l'impression que Zapadnya était sur le
point de se prendre à son propre piège.

Sous la conduite de Harper, Birch avait appris à travailler sa
peur – puisque c'était à la fois par là que nous tenions le Russe et
que le Russe le tenait. Kerzhentseff contrôlait notre homme – un
Birch de plus en plus terrorisé et résigné, semblait-il – et celui-ci
lui rendait compte régulièrement des progrès de la nouvelle unité
à Camp Zama. Harper l'envoya même légèrement ivre à l'un des
rendez-vous, ce qui valut à Birch une engueulade maison, plus un
bref exposé didactique sur l'importance de rester maître de soi.
Birch, bien sûr, s'était confondu en excuses. Mais il avait si peur
d'être découvert qu'il en devenait nerveux.

Le scénario prévoyait la remise à Kerzhentseff de différents types d'informations : documents, observations, listes de noms appris par cœur. La plupart étaient exactes – la plus grande part. Certaines confirmaient des renseignements que les Russes avaient obtenus par ailleurs, du moins nous l'imaginions. D'autres étaient franchement inédites et du plus haut intérêt pour eux. Le contre-espionnage est à coup sûr le plus efficace de tous les programmes d'échanges organisés entre des adversaires! Toutefois, nichées dans la masse des données utiles, quelques insinuations renvoyaient habilement à la fameuse mission du détachement BLACK BODY. A en juger par les questions qu'il posa ensuite, Kerzhentseff était ferré.

Évidemment, Kerzhentseff n'était pas un adversaire ordinaire. un ou deux tours de vis supplémentaires assureraient une meilleure prise. Au moment où l'automne virait à l'hiver, à Tokyo, la situation ne nous paraissait pas mûre. Nous commençâmes à orchestrer quelques partitions parallèles. La surveillance d'un de leurs clandestins les mieux infiltrés à New York parut cafouiller. Un agent double à Vienne laissa filtrer un vague avertissement. Au sein des services spéciaux d'un de nos alliés européens, dont nous avions toutes raisons de croire qu'il était pénétré, le bruit circula que les Américains avaient développé un remarquable système de décodage, mais qu'ils se le gardaient pour eux, les vaches. Dans tous les cas, la rumeur ambiante ferait le reste.

Dans le même temps, Harper s'activait à collecter ce que l'opération avait d'ores et déjà révélé sur les méthodes des Soviétiques. Il était impressionné par leur redoutable efficacité. Si Birch n'avait pas été sous notre contrôle, aucune de ses démarches n'aurait assurément été découverte. Nos boîtes aux lettres étaient de grossières plaisanteries comparées à leurs coupe-circuit savamment étagés. Leurs méthodes dénotaient une finesse de conception qui les rattachait davantage à la tradition du Bolchoï qu'à celle des plans quinquennaux et des interminables queues qui en étaient le résultat pratique.

Kerzhentseff semblait avoir une prédilection pour la zone des entrepôts où avait eu lieu sa première rencontre avec Birch. Le matin d'un rendez-vous, ils avaient surpris les Russes débarquant leur matériel. Harper aurait tout donné pour pouvoir enregistrer une des séances. Officiellement pour tester le stress de Birch en situation réelle non simulée, ce qui lui permettrait de juger de l'efficacité de son entraînement. L'autre raison, plus personnelle, était qu'il voulait entendre la voix de Kerzhentseff.

C'est cette obsession qui l'avait amené à contacter Ralph Braybeck, notre chef d'écoutes. Et c'est par celui-ci qu'il eut vent, presque par hasard, de l'incendie.

« Ratiboisée », avait-il dit avec nonchalance, tandis que Harper et lui déjeunaient. « Brûlée de fond en comble. Restait que les murs. Même la toiture, bousillée. Une pagaille pas croyable.

– Cela s'est passé quand? »

Braybeck avait vidé sa boîte de Coke, l'auriculaire délicatement tendu. Il s'essuya la bouche sur la manche de sa chemise.

« J'ai déniché quelques coins pas mal dans Shibuya, du côté de notre *safe house*. Loin de tout. Pas de touristes, ni de GI's pour faire les cons.

– Quand?

– J'étais plus passé par là depuis une dizaine de jours, deux semaines peut-être. J'explorais de nouveaux bitumes. Ça s'est produit quelque part dans l'intervalle.

– As-tu appris quelque chose?

– J'ai pas cherché, répondit Braybeck. Elle est bonne, celle-là! Poser des questions, c'est votre rayon, non? Moi, j'écoute.

– Pas de commentaires dans la rue?

– Des commentaires! Plutôt, oui. Bien sûr. Plusieurs filles seraient mortes. Rien de particulier. Un accident, sans plus. Et un beau gâchis : Kokura valait quatre étoiles. »

Pour Harper, l'affaire était loin d'être classée. L'anxiété était passée, mais il ne croyait pas aux accidents. On ne fait pas de feu sans créer de fumée, et il devait à tout prix savoir ce que celle-ci devait camoufler. Sa visite suivante fut pour notre contact dans la police locale.

L'homme était encore jeune. Une licence aux States, puis un stage à Quantico, chez les Sœurs. M. Mikima – c'était son nom, Mickey pour les Sœurs. Il avait une tête carrée, comme une sculpture ébauchée mais jamais achevée. Pas vraiment petit de taille, plutôt trapu. Un anglais excellent, avec une pointe d'accent, mais rien de guindé. Harper jugea qu'il devait être né pendant la guerre.

« Je vous en prie, mettez-vous à l'aise. » Mikima le guida vers l'un des deux divans qui occupaient un coin du bureau. « Je suis ravi de pouvoir enfin vous rencontrer, monsieur Harper. J'ai connu plusieurs de vos collègues, mais jusqu'à ce jour, nos chemins semblaient ne pas devoir se croiser.

– Je crois m'être arrangé jusqu'ici pour ne pas avoir d'ennuis.

– Vous êtes un diplomate, monsieur Harper. » C'était plus un compliment que le simple constat de la couverture et de l'immunité diplomatique de son interlocuteur.

Une secrétaire apporta le thé déjà versé dans deux porcelaines fragiles. Harper y trempa ses lèvres. Trop sucré, comme d'habitude.

« Les morts – les mortes ont toutes été identifiées, commenta Mikima. Heureusement pour nous, nous les connaissions déjà toutes.

– Arrêtées?

– De temps à autre. Comme vous, nous sauvons les apparences. Et nous en profitons pour jeter un coup d'œil, question hygiène. »

Il alluma une cigarette à l'odeur puissante et tendit une liste dactylographiée en anglais. Les noms des victimes : Kokura, Toshi, la vieille maquerelle et quatre autres filles. Il posa ensuite un carton sur la table pour en extraire une pile soigneusement classée de feuillets jaunis et déjà décolorés.

« Vos archives ne résisteront pas longtemps sur un pareil papier », remarqua Harper.

Mikima feuilleta les pages et trouva celle qu'il cherchait. Harper attendit patiemment tandis qu'il la parcourait des yeux.

« C'était un incendie volontaire, aucun doute là-dessus. Des traces de kérosène et de magnésium. Un boulot rapide et précis.

– Des survivants?

– Toute la maison brûlait quand les premiers véhicules sont arrivés. Ils ont eu beaucoup de chance de pouvoir circonvenir le feu à un seul immeuble. Personne n'a pu en réchapper, sauf l'incendiaire. Tout laisse à penser que les corps ont été charcutés avant d'être brûlés. »

Il fit passer à Harper plusieurs photographies des restes déformés. Harper se força à les regarder toutes avant de les déposer.

« C'est la partie du dossier qui peut sc passer de traduction, précisa Mikima.

– Aux States, pour autant que je sache, ce genre d'incendie est le plus souvent lié à une affaire d'assurance. »

Mikima ramassa les clichés et les étudia un à un avant de les reclasser dans une chemise.

« Votre organisation, jusqu'à nouvel ordre, se passionne rarement pour des fraudes aux assurances...

– Vous êtes aussi très diplomate...

– Oui, merci. Si vous désirez une copie du dossier, je peux en demander une à la secrétaire. J'insiste pour que ces pièces restent confidentielles. Pour l'essentiel, elles démontrent, d'après la position des corps, que les victimes ont sans doute été tuées dans des chambres différentes.

– Des suspects? »

Mikima ne répondit pas tout de suite. Son visage s'assombrit un instant, avant de se détendre en un étrange sourire.

« Ils devaient être plusieurs, fit-il enfin. Parfaitement entraînés. Une équipe expérimentée et un plan bien étudié. Des pros comme on dit chez vous.

– Donc la possibilité d'un règlement de comptes.

– Le milieu, chez nous – pardonnez ma franchise –, a des mœurs assez différentes des vôtres. Ceci n'est pas dans leur manière.

– Non violents?

– Disons plutôt qu'ils choisiraient de défigurer une des filles, par exemple. La plus jolie. Une répugnante cicatrice en travers du visage...

– Passionnel?

– Là, au contraire, nous ne sommes pas très différents de vous. Je sais que nous avons la réputation d'être méthodiques, mais pas au point de programmer nos passions, monsieur Harper. Peut-être me permettrez-vous aussi une question?

– Je crains fort de ne pouvoir être aussi accommodant que vous l'avez été, s'excusa Harper. Mais je peux vous assurer que personne sous notre contrôle n'a pris une part quelconque à ceci.

– Cela va sans dire.

– Je préfère que ce soit bien clair.

– Mais vous pensiez peut-être à l'un de vos adversaires, monsieur Harper?

– Je crois qu'il vaut mieux que vous ne tiriez aucune conclusion de l'intérêt que je porte à cette affaire.

– Échafauder des hypothèses serait de toute façon assez vain, n'est-ce pas... »

M. Mikima écrasa sa cigarette dans le cendrier. Un dernier filet de fumée s'éleva dans l'air immobile entre eux. Puis le fin nuage se brouilla : le Japonais venait de replier le carton d'archives. Il plaqua ses mains sur le dossier et se leva d'un même mouvement.

« Voilà », conclut-il.

Harper aurait voulu des preuves de l'intervention de Kerzhentseff. Des témoins. Peut-être une fille, qui aurait travaillé là un moment, avant d'aller ailleurs. Quelqu'un qui les aurait vus quand ils étaient venus reconnaître les lieux, et qui aurait eu peur. Il devait y avoir des indices, des traces. Pas question d'enquêter. C'était assez le genre de Kerzhentseff de liquider des femmes simplement pour voir qui viendrait rôder autour des cadavres. Zapadnya était parfaitement capable d'appâter ses pièges avec de la chair humaine.

L'odeur fade de la mort empestait désormais l'opération BLACK BODY. Mais Harper savait, mieux que personne, l'importance qu'il y a de ne jamais laisser paraître son dégoût. Le faux pas commis après le meurtre de Tri ne se reproduirait plus.

Il fit ce qu'il pouvait, c'est-à-dire passer en revue les rapports de filature et écouter les bandes enregistrées au bordel. Sans résultat. Il rédigea un mémo de synthèse avec le peu qu'il trouva et le fit parvenir au chef de station. Les éléments de preuve étaient rares et épars. Ils concordaient pourtant.

« Je crois que nous pouvons miser sur leur responsabilité dans l'incendie, commenta le chef. Ce qui veut dire qu'ils avaient un but. Les Russes ne font jamais rien gratuitement.

– On peut toujours supposer qu'ils ont eu peur des confidences du moujik sur l'oreiller. Mais je ne vois pas ce qu'il pouvait savoir d'important. A moins qu'ils n'aient été imaginer que les filles étaient à nous.

– Dans ce cas, ils ne les auraient jamais liquidées.

– Seuls les innocents meurent, laissa tomber Harper.

– La mort confère l'innocence, corrigea le chef. Peut-être ont-ils voulu donner un avertissement.

– S'il y a un message, il y a un destinataire. En d'autres termes, ils pensent que nous surveillons le bordel.

— Parce que Popov le fréquentait.

— Autrement dit encore, ils nous soupçonnent d'avoir découvert Birch.

— Oui.

— Reste à savoir ce qu'ils ont voulu signifier par le message?

— Ça, c'est la question banco, fit le chef. Peut-être cette seule interrogation : " Êtes-vous là? "

— J'y ai pensé. Et si, comme ils le pensent, nous y sommes, ils nous verront retirer Birch de la circulation, pour le protéger. A condition qu'il soit sous notre contrôle...

— Une façon comme une autre de savoir si nous leur tendons un piège.

— En d'autres termes toujours, conclut Harper, nous ne pouvons que laisser Birch dans la course. En veillant à ce qu'il ne sache rien de l'incendie.

— L'essentiel est que personne, chez nous, n'ait l'air d'avoir les chocottes. Birch ne doit rien savoir, quoi qu'il advienne.

— Je crois que c'est ce qu'il y a de mieux pour l'instant, fit Harper. Je commence à y voir plus clair.

— Vous comprenez pourquoi j'ai toujours préféré les Asiatiques? reprit le chef. Je sais que vous en avez plutôt soupé, mais ceux-là n'étaient plus vraiment des Orientaux : déjà pervertis par nous. Généralement, les Jaunes ne s'abaissent pas à des coups aussi sordides. Ils préfèrent circonvenir les pions de l'adversaire, pour les retourner contre lui. Vous avez remarqué chez Kerzhentseff? Ce petit côté mongol. Comme presque tous leurs meilleurs agents.

— Un combiné de subtilité et de violence, murmura Harper.

— Autre chose à présent. Que se passe-t-il si le but véritable est, au contraire, de nous rassurer?

— Dans ce cas, c'est plutôt raté?

— Pas dit, remarqua doucement le chef de station. Pensez à toutes les questions que nous ne nous sommes pas posées. Imaginez qu'il ait retourné Birch et qu'il cherche à le couvrir. Supposez que Birch lui ait dit que nous étions au courant pour Nowicki et le bordel.

— Je crois que nous pouvons avoir confiance en Birch, fit remarquer Harper.

— Le problème n'est pas là. Poursuivons l'exercice. Il veut que nous pensions qu'il ne sait pas que Birch est sous notre contrôle.

Mais il est très conscient de sa réputation. Il doit donc être sur ses gardes pour éviter qu'à notre tour nous le dupions. Le mieux, dans ce cas, pour lui, est encore de poser ouvertement tous ses pièges.

— Autoparodie, fit Harper. C'est un peu tiré par les cheveux, non?

— C'est ce qui en fait la force. Il liquide les filles et fout le feu à la baraque pour nous amener à croire qu'il teste la bonne foi de Birch. Mais nous ne tombons pas dans le panneau. Ils ne nous sous-estiment pas non plus, ne l'oubliez jamais, en dépit des salades qu'ils peuvent vendre à Birch sur notre incompétence. Nous comprenons qu'il veut nous rouler et nous refusons de mordre à l'hameçon. Entre-temps, Birch déballe tout ce qu'il sait et même un peu plus à Kerzhentseff, et nous ne le soupçonnons même pas.

— En tout cas pas jusqu'à présent, insinua Harper.

— En un sens, oui, approuva le chef. On apprend à se méfier de tout le monde. Mais la question est de savoir sur quelle menace et sur quelle peur nous entendons jouer.

— Nous pourrions commencer par Birch, suggéra Harper.

— Le sonder sur un des polys que nous lui avons appris à si bien dribbler?

— C'est un problème, reconnut Harper.

— Notre intention n'est pas de le faire passer de l'autre côté, si nous tenons pour acquis qu'il n'y est pas déjà. D'autre part, en décidant de laisser tomber l'opération, rien ne nous dit que nous ne tombons pas dans un autre piège de Kerzhentseff.

— Un miroir réfléchissant un miroir. L'image ne s'estompe qu'à l'infini.

— C'est ce qu'on pense d'ordinaire. En fait, tout se confond à la fin. Pour l'instant, nous n'avons aucun intérêt à fournir une réponse quelconque au signal des Russes. Nous taire, un silence ambigu. C'est le mieux que nous puissions faire.

— Et attendre. Vous avez jeté un coup d'œil sur le dossier de Birch? Pas de point particulièrement faible?

— Plusieurs à dire vrai. Il est très jeune et très naïf. J'en ai connu d'excellents comme lui, de l'or en barre. Ils s'étaient mis en tête de sauver l'humanité en visant le juste milieu, le point où tout s'estompe. Un mélange d'idéalisme et de loyauté. Vous voyez le genre. En plus, Birch a quelques raisons de nous en vouloir. Après tout, nous l'avons embarqué contre son gré dans cette histoire de bordel. Et avant notre irruption, il menait une vie plutôt pépère, sans problèmes.

    – Je crois que tout ceci l'excite.

    – Autre faiblesse, pontifia le chef. À moins de la transformer en force.

    – Nous n'avons d'autre choix que de lui faire confiance.

    – Très juste. Tous les dossiers révèlent des faiblesses. J'ai lu le vôtre aussi.

    – Et qu'avez-vous découvert?

    – De l'optimisme. (Le chef souriait.) Très dangereux.

    – Je croyais être lavé de tout soupçon. L'enquête n'est pas close?

    – Elle l'est, rassurez-vous. »

18.

En entendant Birch au bout du fil, le mot de code balbutié d'une voix chavirée, Harper avait eu du mal à se retenir de l'interroger. Mais les dispositions étaient formelles. Le code, en ces circonstances, voulait dire rendez-vous au lieu convenu. Et rendez-vous immédiat.

Janet, à présent à demi réveillée, s'étirait.

« Des problèmes?

– Ça se pourrait.

– Quelle heure est-il?

– Tard. Deux heures et demie.

– Oooh. » Elle se rendormit presque aussitôt.

Ce n'était pas l'heure qui le dérangeait. Mais le jour, la date. Il était trop tard, la partie était trop engagée pour qu'on puisse se permettre une crise. Il aspergea son visage d'eau froide avant d'aller à la cuisine, appeler le scoutmaster sur la ligne de sécurité.

« Votre mec est sorti, répondit le traîne-patins de service. S'est barré y a pas trois minutes. Drôle d'heure pour aller prendre l'air. »

Harper donna les coordonnées du parc où il était censé se rendre, et recommanda à chacun la plus grande prudence.

« Perdez-le à la rigueur, mais ne vous faites pas repérer. Ni de lui ni de ceux qui pourraient le filer.

En fait, j'allais vous appeler, mais j'attends toujours avant d'alerter tout le monde pendant la nuit. Au cas où il serait simplement sorti pour acheter un paquet de sèches.

– Il ne fume pas, fit Harper.

– Ah! bon. »

Le contact avait eu lieu plus tôt dans la soirée. Celui qu'ils attendaient. Birch avait reçu le signal de Kerzhentseff et s'était rendu, comme convenu, dans un marché de Yokohama. Le messager était venu et lui avait débité son boniment. La seule chose bizarre était que cela avait duré. Ils avaient discuté un moment. Très inorthodoxe.

« L'un de vous a pu saisir ce qui s'est dit? avait demandé Harper.

– Le gars du son avait un micro directionnel, fit le traîne-lattes. Évidemment, cette saloperie n'a pas fonctionné.

– Notre homme? Comment a-t-il réagi?

– Rien de spécial. D'après ce que je sais, il a acheté quelques oranges, puis il est reparti gentiment. Direct à la maison, chez bobonne.

– Il sera difficile à filer, ce soir, dit Harper. Je veux simplement être sûr qu'il n'a personne sur ses talons.

– Ils sont derrière lui?

– Ils pourraient. Je dois le retrouver dans le parc. Si vos hommes me voient, arrangez-vous pour qu'ils ne s'approchent pas. Sauf, bien sûr, s'ils ont repéré les autres à ses trousses.

– *Roger*. Vous voulez un appui?

– Surtout pas.

– J'avertis quelqu'un? Le chef?

– Il saura bien assez tôt. Laissons-le roupiller.

– Bonne chasse. »

C'était le chef qui avait imaginé la stratégie de fin de partie. Il n'avait rien d'oriental, sauf l'expérience; pourtant son jeu de go ne manquait pas de finesse. Le plan enfreignait résolument toutes les règles, et là était son élégance. Il paraissait trop simple pour avoir été imaginé. Quand tout n'est plus qu'ambiguïté, l'évidence est encore la plus redoutable des ruses. Ils avaient peaufiné les détails pendant des semaines. Birch recevait un ordre de transfert au détachement fantôme. Kerzhentseff, de toute évidence, trouverait que c'était trop beau pour être vrai. Mais le chef avait prévu la parade qui, au coup suivant, amènerait le Russe à penser que c'était trop beau pour ne *pas* être vrai. On créa de toutes pièces des dossiers administratifs pour que le transfert puisse s'opérer dans les règles. Birch eut même droit à une citation pour l'excellence de son travail de liaison, et à une médaille dont la remise eut lieu chez le colonel Robertson. Une photo de Birch, souriant aux côtés de sa femme, manifestement très fière, parut dans l'édition suivante du journal du camp.

Le chef était particulièrement fier de ce détail. Quand Robertson lui eut fait parvenir un exemplaire, il le lut et le relut, avant de plaquer joyeusement ses mains sur le bureau.

« Parfait. J'aimerais tant vous faire apprécier, Harper. J'ai surpris quelquefois votre regard sur mes rangées de livres, toute cette littérature, ces romans, ce théâtre. Vous n'y avez vu, je crois, qu'une certaine prétention. Mais les écrivains, figurez-vous, sont une incomparable école. L'illusion, Harper. Les petits détails sans importance, apparemment superflus, et qui en fin de course prennent toute leur signification. » Pour Harper, il s'agissait moins de littérature que de perversité.

Tout cela avait hanté son esprit quand il avait eu Birch au téléphone. Mais on était trop près du succès pour que Birch nourrisse des arrière-pensées. Et Kerzhentseff avait le nez sur les indices que l'on avait soigneusement semés sur ses pas; il était hors de question qu'il soit troublé par quoi que ce soit. De toute évidence, les Russes avaient d'ores et déjà établi le lien entre le détachement factice de Camp Zama et ce que nous avions appelé Black Body. Leurs dernières questions à Birch visaient à savoir si la nouvelle unité avait enregistré des succès. Ils se faisaient de plus en plus pressants. Au même moment, nous apprîmes que nos gens à Vienne avaient repéré un de leurs nouveaux clandestins recevant ses instructions par la voie conventionnelle — celle des rendez-vous et des boîtes aux lettres. S'il avait été branché sur Black Body, les rencontres avec l'officier traitant eussent été superflues.

Les rues étaient pratiquement désertes quand Harper se mit en route. Un taxi parut le suivre un moment avant de disparaître. Pour plus de sûreté, il tourna dans une rue tranquille, sans nul signe de vie, sauf quelques fenêtres éclairées. Pas de phares derrière lui.

Plus loin dans une côte, il devina la masse sombre du parc, limitée par quelques réverbères. Il se gara à bonne distance et fit le reste du trajet à pied.

Le parc était plongé dans le silence. Harper savait pourtant qu'il n'était pas seul. Ses hommes et peut-être les leurs étaient là. Il obliqua en avisant un sentier qu'il suivit sous les arbres jusqu'à un étang. Il sentait sur lui des yeux qu'il ne pouvait voir. Le bruit de ses pas se répercutait. Impossible de tenter quoi que ce soit, sauf espérer que les regards dissimulés étaient là pour vous protéger.

L'endroit choisi était un cul-de-sac au bout d'une grande pelouse. Il y avait quelques arbres au fond. Harper s'en approcha avec prudence, mais il n'y avait personne. La rosée scintillait sous la lune. Il s'adossa à un arbre et ne bougea plus.

Toujours ce sentiment confus d'une présence. Il sursautait au moindre bruissement. Dans cette obscurité, il se sentait à la fois proie et prédateur, traître et trahi.

Quelque chose remua derrière lui. Il se retourna. Rien, les ténèbres. Quelqu'un qui l'épiait? Un homme se glissant d'arbre en arbre, le couteau à la main? Non, ce n'était ni le lieu ni le moment. Seuls les innocents meurent, et dans cette forêt enchantée, personne ne l'était.

Et soudain Birch fut là, émergeant parmi les arbres. Harper s'efforça de sonder l'obscurité derrière lui. Aucun mouvement. Apparemment il était seul. Harper pénétra lentement dans l'ombre du sous-bois.

Le lieu de rendez-vous était sous le pont. Harper fut sur place le premier. Il se faufila parmi les ordures et les débris de bouteilles qui encombraient la berge, et chercha appui contre le muret de briques humides. Il entendit Birch qui se laissait glisser le long du talus.

« Par ici, souffla-t-il. Qu'est-ce que c'est, tout ce remue-ménage?

— Nous avons à parler, fit Birch, assez proche maintenant pour que Harper puisse renifler une partie du problème.

— Vous avez bu.

— Pas vos oignons, grogna Birch.

— C'est mes oignons. Vous êtes mes oignons, mon vieux. Et vous m'avez tout l'air de vouloir faire des histoires.

— Ta gueule », rugit Birch, assez fort pour être entendu de tout le parc.

« Doucement.

— Tu peux pas simplement écouter, sans la ramener? Rien qu'une fois? »

Harper chercha le bras de Birch, et ne le lâcha plus. « Vous m'avez appelé et je suis venu », fit-il avec calme.

Birch libéra son bras et recula sous la charpente du pont.

« Vous aviez promis! cria-t-il.

– Je ne vois pas où est le problème.

– Et qu'est-ce que vous leur avez fait? » Birch hurlait à en perdre le souffle.

« Nous n'avons rien fait.

– Ce soir, au marché : le type m'a dit que j'avais plus à me faire du souci pour les putes, parce que mes amis s'en étaient occupés. Kerzhentseff avait pensé que j'aimerais savoir.

– J'ai bien peur qu'il ait fait allusion à vos amis russes.

– C'est vrai alors?

– Oui. Ils y ont mis le feu.

– Pourquoi?

– Pour que nous ne puissions pas découvrir votre contact avec Nowicki, je suppose.

– Mon Dieu », gémit le jeune homme, en s'adossant au muret de briques. « Ils l'ont fait pour me protéger de vous.

– J'en ai bien peur.

– Tout est de ma faute, reprit Birch.

– Je ne pense pas que vous y êtes pour grand-chose. C'est presque une seconde nature chez eux.

– Je me croyais malin. Je m'étais arrangé pour faire croire à Kerzhentseff que j'avais la trouille. C'est moi qui lui ai mis en tête que je ne voulais pas de problème avec vous.

– L'idée était bonne, fit Harper. La preuve, elle a marché.

– Nous les avons tuées.

– Les filles? C'était imprévisible.

– J'aurais mieux fait de prendre mon ticket pour le Vietnam.

– Ici aussi, c'est la guerre, Birch.

– Je suis un lâche. »

Un mince filet d'eau suintait d'une roche en saillie. Birch pleurait doucement. Harper était pris d'un vague dégoût.

« C'est dur pour les nerfs d'affronter l'ennemi au corps à corps, rectifia Harper.

– Avec des mensonges?

– Avec ce qu'on a sous la main.

– Et tant pis pour qui prend les coups?

– Qu'est-ce que vous voulez que je vous dise, Birch? Que tout est O.K.? Que c'est le prix à payer? Je ne sais pas comment vous vous arrangez pour mettre en balance l'intérêt de la nation et les états d'âme d'un individu isolé. Mais ce que je sais, c'est que la nation arrive toujours à ses fins. »

Les pleurs avaient cessé. Birch reniflait misérablement, sans parvenir à reprendre son souffle.

« Nous sommes différents d'eux, n'est-ce pas? demanda encore Birch.

– Nous faisons ce qui doit être fait. Rien de plus. Quand devez-vous vous revoir?

– Demain soir.

– Alors je vous demande de rentrer chez vous et de vous reposer. Nous avons beaucoup à faire d'ici là.

– Mais les filles qui sont mortes, renifla Birch.

– Il faut vous arranger pour qu'elles ne soient pas mortes en vain, fit solennellement Harper. L'argument passe-partout.

– Je pourrais le tuer pour ce qu'il a fait, gronda Birch.

– Bien sûr. Mais c'est un luxe que personne ne peut se permettre. Il y a de meilleures manières de le faire payer.

– Mais il n'en saura rien.

– Justement. Vous connaissez un meilleur châtiment? Bien. Je voudrais que vous partiez le premier. J'attendrai pour être sûr que la voie soit libre.

– Une chose d'abord », reprit Birch en se rapprochant. Son haleine, lourde de whisky, semblait plus épaisse encore dans la fraîcheur de l'air. « Nous ne les aurions jamais tuées, hein? Enfin je veux dire, tout mais pas ça – quelle qu'en soit la raison. »

C'est seulement après coup, longtemps, très longtemps après qu'il eut vu Birch se fondre dans la nuit noire, que Harper se demanda si la réponse qu'il avait donnée était la bonne.

Le lendemain matin, les affaires s'annonçaient plutôt mal. Birch, toujours ponctuel, manquait encore à l'appel quand Harper arriva – un Harper plutôt crevé et à cran.

« Pas de panique, annonça son ange gardien. Il n'a pas bougé. Doit être en train de rouscailler sur sa bourgeoise. Il a dû écluser un peu trop la nuit dernière.

– C'est ici qu'il doit être, aboya Harper dans le récepteur. J'en ai rien à foutre de ce qu'il peut glander. »

Quand finalement Birch arriva, Harper sut tout de suite que cela n'allait vraiment pas. Pas seulement à l'uniforme froissé ou aux yeux injectés. Birch semblait avoir perdu cette apparence d'enfant, ce désir d'apprendre et de bien faire, même si la leçon est parfois cruelle. Birch était devenu un homme.

« Je ne sais pas si nous avons fait le tour de la question, pour hier soir, commença Harper. Vous n'avez pas l'air d'avoir bien dormi.

– C'est mon problème.

– Ma nuit n'a pas été meilleure. S'il n'y avait pas eu ce rendez-vous, je nous aurais donné un jour de perme.

– Le service d'abord...

– Comme toujours, enchaîna Harper. Je comprends ce que vous éprouvez...

– Vous comprenez rien du tout. Avec vous, y a jamais que des mots. Des mots pour aboutir à ce que *vous* désirez. Vous saviez pour l'incendie, et vous n'avez rien dit.

– Je ne voulais pas vous tracasser.

– Parce que je risquais de tout envoyer paître! Et me dites surtout pas que c'était pour me protéger. Ça, c'est le disque de Kerzhentseff.

– La mission est très importante, Birch. Je ne dirai donc pas que je me fous de ce que vous pensez, fit doucement Harper.

– Et ne recommencez pas non plus à me les bassiner avec votre guerre. Les mauvais Russes et les bons soldats. Possible, après tout, que ce soit la guerre qu'est moche, et pas les gens qui la font – quel que soit leur camp. Peut-être aussi que mentir est une faute, un péché. Vous ne vous êtes jamais posé la question?

– Je ne suis pas très religieux, nota Harper. Le péché, ce n'est pas ce qui m'intéresse au premier chef.

– Rien que l'utile et le nécessaire, ricana Birch. Et ce que vous pouvez tirer d'un petit plouc de Cleanthe. »

Birch n'avait pas l'air tellement disposé à écouter. Harper commença par les documents qui devaient être remis à Kerzhentseff. Il répéta plusieurs fois les instructions, insista sur les mots avec l'espoir de faire passer quelque chose. Il détailla le scénario des circonstances dans lesquelles Birch était censé avoir eu accès aux documents. Service de dimanche. Personne dans les parages, sauf quelques opérateurs rivés à leurs engins. Un dossier repéré au cours d'une des rondes de surveillance. Oublié sur le bureau de l'officier responsable. Birch le recopie, cache les copies, met sous clé l'original et consigne le fait dans son rapport.

« Il ne croira jamais cette merde, laissa tomber Birch.

– Si vous vous donnez la peine de le convaincre, il marchera.

– C'est moi que vous faites marcher. Vous m'envoyez au casse-pipe, bordel.

– Vous venez de subir une tension effroyable. J'en suis conscient. Et vous êtes très seul. Même si ce n'est pas clair pour vous, nous sommes à vos côtés – je sais que cela n'ôte rien à la difficulté de votre position...

– Personne n'est avec moi », soupira Birch. Il paraissait soudain très abattu, résigné.

« J'avais prévu une petite séance d'entraînement au polygraphe, annonça Harper, très prosaïque.

– Si vous voulez. »

Les techniciens s'activèrent aux électrodes. Birch était inerte sur son siège, étrangement absent.

Q. – *Est-ce que vous vous appelez Birch?*

R. – Oui.

Q. – *Êtes-vous militaire de carrière dans l'armée des États-Unis?*

R. – Oui.

« C'est bizarre, interrompit le technicien. Regardez. »

Harper prit la boucle de papier et parcourut du doigt le tracé saccadé de la courbe. Birch avait réagi à l'énoncé de son nom.

« Faudra brancher l'appareil de réserve, grogna Harper. Celui-ci déconne. Un moment, Birch, si vous voulez bien. Ce n'est rien de grave.

– Je ne crois pas que ce soit le détecteur, remarqua le technicien. Je l'ai testé ce matin.

– Prenez l'autre », ordonna sèchement Harper. Il savait que Birch en voulait confusément au polygraphe et à ses manipulateurs. Il souhaitait lui accorder au moins cette petite victoire et le temps de la savourer. Il cligna de l'œil à Birch qui parut accepter ce début de connivence.

Q. – *Vous appelez-vous Jerry Birch?*

R. – Oui.

« Même chose, annonça le technicien.

– Il n'y a pas moyen de faire fonctionner ce foutu machin, bordel! C'est peut-être l'alimentation du réseau?

– Nous sommes sur le générateur.

– Alors, merde, branchez-moi convenablement ces saloperies de contacts.

– Ce n'est pas la machine.

– Faites pas chier », râla Harper en arrachant la bande de papier. Il examina le graphique, toujours aussi irrégulier.

« Birch, menaça-t-il, si vous vous foutez de ma gueule, j'aimerais autant que cela ne dure pas toute la journée.

– Vous m'avez demandé qui j'étais et j'ai répondu.

– Nous savons qui vous êtes! Et nous savons que vous pouvez contrôler les curseurs!

– Vous m'avez dit comment faire pour donner l'impression de dire la vérité. Peut-être que je ne sais plus.

– Kerzhentseff risque de ne pas trouver cela très drôle.

– Je ne suis pas là pour l'amuser – ni vous d'ailleurs.

– Si, vous êtes là pour cela, Birch! Vous êtes là pour qu'il prenne son pied, pour faire de lui l'homme le plus heureux du monde; et le plus pigeon.

– Tiens, j'aurais cru que c'était moi, le pigeon.

– Je vais faire un tour, coupa Harper. Vous en profiterez pour vous ressaisir; et lui, il vérifiera les appareils. »

La pluie avait cessé. Il faisait glacial. Harper s'arrêta un instant sur le pas de la porte. Sa décision était prise. Il devait la légitimer plus tard en termes de risque opérationnel. L'ambiguïté et l'imperfection valaient mieux que la possibilité d'un échec total. Mais il y avait autre chose. Harper le laissa candidement transparaître dans ses notes personnelles. Il ne voulait pas que Birch risque sa vie.

Harper sortit de la zone réservée à l'unité spéciale. Il erra dans le camp, comptant ses pas, les fissures sur les trottoirs, n'importe quoi pour que le temps passe et éviter de s'interroger sur la décision qu'il venait de prendre. Birch, lui, venait de prendre un coup de maturité. Comme c'est souvent le cas, après un baptême du feu. Harper déambula pendant près d'une demi-heure avant de revenir au préfabriqué.

« Alors, tout est en ordre? » demanda-t-il en ôtant son imper, sans un regard pour Birch.

« Tout est prêt, fit le technicien. Comme tout à l'heure, d'ailleurs.

– Je suis prêt aussi », dit Birch. Harper crut distinguer un soupçon de défiance dans sa voix. Le polygraphe jugerait.

Q. – *Êtes-vous Jerry Birch?*

R. – Oui.

Q. – *Êtes-vous membre de l'armée des États-Unis?*

R. – Oui.

Q. – *Ceci est-il une copie des documents trouvés sur le bureau de votre supérieur?*

R. – Oui.

Q. – *Croyez-vous en l'authenticité de ces documents?*

R. – Oui.

Harper prit le long ruban de papier entre ses doigts et inspecta de près les courbes. Elles ondulaient, paresseusement, comme les flancs d'un coteau sous un soleil d'été, aussi réelles qu'un mirage.

« C'est O.K., hein? » demanda Birch. Harper le regarda enfin. Il vit qu'il y avait encore en lui juste assez d'ingénuité pour qu'on puisse le récupérer.

19.

Je suis incapable d'expliquer l'inspiration qui nous permit d'avoir une oreille à leur rendez-vous, ce soir-là. Harper avait relevé toutes les attitudes et les tics des Soviétiques, depuis le premier contact avec Kerzhentseff. D'après ce qu'il raconta à ceux qui voulurent bien admirer son savoir-faire, la logique de leur tactique se révéla d'elle-même, à la lumière des données accumulées précédemment.

Nos plombiers avaient pu installer leurs bricoles en un temps record. Et quand les lampistes firent savoir que, oui, les Russes avaient commencé à s'installer, Harper fonça vers le poste d'observation, pour ne rien rater du spectacle.

Il se faisait du souci pour Birch. Pas au point de remettre l'opération. Le garçon s'était d'ailleurs repris remarquablement vite. Il avait mémorisé le scénario avec sa maîtrise habituelle. Il avait une fois de plus fait la démonstration de ses talents au polygraphe. Pas d'autre choix, donc, que d'aller de l'avant.

Le poste de guet était un lugubre bâtiment administratif à l'arrière d'une usine désaffectée. L'endroit donnait sur l'entrepôt que les Russes avaient choisi comme point de chute. Mieux, il permettait de surveiller de loin le dispositif d'écoute dissimulé dans un châssis de fenêtre. Nous pouvions le débrancher pour échapper à leur balayage.

Braybeck, qui l'attendait en bas, le mena jusqu'aux pièces où l'on mettait la dernière main à l'installation des antennes et du matériel de réception.

« Fameuse installation, hein? Faut évidemment que tout reste sombre près des fenêtres. En principe, l'immeuble est abandonné. Vous pouvez y aller d'un petit coup d'œil si vous voulez.

– Pas de nouvelles de notre homme?

– Encore rien. Les méchants sont planqués plus bas, de l'autre côté de la rue. Nous pensons qu'ils ont déjà effectué le balayage.

– Une possibilité qu'ils aient trouvé notre mouchard?

– On ne le saura qu'en mettant le contact. Mais je peux vous dire une chose : le micro est tellement petit que je serais incapable de le dénicher si je ne savais pas où il se trouve. Et je suis le meilleur!

– Où est le poste d'écoute?

– Par ici. Ferme soigneusement la porte derrière toi. La pièce du milieu sert de sas, pour la lumière. L'autre porte sera en face de toi, dans le noir. »

Harper considéra l'activité dans la pièce. Plusieurs hommes munis d'écouteurs manipulaient silencieusement les commandes de leurs boîtes. D'autres préparaient des bandes magnétiques.

« Tu es sûr que cela ira? demanda Braybeck. T'as pas tellement l'air dans ton assiette. Écoute, on est rodé pour ce genre de truc. Y a pas à s'en faire. Pas plus compliqué que de se brancher sur la vieille F.M.

– C'est pas la réception qui m'inquiète », grommela Harper en entrant dans l'antichambre occultée. Lorsqu'il ouvrit la seconde porte, il vit le guetteur, tapi derrière la fenêtre. L'homme le salua d'un mouvement de la main et Harper vint s'accroupir près de lui.

« Quelque chose? souffla-t-il.

– Que dalle. »

Sur les docks, les rampes de chargement étaient désertes. Pas le moindre signe de vie dans cet univers de béton et de pierre. Des phares zébrèrent l'obscurité. Une petite voiture vint s'arrêter devant l'entrepôt. Le plafonnier s'alluma un court instant. Puis la voiture repartit, laissant Birch seul au milieu de la nuit. La vue de cette silhouette s'avançant furtivement vers les hangars avait quelque chose d'étrange.

Lorsque la porte de l'entrepôt coulissa, Harper eut le temps d'entrevoir son adversaire. L'ombre de Kerzhentseff. Ce soir, il serait acculé, pris dans la lumière, son bras inutile pendant à son côté. Et Harper ne pouvait s'empêcher de penser à son instinct, qui lui ferait soupçonner le danger et le porterait à l'attaque.

Une main se posa sur son épaule. C'était Braybeck.

« Le show commence. » Harper revint avec lui dans la pièce centrale.

Un des plombiers lui tendit une paire d'écouteurs, qui lui parurent bizarrement démesurés. Collés à ses oreilles, le casque l'isola de tout bruit extérieur. Il n'entendait plus rien, sauf le bourdonnement de sa propre conscience et un léger sifflement. Braybeck fit un signe de tête et un technicien abaissa des commutateurs. Harper reconnut la voix de Birch.

« ... déjà venu ici. »

Puis, enfin, la voix de l'autre homme : « Peut-être est-ce parce que vous commencez à vous sentir chez vous. »

Le son était flûté, distant, plus animal qu'humain. C'était une menace, la voix grêle du sang. Harper colla les écouteurs contre ses oreilles.

« C'est quoi, ça? » cria-t-il. Sa voix résonnait curieusement dans sa tête. Les lèvres de Braybeck s'animèrent, mais Harper n'entendait rien de ce qu'elles disaient. Il écarta les écouteurs.

« De l'eau qui pisse, répéta Braybeck. Une fuite dans une conduite ou une connerie du genre? Ça va nous rendre dingues d'ici la fin de la nuit. »

La voix ténue avait repris dans les écouteurs. « Vous avez du neuf?

— J'ai reçu une médaille », annonça Birch. Le charme désarmant de toujours. Sa jeunesse. Cela tournait franchement à l'ironie.

« Je suis très content pour vous, fit-il.

— Cela veut dire qu'ils ne savent pas. J'ai eu ma photo dans le journal du camp.

— D'après vous, c'est ce que cela veut dire?

— On ne file pas une décoration à quelqu'un quand on a des doutes.

— Je les crois assez malins pour ça, Birch.

— Vous croyez qu'ils savent? Ou plutôt, vous avez des raisons de le penser?

— Je ne sais que ce que je connais de leurs méthodes, Birch, rien de plus.

— Parce que... J'ai ramassé quelques papiers. Sur le bureau du commandant. Ils auraient dû être rangés dans son coffre pour le week-end. C'était dimanche. J'étais de service.

— Et votre service consiste à farfouiller dans les affaires de vos supérieurs?

– Le sous-off de garde est responsable de la sécurité, oui. On prend cela très au sérieux dans l'unité où je suis.

– Bien sûr, fit doucement Kerzhentseff. Et vous êtes un garçon très responsable. Et qu'avez-vous fait au juste?

– J'ai mis les documents sous clé et j'ai consigné l'incident.

– Mais d'abord, vous en avez fait une copie...

– Les documents n'avaient aucun sens, à mes yeux. Mais comment savoir? Et puis, vous insistiez pour avoir plus. C'est ce que j'ai trouvé.

– Très judicieux, monsieur Birch. Très malin. Vous avez fait ce qu'il fallait. Et vous ne vous êtes pas demandé pourquoi cet officier a rendu tout si facile?

– Il était très ennuyé.

– Je le crois sans peine. Une faute aussi stupide de la part de quelqu'un qui manipule tous les jours du matériel classifié. Et dans un service qui prend tellement au sérieux ces procédures.

– Une distraction, qu'il m'a dit. Il était vraiment emmerdé. Pourrait lui coûter une promotion.

– Ou lui en valoir une, insinua Kerzhentseff. Faites-moi voir ces documents. Fascinants, vraiment. Ils parlent d'eux-mêmes. Dommage qu'ils ne soient pas aussi éloquents sur leur origine.

– Je ne comprends pas.

– Vous trouverez l'idée déplaisante, Birch, mais je vais devoir vous soumettre à un détecteur de mensonge.

– Pourquoi?

– Ne soyez pas choqué. Je suis sûr que vous ne vous attendiez pas à être cru sur parole.

– J'ai fait ce que vous m'aviez demandé!

– Vous êtes un menteur, expliqua calmement Kerzhentseff. Nous le savons parfaitement, vous et moi. La seule question est de savoir au profit de qui.

– Vous voulez dire que j'ai été manipulé?

– Quelque chose comme ça, oui. »

C'est alors que Birch s'éloigna du texte. Tout était devenu si critique, si tendu, si dramatique, que chacun, dans le poste d'écoute, regardait Harper comme pour avoir une explication ou attendre une décision. Celle de suspendre l'opération, par exemple.

« C'est les putes. (La voix de Birch.) Les pouffiasses de Nowicki. C'est elles qui ont dû parler. Qu'est-ce que je vais devenir maintenant?

– Elles n'ont pas parlé, Birch. Elles ne parleront plus. Inutile de vous énerver. Nous avons fait le nécessaire pour éliminer ce risque.

– Que leur avez-vous fait?

– Je pense que vous aimeriez mieux ne pas savoir. Considérez simplement qu'elles n'encombrent plus le plancher.

– Mon Dieu!

– Vous devriez être soulagé. Vous voyez que je suis attentif à tout ce qui vous inquiète. Vos craintes étaient légitimes, nous avons pris les mesures appropriées. Vous valez largement la peine que nous avons prise.

– Vous avez tué ces filles!

– Je ne vois pas en quoi c'est une perte. Nowicki n'avait aucun goût. Elles vous faisaient horreur. N'y pensez plus. Vous avez d'autres raisons de vous inquiéter, pour l'heure. Le test qui s'annonce n'est pas de ceux qu'on peut se permettre de rater. »

La voix était douce, maintenant, caressante. Harper fit un mouvement de la tête, pour signifier que l'opération continuait.

« Vous serrez ce truc trop fort, protesta Birch. Ça fait mal.

– Ce sont des attaches, fit Kerzhentseff. Vous répondrez à mes questions, mais uniquement par oui ou par non. Vous comprenez?

– Oui.

– Très bien, apprécia Kerzhentseff. Est-ce que vous vous appelez Jerry Birch? »

Harper hocha la tête et murmura la réponse.

« Vous le savez très bien.

– Oui ou non!

– Vous m'appelez par mon nom. Je ne vois pas pourquoi vous me posez la question?

– Birch! fit fermement Kerzhentseff. Ceci n'est pas un jeu.

– Non », fit Birch.

Harper ne put s'empêcher de sourire. La fausse candeur provocante de son poulain dénotait un certain cran.

Q. – *Est-ce que votre nom est Jerry Birch?*

R. – Oui.

Q. – *Êtes-vous stationné à Camp Zama?*

R. – Oui.

Q. – *Votre unité est-elle le 3ᵉ Détachement de Sécurité?*

R. – Oui.

Q. – *Êtes-vous en possession d'une habilitation de sécurité portant le nom de code Black Body?*

R. – Oui.

Q. – *Avez-vous jamais mentionné à quelqu'un les contacts que nous avons eus?*

« J'suis pas con, protesta Birch.

– Birch », menaça Kerzhentseff. L'impatience du ton cachait mal une certaine violence.

Q. – *Avez-vous déjà parlé de vos contacts avec moi.*

R. – Non.

Q. – *De vos contacts avec Nowicki?*

R. – Oui.

Q. – *Avez-vous parlé de Nowicki à quelqu'un d'autre que votre femme?*

R. – Non, monsieur.

Une troisième voix murmura quelque chose d'inaudible. Puis Kerzhentseff de nouveau, disant : « *Khorocho*... Pour quelqu'un que bouleversait tant le sort de quelques grues, vous paraissez très calme tout à coup.

– C'est tellement irréel, sourit Birch.

– Vous vous trompez », dit simplement Kerzhentseff. Nous reprenons :

Q. – *Dimanche dernier, étiez-vous de service au détachement?*

R. – Oui.

Q. – *Étiez-vous le seul au service?*

R. – Pendant la plus grande partie de la journée.

Q. – *Durant la matinée, étiez-vous seul? Oui ou non.*

R. – Oui.

Q. – *Est-ce que vos consignes prévoyaient une inspection des locaux?*

R. – Oui.

Q. – *Avez-vous constaté quelque chose d'anormal?*

R. – Oui.

Q. – *Est-ce qu'un coffre était ouvert?*

R. – Non.

Q. – *Étaient-ce des documents classifiés qui n'étaient pas dans le coffre?*

R. – Oui.

Q. – *Les avez-vous trouvés dans le bureau du commandant responsable?*

R. – Oui.

Q. – *Vous ont-ils été remis par un agent américain?*

R. – Non.

Q. – *Étaient-ils classés dans une chemise en carton?*

R. – Non.

Q. – *Avez-vous quelque raison de croire que les documents sont des faux?*

R. – Non.

Q. – *Avez-vous fait une copie des documents?*

R. – Oui.

Q. – *Avez-vous remis les originaux dans le coffre?*

R. – Oui.

Q. – *Avez-vous relaté l'incident par la suite?*

R. – Oui.

Q. – *Avez-vous gardé les copies sur vous?*

R. – Non.

Q. – *Les avez-vous mises dans un des tiroirs de votre bureau?*

« Vous ne devinerez jamais, annonça Birch. L'officier de sécurité en a été incapable.

– Vous êtes beaucoup trop malin pour eux, ironisa Kerzhentseff.

– Je les ai fourrées dans l'incinérateur, en attendant d'être de nouveau seul.

– Elles auraient pu être détruites.

– C'était un risque, admit Birch. Mais j'avais la trouille.

– Et si elles avaient été découvertes? Qu'auriez-vous trouvé alors?

– J'aurais raconté que j'avais d'abord voulu consigner ce que j'avais trouvé, puis que j'avais changé d'avis.

– Ce n'est pas très futé comme mensonge, Birch, fit Kerzhentseff.

– C'est tout ce que j'ai pu trouver à ce moment-là. C'est d'ailleurs sans importance. Personne n'a été voir dans le panier de l'inciné.

– J'aimerais que l'on continue par oui ou par non », dit Kerzhentseff.

Q. – *Avez-vous récupéré les copies dans l'incinérateur?*

R. – Oui.

Q. – *Les avez-vous ramenées chez vous?*

R. – Oui.

Q. – *Sont-ce les copies en question?*

R. – Oui.

Q. – *Toutes les copies?*
R. – Oui.

« Vous mentez, Birch », annonça Kerzhentseff d'une voix calme.

Harper retint son souffle, les mains crispées au rebord de la table. Birch ne pouvait avoir trébuché sur un détail aussi stupide. Est-ce que toutes les copies étaient là ? Oui, bien sûr. Birch n'avait rien reçu de plus, pas d'autres documents. Ils n'avaient même jamais parlé d'autres papiers. Qu'est-ce qui avait foiré ?

« C'est vraiment idiot ce que vous faites », continua Kerzhentseff d'une voix contrariée – ennuyée surtout par ce qui allait suivre.

« J'ai brûlé trois pièces en arrivant chez moi. J'avais peur. Je ne voulais pas continuer. Pas comme ça. J'ai paniqué.

– Mais qu'est-ce qui vous a empêché de tout brûler ?

– Donna. Elle est rentrée, fallait que j'arrête. J'ai glissé les autres pièces dans un bouquin.

– Vous pensiez à vos responsabilités ?

– Je suppose, oui. Je sais que j'aurais dû vous en parler, mais j'étais gêné. J'avais pas envie de passer pour un lâche. »

Harper relâcha le bord de la table et se renversa sur sa chaise. Birch venait de démontrer brillamment à Kerzhentseff comment, d'un mensonge, on pouvait travestir l'ensemble en vérité. Il maîtrisait la situation. Depuis le début.

« Je ne me préoccupe jamais de courage ou de lâcheté, fit Kerzhentseff. Ce qui m'intéresse, c'est *qui* inspire de la crainte, le plus de crainte. N'oubliez jamais, Birch : nous sommes toujours prêts à frapper.

– Comme pour les putes ?

– En y mettant beaucoup moins de formes, menaça Kerzhentseff. Après tout, nous n'avions rien à leur reprocher, aux putes. »

20.

Dès le jour suivant, les retombées de BLACK BODY se répercu-
tèrent partout dans le monde. Les Russes durent renouer avec
leurs clandestins par contacts personnels. Les rapports recommen-
cèrent à affluer, signalant un renouveau d'activités dans les
réseaux surveillés. Quelques abrutis des Opérations n'hésitèrent
pas à revendiquer ce changement comme un succès personnel.

A dire vrai, la précision avec laquelle tout s'était emmanché
était assez exceptionnelle : les insinuations et les rumeurs sur
notre pénétration de BLACK BODY, la chance d'avoir un agent à ce
point opaque au polygraphe, l'ultime confirmation, pour Kerzhentseff, d'une situation trop incroyable pour ne pas être vraie...
Nous n'avions évidemment pas les moyens de savoir avec certitude, mais nous pensions malgré tout avoir définitivement consolidé
notre avantage en organisant une fuite vers ce que nous soupçon-
nions fort d'être un de leurs nouveaux infiltrés : nous avions
attendu le temps nécessaire pour qu'il transmette par BLACK
BODY, puis nous avons joué la panique, comme si nous voulions
limiter les dégâts de la fuite.

Dans son rapport de synthèse, Harper reconnut la nécessité de
ne pas éluder les questions que ce succès provoquait inévitablement. Était-ce raisonnable de croire que Kerzhentseff avait été si
totalement abusé? La psychologie de Birch, la médiocrité de son
grade, pouvaient inquiéter Kerzhentseff, susciter sa méfiance, ou
au contraire le rassurer. L'essentiel, notait Harper, était qu'il ait
réagi.

Le détachement postiche resta en place quelque temps encore, puis s'évapora aussi discrètement qu'il était apparu. Birch bénéficia d'une prime confortable, et même d'une promotion, mais suffisamment longtemps après les événements pour que les deux ne puissent être associés. Nous le fîmes transférer dans un coin sans problème, près de Washington D.C.

Harper fut nommé à Nairobi. C'est lui qui demanda cette affectation. Il aurait pu obtenir n'importe quel poste. Il avait le vent en poupe. Personne pour le critiquer dans ces hauts lieux de la médisance que sont les couloirs de Langley. On peut tenir pas mal de temps sur la réputation d'une réussite comme BLACK BODY, et Harper figura bientôt au panthéon des grands mythes de la Compagnie. Ce qui lui valut finalement, en termes de parcours, cette promotion flatteuse à l'Inspection interne. A Tokyo, Harper nous avait fait gagner du temps. C'est assurément ce qu'un service de renseignement peut fournir de plus précieux.

Nous n'eûmes pratiquement plus de contacts avec Birch entre son retour aux States et cette nuit où Harper le surprit près du Hay-Adams. Il souffrit des habituelles difficultés d'adaptation, sans plus. L'espionnage est un stimulant puissant et s'en éloigner est rarement simple. Il rencontra nos psychiatres qui assurèrent que ses symptômes d'ennui n'avaient rien que de très ordinaire. Birch nous demanda plusieurs fois de reprendre du service. D'après les dossiers que j'ai pu consulter, il fut toujours éconduit. D'abord à cause de la nature même de BLACK BODY, qui était délicate – trop délicate. Les Soviétiques avaient eu de fortes connexions avec lui. Nous ne pouvions prendre le risque de l'exposer à de nouvelles épreuves. Ensuite, parce que, en dépit de ses talents considérables, il n'avait pas le profil idéal du permanent ou du semi-permanent. Il était à la fois trop et pas assez ordinaire, trop fragile, trop exigeant, trop pudibond.

Bien entendu, nous avions rédigé une note à l'intention des Sœurs, quand Birch fut rentré au pays. Avec comme conseil qu'on lui foute la paix et cette restriction expresse que nous voulions être consultés pour toute décision le concernant. Le Renseignement militaire reçut également un exemplaire de ses aventures. Une version largement édulcorée, en ce qui le concernait personnellement.

Cela dit, je dois avouer que nous n'en avions été qu'à demi surpris, à Langley, lorsque Harper fit sa découverte au *Hay-*

Adams. Rien n'est jamais définitivement classé pour nous. Nous sommes prêts, en permanence, à reconsidérer le passé. La nostalgie, pour nous, s'accompagne toujours d'un froncement de sourcils.

En clair, ce doute signifie l'hypothèse toujours possible d'un adversaire nous accordant une manche, ou même la belle, à la manière des professionnels de l'arnaque, pour mieux nous enfoncer dans une défaite plus cuisante.

Troisième partie

Washington, 1978

21.

Au lieu de prendre à gauche, pour couper au plus court vers Langley, Harper bifurqua soudain pour rejoindre, au bas de la descente, le flot déjà passablement saturé du trafic. Au dernier moment, d'un coup sec, il obliqua à nouveau dans une rue transversale et ajusta d'un geste machinal le rétroviseur pour vérifier si quelqu'un avait pu prévoir son embardée et réagir en conséquence. Personne. Il eût été bien en peine de trouver une raison plausible à ces manœuvres. Évitez qui? Mais le passé avait resurgi l'autre nuit, devant le Hay-Adams. Il était redevenu un homme de terrain.

Washington se réveille plus tôt que la plupart des grandes villes. La première vague des bureaucrates se pressait déjà sur les trottoirs, escortée par les éclaireurs des différents lobbies et des grands bureaux juridiques. Harper se rappela sa dernière rencontre avec Birch au Japon. Il avait demandé au chef de station de l'accompagner à Camp Zama. C'était le maximum qu'ils puissent s'offrir, en guise de cérémonie. Ils avaient trouvé Birch dans le préfabriqué, seul, impassible, installé pour les attendre dans le fauteuil rembourré où il avait si souvent subi le drill au détecteur. Quand il lui eut présenté le chef, et quand celui-ci en eut terminé avec un speech ridicule, Harper avait longuement serré la main de Birch : il était désolé que leur tandem doive s'arrêter là.

«Nous avons réussi, n'est-ce pas, monsieur Harper? Nous avons vraiment gagné?

– *Vous* avez gagné, Birch. C'est vous qui avez réussi. »

Birch avait alors fait quelque chose d'inattendu et de touchant. Il s'était levé et avait embrassé Harper comme un frère. Puis il avait murmuré le mot de code en disant : « Vous n'avez qu'à le dire, monsieur Harper, et je serai là. »

Ils l'avaient laissé, alors. En regagnant la voiture de l'ambassade, qui devait les ramener à Tokyo, le chef de station s'était tourné vers Harper : « Étrange psychologie, votre client. Très dépendant. C'est ce qui fait de lui un bon soldat, je suppose. »

Harper rebroussa chemin en direction du Mall. Quand finalement il arriva à Langley, le garde le salua par son nom mais lui réclama son I.D. *. L'air froid de la climatisation le surprit dans l'entrée. L'homme de la sécurité examina son visage puis la photo avant de lui donner accès au grand hall. Ces contrôles d'identité sont devenus une obsession chez nous. Il est hors de question pour n'importe lequel d'entre nous de faire dix pas sans s'arborer lui-même au revers de son veston.

Les secrétaires s'activaient déjà sur leurs machines lorsqu'il poussa la porte de la section aux murs aveugles où il avait son bureau. Miss Lutkin avait déjà composé la combinaison sur sa porte, et l'avait ouverte.

« Suis-je à ce point prévisible ? demanda-t-il.

— Nous avons téléphoné chez vous, fit miss Lutkin d'un air pincé. Une dame a répondu que vous étiez en route. Je n'ai pas l'impression que c'était votre femme.

— Une amie de la famille.

— Le directeur adjoint a demandé à vous voir, poursuivit sèchement miss Lutkin. Je lui annonce que vous êtes arrivé ?

— J'aimerais d'abord vous dicter quelque chose.

— Il a insisté pour que ce ne soit pas aux calendes grecques.

— Ce ne sera pas long », rassura Harper.

Elle le suivit dans son bureau. Il commença à dicter tout en ôtant sa veste. Les mots étaient ceux qu'il tournait et retournait dans sa tête depuis qu'il avait vu Birch dans la ruelle. Des mots neutres, sans émotion, qui sonnaient un peu mieux que la veille. Il en était à la conclusion quand le téléphone sonna. C'est miss Lutkin qui décrocha.

« Oui, il est là, fit-elle. Certainement, je lui dirai. »

Une bouffée de satisfaction rosissait ses joues, sous le chaste nuage de poudre claire. Elle reposa le récepteur et l'informa que

---

* Carte d'identification (N.d.T.).

l'adjoint s'impatientait. Harper monta chez le Deputy, un étage plus haut, à l'autre bout du couloir.

L'adjoint avait un bureau à son image, sans ostentation; aucune de ces photos d'autocélébration que l'on voit d'ordinaire, aucun éloge encadré. Juste quelques lithos de la National Gallery, les mêmes inévitables Renoir et Monet qu'on subissait un peu partout dans les bureaux en ville. L'adjoint était un militaire. Lieutenant-général de l'Air Force détaché à l'Agence. Aujourd'hui, il était en civil, chemise blanche et cravate passe-partout. On aurait pu le prendre pour un vendeur de voitures.

L'adjoint se renversa dans son fauteuil et toisa Harper de haut en bas.

« Vous n'avez pas dû vous ennuyer la nuit dernière, dit-il.

— J'étais venu pour dicter mon rapport.

— Je suppose que vous avez trouvé cette soirée intéressante », insista l'adjoint, en bourrant d'épais flocons de tabac noir le fourneau d'une pipe. Il promena une allumette sur le tout.

« J'ai tendance à moins mésestimer le boulot des Sœurs que pas mal de gens dans cette maison, commença Harper.

— Et puis aussi vous avez retrouvé de très vieilles connaissances », insinua l'autre.

Harper se gratta un sourcil en hochant la tête.

« Les Sœurs n'ont pas perdu leur temps, fit-il. Je suis même étonné qu'ils aient pu identifier Birch si vite.

— Surtout que vous n'avez pas fait grand-chose pour les aider... ce qui est regrettable.

— Je ne savais pas à qui j'avais affaire.

— Et maintenant, vous savez?

— Quelqu'un est sûrement derrière lui. Je présume que ce sont les Sœurs. C'est d'elles qu'il dépend à présent, n'est-ce pas?

— Ils se prétendent aussi surpris que vous avez dû l'être.

— Est-il possible que ce soit une opération à nous?

— Trop tôt pour le dire. Les Sœurs n'en savent pas davantage, en ce qui les concerne. Peut-être que quelqu'un a lancé un ballon d'essai sans encore en faire état. Une chose est sûre : à en juger par le ton catégorique et assuré qu'ils affectent, ils sont vraiment emmerdés.

— Et que dit la direction des Opérations?

— Les habituels faux-fuyants pudiques. Nécessité de suivre la procédure adéquate. Sources et méthodes.

— Comme juristes, ils sont forts, grogna Harper. Pour mémoire, je n'ai pas été en contact avec Birch depuis Tokyo. Je ne savais même pas qu'il était toujours dans les parages.

– Voilà au moins une bonne nouvelle, Richard.

– Je vous fais une note en priorité.

– Ce n'est pas du papier que je veux, fit l'adjoint en articulant ses mots. Nous avons décidé de vous confier l'affaire. Vous avez l'avantage de connaître les protagonistes. Et puisque les sœurs parlent d'abus de compétence, on peut dire que cela entre dans vos attributions présentes à l'Inspection générale.

– On en est au stade de l'enquête officielle?

– Le D.C.I. veut couper court à l'hystérie montante. Alors, appelez cela comme vous voudrez. Si vous estimez qu'il vous faut un papier, préparez-le-moi et je signerai.

– Je suppose que nous ne devons pas rejeter l'hypothèse d'un Birch agissant pour son propre compte?

– Il vaudrait mieux, en effet.

– Dès lors, c'est le rayon du contre-espionnage. Oui, peut-être qu'ils devraient s'en occuper. J'ai été mêlé de trop près aux événements. »

L'adjoint se leva pour signifier que la discussion était close et la cause entendue. « Nous sommes tous d'accord pour vous mettre sur le coup. Le contre-espionnage vous secondera si vous avez besoin d'une aide technique. Allez-y franchement. Nous sommes derrière vous. Carte blanche. Vous ne rendrez compte qu'à moi. Bonne chance pour la Coupe! »

La plaisanterie ne manquait pas de sel, vraiment. Au moins dans le championnat, on reconnaît ses adversaires à la couleur du maillot.

De retour à son étage, Harper ravit miss Lutkin en lui annonçant qu'il ne voulait pas être dérangé. Puis il s'enferma et se perdit dans la contemplation du rapport qu'elle venait de dactylographier, à la perfection comme toujours. Un exemplaire sur son bureau, et sans doute déjà une copie dans le dossier fantôme. Le document était totalement inadéquat à présent. Ce foutu papier, en l'espace de quelques minutes, était devenu une pièce à conviction accablante pour lui.

Un téléphone sonna, de l'autre côté de la cloison. Un voyant s'était allumé sur son cadran. Il récrivait le mémo avec plus de détails et moins de distance dans les formules.

La lumière rouge sur la porte de Harper se mit à clignoter, tandis que miss Lutkin composait le code chiffré. Le mécanisme de brouillage occupait silencieusement un coin de la pièce; pas très grand, la taille et l'allure d'un réfrigérateur, à peu de chose près. Chaque semaine, une équipe venue on ne sait d'où l'expulsait quelques minutes de son bureau, le temps d'ouvrir l'engin, de changer l'indicatif et de remplacer les bandes.

Miss Lutkin apparut dans l'entrebâillement de la porte. Elle ne supportait pas l'idée de trivialiser la ligne verte en l'annonçant par un vulgaire interphone. « J'ai M. Watling au bout du fil. J'ai dû user de la priorité deux.

— Watling? (Harper parlait d'une voix forte.) J'essaie d'y voir clair avant de débrouiller les fils.

— T'as pris un mauvais départ, fit la voix étouffée. Un peu trop cachottier avec nous.

— Absolument pas. Mais je ne savais pas qui était dans le coup.

— D'où me vient le sentiment que ça va de nouveau être pour ma pomme d'aller au charbon?

— Je comprends ce que tu veux dire, fit Harper. Mais c'est moi qu'ils ont mis sur le problème.

— Peut-être que c'est toi le problème, insinua Watling.

— Tu as travaillé à l'anti-gang? Est-ce que t'as eu affaire à la maffia, Watling?

— Ce que j'ai pu fabriquer n'a strictement rien à foutre avec cette putain d'histoire. Sauf peut-être qu'il y a ce que j'ai pas fait quand j'ai compris que t'avais rien voulu dire l'autre nuit. Mais ne va surtout pas t'imaginer que c'est parce que je me suis retenu...

— Je pense que nous devrions nous rencontrer pour vider franchement nos sacs respectifs, dit Harper. A commencer par la question de savoir ce que tes gars bricolaient avec mon type.

— Ça, mon vieux, c'est ton enquête, coupa Watling. Et le mec n'est plus ton type, de toute façon.

— Vieux réflexe. Le mien en effet ne prenait pas d'initiative.

— Allons, dis-le franchement, Harper : " L'informateur du F.B.I. " Dis-le simplement pour voir l'effet que ça donne!

— L'informateur du F.B.I., Sénateur, semble avoir échappé à leur contrôle.

— Eh meeerde, siffla Watling. On voit que t'étais pas dans les parages à l'époque des purges! Ou tu ne connais rien à cette ville, ou t'es vraiment fortiche. Ou encore, troisième hypothèse, t'es incurablement con. Dis-toi bien qu'avec cette saloperie, il y a quelqu'un, quelque part, qui va se trouver dans la chiasse, et si profondément qu'il pourra pas s'en sortir. Et dis-toi bien aussi que je ne suis sûr que d'une chose : ce ne sera pas moi. Je serais à ta place que je commencerais à sérieusement faire gaffe à là où je pose mes arpions.

— Je peux te toucher demain matin?

— Toute la journée.

— On se verra à la première heure, conclut Harper.

— Mets des falzars blindés, ricana Watling. J'ai ici quelques mecs qui seraient pas fâchés de te tailler un trou de balle tout neuf. »

22.

Quand il rentra ce soir-là, la maison était plongée dans l'obscurité, verrou soigneusement tiré. Il fut surpris de ne pas trouver Fran, mais pas vraiment déçu. L'après-midi s'était passé à lire les rapports de Tokyo. Ceux-ci l'avaient non seulement ramené à Birch et à Black Body, mais aussi à ses premières années – les années fidèles – avec Janet.

Un trou de plusieurs jours dans les mémos correspondait à une de leurs escapades, à deux. Des vacances de neige, la montagne, l'auberge traditionnelle et leur chambre, si petite et si fragile qu'ils n'avaient d'abord pas osé y faire l'amour.

Il avait relu son câble sur le désastre à Saigon et il s'était rappelé le temps où ils s'étaient connus. Elle était en ville pour l'U.S.-Aid : une étude sur les effets des bombardements pour l'économie rurale. Assez curieusement pour quelqu'un qui avait fait Smith à la fin des années 60, elle n'avait pas d'opinion tranchée sur la guerre.

« Je n'ai pas perdu mes illusions, avait-elle dit un jour, pour la bonne raison que je n'ai jamais été candide. »

Puis étaient venus les ennuis. Elle était restée à ses côtés. Elle l'avait recueilli dans son appartement.

« Cette guerre est horrible. » C'est tout ce qu'elle avait dit. Le seul jugement qu'elle porta jamais sur le sujet.

Après son transfert à Tokyo, ils s'étaient retrouvés plusieurs fois – toujours en terrain neutre : T'ai-pei, Macao, Hong Kong, Singapour. Il supportait mal le boulot; rien d'urgent ne le

retenait. Puis il y avait eu BLACK BODY. L'incertitude. Ils se virent
à Singapour. Une semaine en *Raffles*.

A Tokyo, pourtant, ce ne fut plus tout à fait la même chose.
Sans raison particulière. La routine, simplement. Elle démis-
sionna pour le suivre à Nairobi. A sa grande surprise, elle ne
trouva rien sur place. Le privé n'engageait plus et les Nations
Unies hésitaient à utiliser trop d'Américains. La couverture de
Harper, à l'ambassade, restreignait encore les possibilités. Elle
joua donc les épouses de fonctionnaire américain en service à
l'étranger, dévouées et attentives – ce qu'elle fit à la perfection,
exigeant seulement qu'en retour, il tolérât, le jour venu, les
exigences éventuelles de sa carrière à elle.

Ils s'étaient enlisés dans un confort un peu engourdi. Pas plus
qu'il n'y avait eu entre eux de passion débordante, il n'y eut
d'aigreur quand la vie et l'amour redevinrent une habitude.

Un soir où ils n'avaient pu refuser l'invitation à dîner du
représentant local d'une banque U.S. et de sa femme, l'hôtesse ne
s'était pas gênée pour claironner à la ronde qu'elle se fichait
royalement de l'Afrique et des Africains. Harper ne savait où se
mettre en pensant aux domestiques. Puis, quelques verres suplé-
mentaires aidant, elle n'avait plus cherché à dissimuler ses
frustrations.

« Je croyais que je serais dégueulassement riche avec lui,
disait-elle en désignant le maître de céans. Pleine aux as. Au lieu
de quoi je suis seulement bourrée et obligée de vivre dans cette
merde.

– C'est le prix de l'intégrité, crut bon de placer le mari.

– Qui l'aurait cru? Harvard, Chicago Business... Tu étudiais
trop bien.

– Moi, je trouve que j'ai de la chance, risqua courageusement
Janet. Je peux voir du pays.

– Sept variétés de dysenterie, ricana l'hôtesse en la dévisageant
comme si elle était dingue. Si t'en chopes une, tu les chopes toutes
– c'est notre cas, pas vrai Harvey?

– Si Margaret pouvait, laissa tomber le mari, elle n'irait jamais
chier. »

En rentrant, Harper n'avait pu s'empêcher d'évoquer Birch et
sa femme, si différents, tellement plus simples. « Nous pourrions
être comme eux, avait-il soupiré.

– Ils m'ont l'air mortellement ennuyeux. Et toi terriblement
condescendant. » Janet avait souri.

Harper inspecta systématiquement toutes les pièces de la maison de Glover Park, à la recherche d'un quelconque indice du passage de Fran. Une épingle à cheveux, ou un Kleenex, plein de maquillage. Elle était présente, de toute façon, comme un champ de force qui désoriente. Jusqu'à la nuit précédente, chacune des deux femmes avait occupé leur propre sphère. Janet était Glover Park, prévisible et prospère. Fran était Alexandria, exotique et sensuelle comme son nom. Il les voulait l'une et l'autre. Le confort de l'une, l'intensité de l'autre. Et par-dessus tout peut-être, il désirait ce que Birch avait trouvé, cette intimité qui paraissait chez lui si naturelle.

Janet avait été enchantée quand Langley l'avait rappelé. Elle ne s'était jamais plainte de Nairobi, mais il savait que les silences de sa vie à lui ne pouvaient suffire à remplir leurs deux existences. Sitôt rentrés aux States, elle fila sur la côte ouest pour se remettre dans le mouvement. C'est Harper qui se chargea de l'aménagement. La maison lui plaisait. L'infidélité, à sa grande surprise, était venue presque naturellement. Il aurait aimé pouvoir se scandaliser, avoir honte. Parfois il essayait de se convaincre de sa veulerie. Janet était trop occupée pour se méfier. Elle le savait secret, taciturne. C'était son métier. Il pouvait d'autant mieux prendre ses distances.

Mais Fran... Fran voulait tout, et spécialement ce qu'il ne pouvait lui donner. Harper était persuadé qu'elle ne serait jamais restée avec lui s'il n'y avait pas eu entre eux ce soupçon d'obscurité. Un week-end à Williamsbury, au lit, un feu d'enfer dans la cheminée... il lui avait parlé du Vietnam et de la mort.

« Ce devait être épouvantable et en même temps fascinant, dit-elle.

— Je m'en serais volontiers passé.

— C'est là que tu as rencontré ta femme?

— Elle non plus ne croyait pas aux héros. On ne s'est pas fait de cinéma.

— Si j'avais été là, je t'aurais enlevé sur un bateau, comme Catherine dans *L'Adieu aux armes*.

— Je ne serais pas parti...

— N'en sois pas si sûr. Je peux être très persuasive.

— Je ne t'imaginais pas prenant cela si à cœur.

— Figure-toi : je sais mentir aussi. Et fort bien. »

Harper eut beau chercher. Il ne trouva nulle part un signe de sa visite. Partie sans laisser de traces. Il se prépara une salade dans la cuisine et se déboucha une bouteille de vin ordinaire. Mais la nourriture n'éveillait en lui aucun appétit et le vin ne pourrait le calmer. Il appela la Californie, mais Janet n'était pas rentrée. Il laissa un message, disant qu'il rappellerait le lendemain. Il composa un nouvel indicatif. Fran répondit au premier appel.

« Je me demandais, commença-t-il, si tu ne pourrais pas venir me faire peur encore.

— Te connaissant, ce serait sans doute plus excitant pour toi si je refusais!

— Tu as fait le vide derrière toi, ici. J'ai rien pour pouvoir penser à toi. As-tu dîné? On pourrait aller quelque part.

— J'ai déjà mangé. Mais je peux faire un saut jusque chez toi. Qu'en penses-tu?

— L'idée est intéressante.

— D'autant que nous aurons tout loisir de goûter aux charmes des rencontres clandestines quand ta femme sera de retour. »

Il décida de prendre la pointe comme un compliment.

« Écoute, je vais chercher de quoi arroser ça, dit-il. Que penses-tu d'une bouteille de champagne?

— Pour célébrer quoi?

— Notre chance.

— Et nos sombres combines... »

Elle arriva en jean. Harper avait gardé son complet-veston.

« La tenue de soirée n'était pas de rigueur, plaisanta-t-il.

— Je parie que tu mets une cravate même pour laver ta bagnole. Faudra que je t'emmène un jour dans les boutiques de Georgetown.

— Elle se rendrait compte qu'il y a anguille sous roche, fit-il. Et puis, j'ai passé l'âge.

— C'est vrai que je ne vois pas comment tu pourrais t'offrir une seconde jeunesse, soupira-t-elle. J'ai du mal à croire que tu en aies eu une première.

— Et vous, jeune madame? Êtes-vous en âge de prendre un peu de vin?

— A peine, fit-elle. Et pour toujours, à peine. »

Il tenait la bouteille d'une main et dépouillait méticuleusement le bouchon de son fil de fer.

« Allons, de l'audace, lança-t-elle avec un sourire de coin.

— Les gens se divisent en deux grandes catégories, fit-il, toujours posé. Ceux qui font péter les bouchons de champagne et les agents secrets. Le tout est de savoir s'il est judicieux ou non d'attirer l'attention sur soi. » Le bouchon soupira sous sa paume.

« Pour boire à la santé ou au souvenir des absents, ironisa Fran en trempant ses lèvres dans son verre. Un peu trop doux, mais toujours bon.

— J'espérais que tu serais restée ici aujourd'hui.

— A te voir ce matin, c'est pas tellement ce que j'aurais cru.

— J'avais un problème.

— Un autre de tes vilains secrets?

— Très sévèrement protégé, en plus!

— Vous me faites parfois l'effet d'être des gosses. De sales gamins et leurs magazines cochons derrière le garage. Papier et bidoche.

— Je croyais que je n'avais jamais été jeune?

— C'est pas de jeunesse qu'il s'agit. De puberté, oui. D'adolescence difficile qui n'en finit pas. Tu te prends trop au sérieux.

— Il s'agit plus simplement de la vie et de la mort (Harper souriait). Et de sauvegarder ce que nous avons de liberté dans un monde hostile..

— Je connais tout cela. Les gadgets qui explosent. Le zyeutage dans les alcôves. Les expériences à l'acide. Si ce n'est pas de l'enfantillage, je ne sais pas ce que c'est.

— Ces bêtises-là, c'était dans le temps.

— Ce que tu dis est censé me rassurer?

— C'est le côté intrigant et spectaculaire des choses. Les tartes à la crème de l'espionnage.

— Tu n'es pas un vrai espion, dit-elle, apparemment enchantée de sa réplique. »

Il posa un disque sur le plateau. Les quatuors de Beethoven. Quand il se retourna, il vit qu'elle avait changé de place pour s'installer sur le canapé, genoux repliés sous elle. Proche et intouchable, comme si elle avait été sa fille... Ce qu'il éprouvait par instants lui faisait horreur. Il est vrai qu'à d'autres moments, c'était elle qui complétait son éducation. Mais même alors, comme un père, il se demandait où elle avait appris tant de choses.

« Mauvaise journée, donc?

— Plutôt moche pour commencer. Ça s'est terminé un peu mieux.

— Notre chère démocratie ne risque donc encore rien pour cette nuit, si je comprends bien?

– L'équilibre reste précaire, fit-il, entrant dans son jeu. Mais je pense qu'il peut se maintenir, en effet.

– Quel soulagement! » Elle avait mis son menton dans le creux de sa main. Il posa son verre et se pencha pour l'embrasser.

« Plutôt subversive, fit-il en souriant.

– Je préfère choisir le camp du vainqueur, lança-t-elle.

– Donc, tu restes avec moi? »

Elle l'embrassa à son tour, puis se rejeta en arrière. « Il est encore un peu tôt pour se prononcer. »

Harper ôta sa veste, dénoua sa cravate et se laissa aller au fond du divan, si près d'elle qu'il pouvait sentir battre son cœur contre son bras.

« A quoi ressemblait ton mari?

– A ta femme : très occupé.

– Je me demande parfois ce qui se serait passé... je veux dire... s'ils n'avaient pas été là.

– Tu sais très bien que les meilleures choses ne durent pas. C'est une expérience pas drôle. Mais tu l'as faite, comme moi, et tu sais.

– Nous sommes donc condamnés, toi et moi?

– Je l'ignore, fit-elle. Pour l'instant, je crois surtout à ce que tu me caches, figure-toi.

– Tu sais comment vont les choses. Elles s'emmanchent d'une certaine manière, on ne sait pas pourquoi. Je suis incapable de dire comment tout ceci a commencé.

– Je trouve qu'on s'engage sur une pente savonneuse, et le champagne n'arrangera rien, coupa Fran, pour la première fois peut-être un peu inquiète. Je ne tiens pas à devenir pour toi un problème insoluble.

– La vie est une pente savonneuse.

– C'est comme ça que tu la vois, n'est-ce pas? Moi-même, après tout, c'est peut-être ce que je recherche. »

Il entrouvrit le chemisier de Fran et voulut la caresser de ses lèvres. Elle pivota légèrement pour présenter l'autre sein. L'autre vérité éphémère.

« Ça va nettement mieux, ce soir, soupira-t-elle.

– Je me sens bien, oui. »

La main de Fran remonta le long de ses cuisses. « En effet », fit-elle en souriant.

Puis ils furent à genoux, nus jusqu'à la ceinture, l'un contre l'autre. Il trouva la fermeture du jean, le bouton sauta avec un petit bruit sec et l'étoffe s'écarta. Elle était nue par-dessous.

« Perverse, dit-il.

– Prête. »

Il chercha avidement ces territoires qu'il avait si souvent parcourus, et qui pourtant restaient à découvrir. Il en retrouva les replis les plus secrets et les explora.

Quelque chose perça sous son rire, un gémissement, un cri de douleur. Harper crut d'abord qu'il l'avait blessée, mais la plainte revint et il comprit que ce n'était pas elle. L'appel lointain du téléphone. Elle recula – loin, très loin elle aussi, à l'autre bout du monde. Il entendit à nouveau la musique, claire et ordonnée, ponctuée par l'insistance du téléphone.

« Il faut que je décroche », souffla-t-il en se redressant.

Il alla jusqu'à la cuisine.

« Allô? » La voix était dure.

« Quel ton! (C'était Janet.) Je t'ai sorti du lit?

– Je suis a moitié déshabillé, grogna-t-il.

– Et dire que je rate ça! »

Il se retourna pour voir Fran, par la porte restée entrouverte. Elle n'avait pas bougé. Il s'éloigna de quelques pas loin du cône de lumière.

« Qu'est-ce que tu voulais? demanda-t-il d'une voix aussi neutre que possible.

– J'ai trouvé un message signalant que tu avais essayé de me toucher, expliqua Janet.

– C'est moi qui devais rappeler.

– Il est tard, là-bas?

– Le décalage habituel, dit-il d'un ton qu'il espérait gentiment ironique.

– Je t'ai dérangé, ou quoi?

– J'ai eu une journée épouvantable. » Il allongea le cou pour voir dans la pièce voisine. Fran se rhabillait en regardant ostensiblement ailleurs. Le disque s'était tu.

« Richard, tu es là?

– Bien sûr, fit-il en reculant le plus possible dans l'ombre. J'avais cru entendre quelque chose dehors.

– Je te demandais si l'envoi de New York est arrivé par la poste.

– Oui, pardon Janet. Non, il n'y avait rien au courrier. » Il n'avait pas pensé regarder.

« Tant pis. Je croyais que c'était pour cela que tu avais appelé.

– Non. J'avais promis, c'est tout.

– Tu n'es pas obligé de me le dire sur ce ton.

– Non, ce n'est pas ce que je voulais, Janet. Mais tu connais nos petites règles de sécurité. Je ne voulais pas te décevoir.

– Tu ne me déçois jamais, Richard. »

Fugacement, il l'imagina à l'autre bout du fil, sachant tout, mais trop fière pour le laisser paraître. Sa main était moite sur le récepteur.

« Combien de temps seras-tu absente?

– Je te manque?

– Beaucoup.

– Une semaine au moins. Peut-être un peu plus. Mais les nouvelles sont bonnes. Je suis contente d'avoir appelé, Richard. Je me sens un peu moins moche maintenant. On est bien comme ça, non? A distance...

– Au téléphone, on est épatants. Pas de détours, ni de faux-fuyants.

– Non, bizarrement.

– J'aimerais que tu sois là. Tu appelleras demain?

– Bien sûr.

– Dors bien, fit-elle.

– Toi aussi. »

Il resta un moment dans le coin sombre de la cuisine, pour rassembler ses idées, penser à ce qu'il allait dire à Fran. Le problème était qu'il était redescendu sur terre, à présent, et qu'il n'avait plus tellement envie de bouger. On peut vivre facilement dans des mondes contradictoires, on peut y penser en même temps. Mais passer de l'un à l'autre donne lieu parfois à des situations embarrassantes, même pour les plus forts.

La question en fait était résolue. Fran n'était plus là.

23.

Une secrétaire attendait Harper à l'étage. « Monsieur Harper?

– Oui.

– Euh, si vous voulez bien me suivre à la salle de conférences... »

Elle manqua avaler son chewing-gum quand il esquissa une petite révérence.

« Des embouteillages? » demanda Watling quand il fut introduit dans la longue pièce sévèrement occultée.

« Pas vraiment, non.

– Je te présente LaSalle, Vitale, Robertson. Tu connais déjà Malloy.

– Je crois que je vous dois des excuses, fit Harper à l'Irlandais.

– On a plutôt été soufflé, ouais, dit Malloy, mais pas méchamment.

– LaSalle est l'agent traitant, expliqua Watling. Pour Birch, je veux dire.

– Le héros du jour. De l'heure...

– C'est parfois une question d'heure », ponctua Watling. Ils occupaient, à cinq, l'un des côtés de la longue table de conférence. Harper s'installa en face, comme un prévenu devant ses juges.

« LaSalle est nouveau sur l'affaire – qui pour nous était au point mort. Son prédécesseur vient d'être nommé à L.A. Le super-poste en or massif. On l'a fourré dans le premier vol, ce matin. Il arrivera tout à l'heure.

– Quels ont été vos rapports avec Birch? demanda Harper.

– Rien, à part l'entretien de routine, question de lui rappeler les habituelles consignes de prudence, de lui filer un numéro de bigophone et un nom, juste au cas où... Le train-train, quoi.

– Et Kerzhentseff?

– On était sur lui, mais sans beaucoup de résultat. Ça nous rendait plutôt nerveux. Mais jusqu'à l'autre soir, que dalle.

– La filature a révélé d'autres contacts avec Birch?

– Aucun. On ne l'avait évidemment pas mis sur écoute. De nos jours, il faut fournir la preuve par neuf que le mec est au moins Brejnev soi-même, si on veut se brancher sur sa ligne. Birch était sous serment, d'après le dossier. Donc tenu de nous avertir. »

LaSalle poussa une chemise vers Harper, qui en feuilleta le contenu. Il y avait là une vague description de son boulot avec Birch, à Tokyo, et quelques pièces plus récentes.

« Vous m'en photocopiez un exemplaire?

– Tout ce que tu veux, fit Watling. On aimerait aussi voir ce que tu as.

– Tout est ici?

– Si c'était pas le cas, notre mec à L.A. se retrouverait vite sur le trottoir. » Les autres eurent l'air de trouver ça drôle. Harper décida de faire comme eux.

« Est-ce que Birch aurait pu se tromper sur ce que vous attendiez de lui? demanda Harper. Il a peut-être appris que Kerzhentseff était dans les parages et il s'est imaginé que vous aimeriez qu'il le couvre.

– Il nous a pas appelés, remarqua Watling.

– Pas étonnant qu'on fasse tant de miracles chez vous, ricana LaSalle. Vous avez l'air de traiter vos infors comme des gosses dans une école Montessori. La créativité d'abord!

– Vous foutez pas trop vite de ma gueule, conseilla Harper.

– Faut bien commencer un jour, fit Watling. Ton Birch, il a déjà agi de cette manière?

– Sur un coup de tête, tu veux dire? Pas avec moi. Il était tout ce qu'il y avait de plus régulier.

– Peut-être que vous manquez un peu d'objectivité, risqua LaSalle.

– Tandis que vous l'êtes, vous, objectifs?

– Personnellement, je crois l'être assez bien, fit doucement Watling. Et plutôt régule, merci. C'est nous qui sommes sur le coup. Le mec s'est fait repérer avec une barbouze russe notoire. Il a un boulot classifié. Pour nous, comme les choses se présentent, c'est une affaire d'espionnage tout ce qu'il y a de plus classique. A moins bien sûr que Langley ne soit derrière. Auquel cas, ça devient un peu plus intéressant. Et plus compliqué.

– Je n'ai plus été en contact avec lui, personnellement, depuis des années. J'ai signé ma décharge en 71. Lu et approuvé, pas de problème. Personne à Langley n'est plus censé s'y intéresser.

– J'ai comme l'impression qu'on va découvrir que vous vous êtes foutu le doigt dans l'œil en faisant confiance à ce loustic. Mon billet que c'est lui qu'est dans la peau du futur épinglé.

– Je n'avais pas exclu cette hypothèse, murmura Harper. Je n'en ai d'ailleurs exclue aucune.

– Si je te dis de faire gaffe, c'est qu'il est foutu de t'entraîner dans son plongeon si tu regardes pas où tu fourres tes doigts », ajouta Watling.

Les autres s'étaient confortablement calés dans leur siège. Si Harper avait voulu, comme eux, jouer cartes sur table, il aurait à coup sûr pu leur balancer quelques mises en garde valant au moins les leurs. A commencer par le simple fait que, formellement, Birch était un homme à eux, pas à nous. S'il s'avérait qu'il avait mal tourné, c'était eux qui allaient écoper, et il y en aurait pour tout le monde.

« Merci à tous pour votre aide. » Pas d'autre commentaire. Ils opinèrent tous poliment.

Le document qu'il avait demandé l'attendait sur son bureau. EYES ONLY sur la chemise de couleur.

« Jerry Birch. Aucun contact aux États-Unis subséquemment à procédure habituelle de retrait. Aucune mission. Pas d'officier traitant en mission. Aucune approche d'un service spécial ennemi signalée à l'Agence, en exécution des instructions générales remises en fin d'opération par Richard Harper, dernier off. traitant actif, Tokyo 17/11/71. Contrôle opérationnel transféré au Federal Bureau of Investigation, conformément à ordre DCI n° 50100. Dossier hors cadre à cette date. »

Ils n'avaient naturellement pas raté l'occasion de citer son nom. Il s'y attendait d'ailleurs. Tout ce qui pouvait être utilisé contre lui était là, dans ce dossier. Il constata avec plaisir que les fichiers de la Compagnie étaient à jour, bien tenus, et que Birch, apparemment, était sous le contrôle de quelqu'un d'autre. Évidemment, le document ne prouvait rien. Il allait falloir gratter, interroger les responsables, découvrir ce que le rapport n'avait peut-être pas dit. C'est peu après, quand il vit rappliquer les Sœurs avec des conclusions identiques (leur non-responsabilité dans les manœuvres de Birch), qu'il commença à discerner la vraie nature du problème. De son problème.

Le champ de l'enquête s'était restreint, resserré, réduit à Birch et à lui-même. Et il ne pouvait indéfiniment éluder la question qu'il refusait obstinément d'aborder de front : qu'allait devenir Birch lorsque lui-même devrait prouver son innocence. Harper aurait voulu épargner son ancien partenaire. Mais comme pour Birch au bordel, c'était parfois ce qu'on voulait éviter qui vous contraignait à assumer le reste. Il ne négligea aucune hypothèse, il n'abandonna aucune piste, il poursuivit inlassablement des filières plus fantomatiques les unes que les autres. Il se rendit compte, enfin, que l'enquête, à mesure qu'elle progressait, faisait converger les indices dans une seule et même direction : la sienne. C'est alors, dans un effort presque désespéré pour casser cette logique, qu'il demanda à me voir.

24.

Je crois que Harper fut sincèrement soulagé quand je souscrivis à son désir d'un tête à tête. Il avait l'air hagard en entrant dans mon bureau. Manifestement, il ne savait plus où il en était. Je ne l'avais jamais considéré comme ayant beaucoup de coffre, mais cette fois c'était patent. Il avait l'œil injecté. L'alcool, je suppose, sans lequel il ne devait plus guère trouver le sommeil. Une coupe de cheveux ne lui aurait pas fait de tort et je remarquai ses ongles, rongés jusqu'au vif.

« Asseyez-vous, Richard.

– C'est très gentil à vous de me recevoir. J'imagine que vous ne pourrez pas m'apprendre grand-chose. Vous étiez dans la sphère de décision, pour BLACK BODY, et vos rapports avec Birch ont dû être aussi distants que les miens...

– Je n'ai aucune idée de la nature de vos liens avec lui, notai-je.

– Je n'ai de liens avec personne, fit-il. C'est justement mon problème. Je suis incapable d'établir quoi que ce soit, pas la moindre liaison. J'en suis réduit à tout supposer, ce qui est gênant quand il s'agit, comme ici, essentiellement d'alibis.

– Je dois vous dire que je n'ai eu aucun contact avec Birch.

– Je l'ai vu avec Kerzhentseff. Il est tout sauf du genre à travailler en franc-tireur.

– Pour autant que je puisse en juger, je suis assez d'accord avec vous. Mais n'oubliez pas : Kerzhentseff s'est trouvé dans une situation semblable à la vôtre quand il a quitté Tokyo pour

Moscou, après BLACK BODY. Il avait découvert ce qui, à ses yeux, apparaissait à la fois comme une menace et une défaite. Et le système mis en cause était son œuvre. Il a repris l'offensive

— Vous croyez vraiment que j'ai trouvé le bouc émissaire? fit-il d'une voix pathétique.

— Vous êtes venu ici pour recevoir mon conseil. Le meilleur que je puisse vous donner, c'est de garder l'esprit ouvert, et la tête froide.

— C'est bien ça le problème, n'est-ce pas? L'esprit ouvert.

— Je vous avais cru plus acquis, plus initié au culte de la contingence.

— Peut-être bien que j'ai déjà été confirmé, fit-il. Je ne me suis pas privé d'imaginer tous les possibles. Vous voulez savoir?

— Si vous pensez que c'est utile.

— Si Kerzhentseff contrôlait Birch à Tokyo... S'il l'a toujours manipulé, même au moment où nous nous efforcions d'utiliser Birch contre lui..., pourquoi a-t-il toléré la suspension de BLACK BODY?

— Parce qu'il escomptait un avantage plus important, répondis-je. C'est le premier argument qui vient à l'esprit.

— Oui, exact. Mais d'habitude, cet avantage c'est quelqu'un, un infiltré dans nos rangs, un homme dont la promotion ou la protection mériterait un tel sacrifice.

— Quelqu'un de mieux placé que Birch? lui suggérai-je.

— De beaucoup mieux placé. Quelqu'un de mon niveau, fit-il.

— Ou du mien...

— L'ennui... dites-moi si je me trompe, l'ennui c'est que personne à Langley n'a vraiment fait carrière sur la réussite de BLACK BODY. Ce fut une opération collective. Tout le monde en était et personne n'en avait particulièrement le contrôle.

— Sauf vous. L'essentiel de votre problème est là. J'avoue que j'avais immédiatement envisagé cette possibilité.

— L'autre éventualité serait que Zapadnya voulait causer du tort à ses propres employeurs, avança Harper.

— Vous voulez dire qu'en fait il était à notre service sans que vous le sachiez? Double jeu croisé à Tokyo?

— A l'heure qu'il est, je le saurais s'il avait travaillé pour nous. J'ai tout épluché. Personne ne l'a retourné. En revanche, il est très capable d'avoir agi de son propre chef, pour une raison connue de lui seul, obscure. Un idéal ou un ressentiment couvé en secret... Et s'il s'était trouvé à nos côtés sans vraiment être *avec* nous?

— Vous revoilà avec votre idée fixe, Richard. Vous savez très bien ce que j'en pense.

— Trop anecdotique.

— Trop commode, surtout, pour expliquer une défaillance.

— Je sais que ça ne peut pas coller.

— Et Birch? demandai-je. Si c'était lui l'unique piste? Car il y a toujours l'éventualité d'une initiative de sa part, d'une première approche en direction de Zapadnya, motivée par notre indifférence à son égard.

— Tout me ramène à cette hypothèse, je sais, soupira-t-il. Pourtant j'ai l'intuition que ce n'est pas la bonne voie.

— Confiance en lui?

— Ce n'est pas exactement comme ça que je vois la chose.

— Tant mieux.

— Il reste une dernière possibilité. Quelqu'un qui aurait décidé d'avoir ma peau.

— A n'envisager qu'en tout dernier ressort, à mon avis. Sauf si vous avez des preuves.

— Oui, on y verrait trop facilement une réaction de désespoir. Une pathologie.

— Quelques-uns ont d'ores et déjà posé ce déplaisant diagnostic, insinuai-je. Cela dit, le rendez-vous a tout de même eu lieu à l'heure et à l'endroit précis où vous deviez être vous-même.

— J'y ai pensé, mais la mission était tout à fait aléatoire.

— Certaines personnes devaient être au courant.

— N'importe qui, à la limite. Les listes de service n'ont rien de très confidentiel. Cela implique aussi que quelqu'un soit en position de manipuler à la fois Birch et Kerzhentseff. Ce qui est beaucoup moins vraisemblable.

— Pas impossible pourtant. N'oubliez pas Zapadnya, le secret de sa réussite : le sens de l'improbable et la cruauté. Une cruauté implacable.

— La définition de quelqu'un de dangereux, me répondit-il.

— Ou de quelqu'un qui cherche à éviter un danger. »

25.

L'enquête se développait, mais sans aboutir. Le nombre d'hypothèses se réduisait en fonction de cette étrange progression. L'atmosphère autour de Harper évoquait chaque jour un peu plus la banquise. Il me fit parvenir un mot me remerciant pour mes remarques, mais je ne le vis plus jamais. Je l'aurais très volontiers aiguillé vers des positions plus offensives. Il lisait et relisait ses mémoires, s'efforçant de surmonter ce sentiment, encore dominant chez lui, que Birch était trop naïf, trop honnête, pour être vraiment responsable de quoi que ce soit.

Harper était mûr enfin pour admettre au moins la possibilité d'une défaillance. La mémoire, comme l'Histoire, n'est jamais qu'un rapport vaniteux au passé. Le directeur adjoint, après des semaines de silence, le convoqua pour un premier bilan.

« Je crains fort d'avoir à être très bref, fit Harper en arrivant.

— Bref et décisif, j'espère.

— Non concluant, plutôt. Je suis dans une impasse.

— Mais ce Birch? Ce n'est pas lui le nœud du problème?

— Je ne vois absolument pas ses mobiles.

— Faites travailler votre imagination. Cette histoire de bordel, par exemple...

— Ça ne marche pas, grommela Harper. Après tout, c'est le Russe qui l'a entraîné. Pas nous.

— Il n'y a pas que cette affaire qui l'a traumatisé... Vous avez creusé dans cette direction aussi?

– Quand les femmes ont été liquidées, vous voulez dire? Il y a eu du flou à ce moment, d'accord. Mais simplement parce qu'il est allergique à toute forme de violence. Il n'a jamais sérieusement envisagé que c'était nous les responsables.

– C'est une de ses faiblesses, coupa l'adjoint.

– Il croyait tout ce que je lui disais.

– Et réciproquement...

– Dans les limites du raisonnable, oui. Il n'a aucun des points faibles habituels. Pas d'avidité particulière. Et idéologiquement, il confond sûrement Marx avec le loufoque des vieux films.

– Apolitique, parut méditer le directeur adjoint. C'est parfois les plus faciles à séduire.

– Il n'arrête pas de parler de son enfance, protesta Harper. Et il adore son bled. Vous en connaissez beaucoup, des traîtres qui ont eu une jeunesse heureuse?

– Vous m'avez vraiment l'air d'avoir besoin de repos, Richard. Et vous ne m'apportez pas grand-chose.

– Je ne peux même pas l'approcher. Les Sœurs ont l'impression d'être sur un coup fumant. D'autant que ça ne les dérangerait pas beaucoup de faire le procès de quelqu'un de chez nous.

– Birch a toujours un degré de sécurité. Il peut donc être intéressant à retourner, pour ceux d'en face.

– Il n'a rien d'important dans les mains.

– Un fameux appât tout de même pour Kerzhentseff.

– Le Russe est disposé à faire flèche de tout bois, je ne dis pas le contraire. La question est de savoir si Birch peut avoir une quelconque raison de passer de l'autre côté.

– Vous avez fourni un très bon travail, vous avez épluché à peu près tout ce qui était susceptible de l'être. Vous vous êtes même arrêté à l'hypothèse d'un Birch manipulé par quelqu'un d'ici...

– C'est de loin l'hypothèse la plus embarrassante pour la Compagnie, j'en ai conscience.

– Harper, je croyais avoir été suffisamment explicite en vous confiant le dossier. Ce que je veux, ce sont des résultats. Et j'aime autant vous dire que si vous essayez encore d'ouvrir votre parapluie, cela risque fort de se retourner contre vous. Et je ne veux plus entendre parler de fadaises du genre de votre intuition ou de votre touchante loyauté envers M. Birch.

– Ce n'est pas moi qui ai demandé à être chargé de l'enquête.

– Vous seriez venu me supplier à genoux que ce serait la même chose. Vous avez un dossier sur les bras, la question est de savoir ce que vous allez en tirer.

– Je crains d'avoir à attendre le bon vouloir des Sœurs.

– Faites ce qu'il faut, débrouillez-vous. »

Quand Harper regagna son service, miss Lutkin l'accueillit avec le hochement de tête qu'ont les maîtresses d'école pour le cancre puni revenant de chez le principal. Il lui demanda de prendre les communications et alla tout droit jusqu'au divan où il s'effondra. La porte s'ouvrit. Il se redressa pour regarder miss Lutkin.

« C'est la ligne verte, fit-elle. M. Watling.

– J'espère que vous avez dit que j'étais sorti.

– C'est à propos d'un certain Birch. Il serait sorti de son trou, et d'après M. Watling, vous aimeriez savoir. »

Harper décrochait déjà.

« Ton copain aime les balades à la campagne? demanda Watling.

– Qu'est-ce qui se passe?

– Le mec se dirige sur East Jesus. Il y a eu un contact et d'après nous, il va déposer un truc dans une boîte aux lettres. »

26.

L'heure de pointe était déjà passée quand Birch émergea du parking. L'air s'engouffrait par la vitre ouverte, agitait les papiers jetés pêle-mêle sur la banquette arrière, mais n'apportait aucune fraîcheur. Birch se sentait coincé, privé d'oxygène. Le jus de fruits qu'il avait hâtivement englouti tout à l'heure lui remontait à la gorge. Il couvait une migraine.

Il eut le temps de déchiffrer, devant lui, l'énorme panneau vert :

CENTRAL INTELLIGENCE AGENCY
FEDERAL HIGHWAY RESEARCH STATION
prochaine à droite

Un coup d'œil au rétroviseur. Pas facile de savoir si on était suivi ou non. La circulation était dense. Une voiture derrière soi ne signifiait pas grand-chose. Il y avait toujours la possibilité d'accélérer ou de ralentir, pour voir.

Le premier appel, après toutes ces années de silence, l'avait pris au dépourvu. Il n'y croyait plus. Les consignes étaient laconiques. Pas moyen de poser une question, ni avant ni après. Il travaillait seul maintenant, ce qui le flattait et en même temps lui donnait un sentiment d'insécurité et de doute. Par exemple, les mots qu'avait dits son interlocuteur : il pouvait difficilement s'en souvenir avec netteté. Il dormait quand il avait senti Donna se pencher hors du lit pour faire cesser la sonnerie. Elle s'était retournée pour lui dire d'une voix excédée que c'était pour lui. Elle ne savait pas ce que c'était. Lui-même n'avait pas reconnu la voix. La conversation avait cessé bien avant qu'il n'ait compris de quoi il s'agissait.

Il avait établi le contact comme on le lui avait demandé. En dépit de ses incertitudes. Que risquait-il à essayer? Il avait écrit les quelques mots, laissé le message au point indiqué et était reparti sans s'attarder. Il aurait voulu y retourner le lendemain soir, pour voir si le feuillet y était encore, derrière la descente d'eau. Mais c'eût été une faute. Capitale. Il avait donc attendu. Un sentiment étrange, déplaisant : plus un mot, pas le moindre signe.

Puis, dimanche matin, il était allé faire les courses. Le super était bondé, comme toujours. Dans son dos, quelqu'un prononça son nom. Il tourna la tête. L'homme lui était inconnu. Il était sans chariot, seulement deux pots de confitures. Il lui dit de regarder devant lui et d'écouter. Birch nota le léger accent, qu'il identifia comme slave. Il avait reçu ainsi ses instructions pour le dépôt suivant. La procédure lui rappelait celle d'autrefois.

« Mais que voulez-vous comme documents? souffla Birch par-dessus son épaule.

— Vous fournissez ce que vous pouvez », murmura l'homme qui disparut en laissant les pots en équilibre instable sur un présentoir de *Family Circle*.

La route débouchait sur l'*interstate* du Nord. Il ralentit pour négocier la courbe, docilement suivi par la longue file derrière lui. En principe, tout était plus simple que dans le temps, à Tokyo. Personne ne le collait au polygraphe. Il n'avait plus la hantise de devoir oublier ce qu'en d'autres circonstances il aurait à nier. Le problème, aujourd'hui, résidait plutôt dans cette simplicité. Tout était tellement flou, les contacts et le reste, que la difficulté était précisément d'essayer de s'en souvenir. A Tokyo, il s'était à ce point moulé à sa couverture qu'il n'avait plus été, lui-même, capable de la distinguer de la réalité. A présent, il ne savait pas où était la réalité. Quelle cause servait-il? Qui le manipulait?

La circulation devenait plus fluide à mesure que l'on s'éloignait de la ville. Il ralentit en voyant sa sortie, remarqua à peine et oublia aussitôt la voiture, trois cents mètres derrière, qui amorça la même courbe et qui, après un long temps d'arrêt au signal stop, s'engagea à sa suite sur la rocade.

Le repère était un vieil autodrome, qu'il faillit manquer car il ne l'imaginait pas si rapproché. Quelques guimbardes tournaient dessus, rien d'extraordinaire, juste des gosses tuant le temps comme ils pouvaient, et quelques amateurs pour les regarder. Le petit stand de rafraîchissements était désert. CIRCUIT, annonçait le panneau. Birch s'engagea sur l'accotement de gravier et s'arrêta pour observer une Ford couverte de boue passant la ligne d'arrivée. Il regarda sa montre. Confortable avance. Il coupa le contact et mit pied à terre. Sa chemise collait de transpiration. Il laissa les vitres ouvertes et traversa la route. Il remonta d'un pas lent jusqu'à la buvette. La fille qui servait avait une poitrine impressionnante. Elle portait un mini short et un débardeur moulant, échancré dans le dos.

« Bière? » demanda la fille. Ses seins pointaient sous le tissu. Il détourna les yeux.

« Alors, c'est quoi, pour cette bière?

– Ah! pardon. Oui. Une bière. Je pensais à autre chose.

– J'avais remarqué », fit-elle en se penchant vers lui. Les seins avaient suivi le mouvement sous le tissu fragile. « Si vous avez quelque chose de précis en tête, c'est pas interdit de le dire.

– C'est comment, le nom du patelin?

– Dumpsville. Plouc-ville. Le super trou.

– Ça me rappelle le coin d'où je viens, l'Illinois.

– Désolée pour vous, lâcha-t-elle. Ce sera soixante-deux cents.

– Voilà. » Il lui tendit un billet. Elle se pencha une nouvelle fois pour rendre la monnaie. Il voyait tout. Et il était dégoûté.

« Mon vioque n'apprécie pas tellement les regards baladeurs.

– Votre père?

– Mon vioque. Là, dans la Plymouth. »

Birch ne distingua qu'une tête hirsute, cigarette au coin des lèvres, et un bras en jambonneau, bronzé, passant par la vitre baissée.

« Merci », fit-il.

Il s'adossa à la clôture, près de la piste, juste hors de portée de voix du groupe de jeunes qui traînait autour de la Plymouth. Il revint vers la route. C'est alors qu'il les vit.

« Hé, foutez le camp de là! »

L'un des gosses était devant la vitre, l'autre se penchait à l'intérieur.

« Hé! »

Quand ils le virent arriver, ils prirent leurs jambes à leur cou. Quelques dizaines de mètres, et ils s'arrêtèrent pour l'observer. Deux têtes d'un blond filasse.

La boîte à gants avait été ouverte et le contenu répandu sur le tapis de sol. Il ramassa plusieurs papiers qu'il examina fébrilement. Des cartes, des documents d'assurance, le manuel d'entretien, des mots griffonnés. Elle n'y était pas. Il devenait comme fou. Que pourraient-ils en faire? Que pouvaient-ils savoir de ce genre de choses? Puis il aperçut l'enveloppe, coincée sous le siège. Il la libéra et vérifia si elle était toujours scellée.

Ils avaient presque entièrement dévissé la radio. Trois vis sur quatre. Il plia soigneusement l'enveloppe qu'il rangea dans sa poche-revolver. Puis il se glissa derrière le volant et allongea le bras pour verrouiller l'autre portière. Il mit le contact. Les gamins se replièrent derrière la clôture. Quand il passa devant eux, l'aîné le salua vertement d'un magnifique bras d'honneur.

Birch serrait le volant, essayait d'y voir clair à travers ses larmes. On lui avait volé son passé. Il avait tout perdu. Ce n'était plus seulement une question de distance ou d'éloignement, dans le temps et l'espace. On l'avait perverti, dénaturé; on l'avait sorti de chez lui, on l'avait fait mentir. Et voici que même le souvenir de Cleanthe paraissait faux, aussi faux que lui-même l'était devenu.

New Market n'était qu'à trois kilomètres. Il avait des ordres. Se garer ici, s'arrêter là, et encore là, et là. La boîte aux lettres était à l'autre bout du patelin, une vieille boîte à café Maxwell House traînant au bord de la route, juste après la borne kilométrique. Ils ne lui avaient pas dit pourquoi ou dans quel but. Ils espéraient seulement qu'il suivrait les instructions. Si quelque chose foirait, c'était à lui de se trouver un alibi. Pour eux, il n'existait que pour se trouver là où il était nécessaire qu'il soit. Ils se fichaient de savoir qui il était réellement, ou qui il avait été. Il n'avait pas d'existence vraie.

Un coup d'œil dans le rétroviseur, en arrivant en ville. Il y avait quelqu'un, mais à plus d'un kilomètre. Il repéra l'endroit d'où il était censé partir et rangea la voiture. Il verrouilla les portières, tapota sa poche arrière et perçut le crissement rassurant de l'enveloppe.

Il était encore relativement tôt et il n'y avait pas grand monde en ville. Quelques femmes faisaient du lèche-vitrine. Une voiture passa. Un homme et une femme, jeunes, ressemblant à un peu tout le monde. Tenue de loisir. Ce pouvait être n'importe qui.

Birch ignorait pourquoi ils voulaient qu'il s'arrête à trois reprises avant de pouvoir se rendre à l'endroit convenu. Peut-être pour avoir le temps de l'observer, pour s'assurer qu'il n'était pas filé. Peut-être qu'il y aurait d'autres instructions.

« N'ayez pas peur, entrez, fit une petite voix derrière la porte moulurée du *Come Into My Pantry*. Je ne vais pas vous manger. »

Elle était installée dans un incroyable fauteuil à bascule, dont la décoration sculptée la rendait plus frêle encore. Ses cheveux étaient gris-bleu, et son visage poudré de blanc.

« Un cadeau pour madame?

— Oui, fit Birch. Enfin, juste un coup d'œil.

— Moules à tarte, pots, jarres à mesure, couteaux à éplucher, psalmodia la vieille. Nous avons tout. »

Birch parcourut des yeux les objets amoncelés. S'il y avait une logique dans le rangement, elle lui échappait.

« C'est original disait la vieille. Comme dans le temps. »

Birch sentait le regard de l'étrange petite femme sur lui, tandis qu'il tournait dans la boutique. Il n'avait aucune idée du temps qu'il devait y passer, ni si la femme avait pour lui un message. Il se forçait à essayer l'un ou l'autre objet.

« Une cuiller pour bébé? fit la voix aigrelette. Une bassine? Une bouilloire? Le tout en parfait état. »

Quand il fut dans la rue, il sentit combien il faisait froid et humide dans la vieille maison. Il s'éclaircit plusieurs fois la gorge avant de traverser vers sa deuxième halte.

The Morticad Board. Un avis sur la porte d'entrée annonçait OUVERT, avec un sourire idiot dessiné dans le O. Il entra. La pièce était profonde, bourrée de commodes, de vieilles glacières en bois, de consoles, de guéridons embaumant le pin et le vernis. Le · propriétaire était un homme de grande taille, à peu près de l'âge de Birch, en jean et T-shirt Perrier.

« Vous êtes tombé sur la bonne adresse », fit-il. Et Birch, au cas où c'était une sorte de code, répondit à tout hasard : « Elle m'est chaudement recommandée.

— Meubles de ferme. Premier choix. Je les déniche moi-même dans les ventes.

— Mes parents en avaient de semblables.

— Acheté ici?

— Pardon? Ah! euh... Non. Ils l'avaient acheté neuf. A moins que ce ne soit mes grands-parents.

.— Quelques traverses sont neuves et un pied est restauré,

mais personne ne peut le voir. Et croyez-moi, c'est le juste prix.

– En fait, je ne cherche pas quelque chose de trop grand. hasarda Birch.

– Trois soixante-quinze, et c'est moi qui le livre. Je crois que je vous ai mal jugé. C'était quoi encore votre nom?

– Anderson, fit Birch.

– Eh bien, suivez-moi, Andy. Je vois que vous recherchez la qualité. Mes plus belles pièces sont par ici. »

Birch l'accompagna dans un corridor où s'entassaient des tables à demi finies, des chaises, des bancs d'église. Il suivait sans savoir où ils allaient, à tout hasard, au gré des circonstances.

« Je suis sûr que vous allez apprécier, fit le propriétaire. C'est une pièce très rare. La couleur aussi. Ils utilisaient du sang comme liant. Je serai honnête avec vous. Un des pieds était fendu et j'ai dû le remplacer. Un boulot pas croyable. Essayez, pour voir, d'aller demander du sang quelque part et vous comprendrez ce que je veux dire. Mais regardez. Et dites-moi si vous pouvez deviner où est le neuf. »

Birch s'accroupit pour détailler un côté du meuble, puis l'autre.

« Celui à gauche, derrière.

– Vous admettrez, fit précipitamment le propriétaire, que c'est presque invisible. A cause du pied, je vous ferai un prix.

– Non, vraiment...

– Écoutez, Andy, je vous donne ma carte. Parlez-en avec votre femme et appelez-moi demain pour la réponse.

– C'est très gentil, mais ce n'est pas la peine. Euh, c'est par ici la sortie? »

Et tandis qu'il battait en retraite, le marchand l'assaillit encore de nouvelles offres. Birch ne répondit plus.

La dernière halte était une librairie, cinquante mètres plus bas dans la rue. C'était une imposante bâtisse victorienne dont les tourelles ployaient sous les couches de peinture. Birch marqua un temps d'arrêt à la porte et remarqua, dans le reflet de la vitre, deux hommes en vêtement de travail sirotant un café à la terrasse d'en face. Il poussa précipitamment la porte, et sursauta au vacarme du carillon qu'il venait d'actionner.

« Bonjour », lança-t-il, mais personne ne répondit. « Bonjour », répéta-t-il. Il perçut un léger toussotement, tout au fond de la grande salle. « Euh... c'est juste pour jeter un coup d'œil, si cela ne vous dérange pas. »

Une minuscule tête chauve, avec des lunettes, de fines oreilles de lutin et un petit nez apparurent derrière le coin.

Birch alla jusqu'aux rayons et se perdit dans la contemplation de tous ces titres qui ne lui disaient rien. Une porte s'ouvrait sur l'arrière de la maison, un dédale de petites pièces exiguës, sombres, aux planchers grinçants, à l'odeur âcre et forte de vieux papiers et de moisissure. Il se retrouva finalement dans une espèce de cul-de-sac, éclairé seulement par une ampoule à demi étouffée sous son abat-jour. C'était le coin des livres pour enfants.

L'homme s'encadrait déjà dans l'embrasure quand Birch s'avisa de sa présence.

« Il faut faire l'échange maintenant », fit précipitamment l'individu.

Il était gros, sans forme, des auréoles plus sombres sous les bras.

« Vos instructions sont modifiées, continua l'homme. C'est moi qui réceptionne et qui vous paie.

— Je m'excuse, mais je ne vois pas...

— Vous n'allez plus à la boîte aux lettres.

— Quelle boîte aux lettres? » demanda Birch. On ne lui avait fait connaître aucun moyen d'identification.

« Borne quarante-trois, souffla l'homme. Dépêchons-nous, s'il vous plaît.

— Il y a du danger?

— Il y a toujours du danger. Le document, vite. »

Birch plongea dans sa poche et tendit l'enveloppe pliée.

« J'espère qu'ils seront contents, fit-il.

— Nous reprendrons contact. » L'homme lui avait fourré dans la main une liasse de vieilles coupures. Il eut encore le temps de faire quelques pas. Puis les autres firent irruption, armés jusqu'aux dents et hurlant : « Que personne ne bouge! »

Birch ne sut pas vraiment pourquoi, mais il pensa à ce petit livre d'images, l'histoire d'un garçon et d'un ours, la seule où il était question de mort. Et il ressentit un intense soulagement.

27.

« Faut parfois être capable de réagir au quart de tour. Ça fait partie du boulot. »

Les murs étaient tout blancs, dans le bureau de Watling, et totalement nus, à l'exception des portraits de l'ancien et du nouveau directeur, d'une photo du président – le précédent – et d'un dessin d'enfant.

« C'est de toi que venait la décision? demanda Harper.

– Ils l'ont prise au moment même, fit Watling. Personne ne s'attendait à un contact direct. L'intention était de jeter un coup d'œil sur la boîte aux lettres avant qu'ils ne la relèvent, qu'on sache si la merde était pas trop précieuse pour qu'on la laisse filer. Manque de bol, on n'a même pas eu l'occasion. Le contact a eu lieu dans un coin désert. Et mes gars se sont dit qu'ils devaient faire quelque chose.

– Dis plutôt qu'ils ont perdu les pédales.

– Nous n'aimons pas prendre de risques, corrigea Watling. Nous n'aimons pas tellement être doublés non plus.

– On peut savoir ce qu'il a fait pour susciter ce remue-ménage?

– C'est bien le problème. Tu nous as dit qu'il avait ses habilitations de sécurité?

– Les avait toutes, oui.

– Alors explique-moi ce qu'il foutait à tourner en rond dans la moitié de l'État, avec nous lui collant aux fesses. Et dis-moi ce qu'il est allé branler dans un trou qui ressemble à un décor pour les guimauveries qui font les délices de ma femme. Et aussi pourquoi il s'est fait pincer en train de fourguer sa camelote? »

Il laissa tomber un Xerox sur le bureau. Cela ressemblait à un rôle de service. Classifié secret, bien sûr. Allez savoir pourquoi.

« Peut-être que cela cache quelque chose, fit Harper d'un ton faussement énigmatique.

— T'as aussi formé ton mec aux techniques du chiffre? Ça va être gai. T'aurais pu en même temps lui filer la clé du grand coffre, à Langley... Pour nous, en tout cas, jusqu'à nouvel ordre, c'est tout ce qu'il y a de plus clair : leur filait que des foutaises. Mais des foutaises classifiées.

— A Tokyo, on a commencé comme ça. Des trucs sans importance. Et notamment des rôles de service. C'est un point qu'il ne faudrait pas oublier. Et aussi le fait que personne ne lui a jamais filé des informations vraiment importantes.

— Peut-être que nous-mêmes, on ne vous fait pas tellement confiance, insinua Watling.

— Ce qui ne plaide pas nécessairement en faveur de votre sens de la psychologie. Je n'ai d'ailleurs pas tellement l'impression que ce soit l'enthousiasme de la Justice pour les exploits de nos espions qui vous a rendus si fébriles de la gâchette.

— Disons qu'on en a eu un peu marre des mémos que vous diffusez régulièrement sur notre soi-disant mollesse à poursuivre les coupables. Je suppose que tu ne te privais pas pour faire chorus.

— Moi, jamais! Je vous ai toujours défendus.

— Au cours de la dernière année fiscale, psalmodia comiquement Watling, le nombre de Soviétiques et autres ressortissants de l'Est entrés aux États-Unis au titre d'échanges culturels s'est accru de cent quinze pour cent. Pour la même période, on n'a enregistré qu'une seule inculpation pour espionnage. Deux diplomates ont été déclarés *persona non grata*. Soit une diminution de trente-trois pour cent. Pour les statistiques, vous êtes forts, nom de Dieu! Et le jour où les Russki défileront sur Pennsylvania Avenue, ce sera encore nous les responsables. Bien entendu, dès qu'on fait mine de bouger, le Département d'État met ses lorgnons et nous fait une conférence sur la détente. A ce propos, ils râlent déjà. Le courrier avait un passeport diplomatique. Le fait qu'on ait sur lui un dossier épais comme ça, qu'il soit K.G.B. jusqu'au trognon, tout le monde a l'air de s'en foutre. On aurait bousculé Gromyko que ça ferait pas plus de pétard.

– Vous comptez requérir contre Birch et le courrier?

– Pour une feuille de service? Tu te fous de moi? La défense obtiendra une simple déclassification, c'est tout. Eh merde! Sont foutus de plaider la liberté de l'information! On pourrait essayer de faire expulser l'autre guignol, mais même là, je parie qu'Ivan est capable de faire un coup pour rien.

– Joli boulot, ricana Harper.

– Ton copain ne nous aide pas beaucoup non plus. Malloy l'a interrogé. Plutôt bizarre, le mec. Veut pas d'avocat.

– Il a été habitué à travailler seul.

– Ouais, et je suppose que ça veut dire que tu l'as bien formé – donc, je suis censé te féliciter.

– On peut le voir?

– Il est à l'état-major. On peut bien aller jusque-là. Ça fera pas de mal. »

L'air vibrait de chaleur et le trottoir était brûlant.

« Richard Harper, de l'Agence, annonça Watling en arrivant. Il y a du neuf?

– Rien, monsieur, s'empressa de répondre un agent. Il est coriace.

– Où est-il?

– Salle d'interrogatoire numéro deux.

– Il y a un retour?

– Oui, monsieur.

– Ah, enfin quelque chose de bien fait, grogna Watling. On va voir ce qu'on peut en tirer. Est-ce que quelqu'un s'est tapé les juristes?

– Oui, moi, fit Torchiana. N'ont pas été très impressionnés. On ne pourra pas le garder la nuit.

– Ça vous emmerde?

– Non, monsieur. Absolument pas. On s'écrasera, c'est tout. Je suis pourtant sûr d'une chose : ce mec-là est une salope. Chanceux peut-être, mais une pourriture.

– Plus malin que vous peut-être. Vous a pas mal entubé, hein? Vous y avez tous laissé votre calcif... »

Watling emmena Harper par un long corridor ponctué de part et d'autre par des portes de bois numérotées.

« Je croyais que t'étais derrière tes hommes, risqua Harper.

– Exactement. Sauf quand je suis devant eux. »

Il poussa une porte et introduisit Harper dans un local obscur. Un jour incertain filtrait par une des parois, qui n'était rien qu'un double jeu de miroir semblable à un verre fumé, par lequel on distinguait Birch et son interrogateur.

« Surtout, pas un bruit, avertit Watling. Les murs sont insonorisés, et nous les entendons par les micros, mais si tu gueules, on t'entendra par le miroir. »

Watling tâtonna pour trouver l'interrupteur, à côté du panneau. Soudain, les voix furent présentes.

« ... et vous avez contrôlé – c'était Malloy récitant son texte d'une voix monocorde. La C.I.A. n'a pas rétabli de contact. Nous non plus. Les rapports sont complets. Très complets. Bien. Vous voulez que nous recommencions? » Ils en étaient donc déjà là : répétition et fatigue. Un jeu d'enfant pour Birch.

Harper, pourtant, remarqua que Birch n'avait pas l'air très à l'aise. Il y avait cette tension, qui marquait son visage, qui le trahissait.

« Vous avez branché un détecteur de stress? souffla Harper.

– On en est revenu. Ces saletés finissent par vous embrouiller sur tout le monde, interrogateurs et interrogés. »

Malloy faisait les cent pas devant Birch, qui le suivait d'un œil éteint. Harper ne l'avait jamais vu ainsi, abattu, sonné, brisé. Et ce n'était pas leurs questions qui pouvaient l'avoir mis dans cet état.

« Reprenons tout depuis le début, fit posément Malloy. Quand avez-vous reçu ce soi-disant coup de téléphone? »

Birch marqua un temps d'arrêt. Comme on le lui avait appris – puis répondit. « C'était deux jours avant le premier contact au *Hay-Adams*. Au milieu de la nuit.

– Vous avez reconnu la voix?

– Non. C'était une voix d'homme. Mais avec quelque chose d'étrange. De métallique. Je me suis dit qu'elle était peut-être altérée électroniquement.

– Mais vous saviez que c'était sérieux?

– Oui.

– Vous ne vous posez pas de question quand une voix inconnue, apparemment filtrée, vous demande de repiquer au truc avec les Russes?

– C'était la C.I.A. Pour moi, c'était évident. Ils avaient de nouveau besoin de moi. J'étais incapable de dire pourquoi. J'en sais d'ailleurs toujours rien. Mais je savais que c'était eux.

– Qu'est-ce qui vous permettait d'en être sûr?

– Je savais, c'est tout. Je ne peux rien vous dire de plus. Désolé. J'ai promis de ne jamais en parler.

– Je crois que vous avez intérêt à reconsidérer votre position, menaça Malloy.

– Si vous êtes ce que vous prétendez, tout s'éclaircira de soi-même. Vous verrez.

– Vous voulez revoir mon insigne? United States of America. Et c'est écrit dessus en toutes lettres. Nous sommes dans le même camp, figurez-vous.

– Je regrette.

– Cette voix étrange, reprit Malloy. On peut savoir ce qu'elle disait?

– Je vous ai déjà expliqué : je ne me souviens pas des détails. J'étais dans les vapes. On m'a dit d'aller à l'hôtel à une heure déterminée et de déposer un message dans la ruelle, derrière la descente d'eau. Je devais signaler ma fonction actuelle. C'était pour l'homme contre qui j'avais travaillé à Tokyo : Kerzhentseff.

– Et vous avez fait ce qu'on vous demandait?

– Oui. Mais comme l'autre fois, j'étais là pour le coincer.

– Un vrai patriote, maugréa Malloy. Quand a eu lieu le deuxième contact?

– C'était il y a quelques jours. Dans un supermarché. Ils m'ont indiqué une nouvelle boîte aux lettres. Le courrier a laissé derrière lui deux pots de confitures. J'avais pensé les prendre. Pour les empreintes et tout ça. Puis j'ai pas osé. Peut-être qu'ils 9m surveillaient. »

Malin, Birch. Très malin. Sachant se rendre vulnérable. Induisant la question suivante, se jouant de l'interrogateur. Il était fatigué, cassé, mais pas le moins du monde battu.

« Vous aviez peut-être peur d'une surveillance de notre part, releva Malloy. Vous aviez peur d'être pris.

– J'imaginais la C.I.A., oui. Mais c'est Kerzhentseff qui m'inquiétait. Pouvait avoir posté des comparses : si la C.I.A. avait besoin des pots, elle saurait comment les récupérer. J'avais pas intérêt à foutre la puce à l'oreille de Kerzhentseff, c'est tout.

– Le parfait petit aspirant G-man. Et qu'est-ce qu'ils voulaient?

– N'importe quoi, tout ce que je pouvais trouver.

– C'est vague. Ils n'ont pas précisé?

– Non, assura Birch. Non, ils connaissaient mon travail. D'avant.

– Cela ne vous a pas paru curieux, ces mecs qui vous mobilisent sans même savoir ce que vous pouvez leur fourguer?

– Un peu, oui, peut-être. A la limite. Mais nous étions en Amérique, cette fois. Je pensais que c'était plus dur pour eux, ici. Pouvaient pas évoluer avec la même facilité. C'était plus dangereux.

– Ce l'était, en effet, concéda Malloy. Comment avez-vous choisi ce que vous alliez leur livrer? C'est la voix au téléphone qui vous a tuyauté?

– Je ne l'ai plus jamais entendue.

– Donc vous avez simplement ramassé ce que vous aviez sous la main et vous y êtes allé!

– J'ai essayé de penser, protesta Birch. Fallait que je décide moi-même, que j'imagine ce que la C.I.A. attendait de moi. Alors j'ai trouvé la feuille de service, les noms. C'était classifié. Ça prouvait que je travaillais là où j'avais dit. Et à Tokyo, nous avions commencé par ce genre de bricoles. J'ai jamais pensé qu'une feuille de service pouvait causer du tort.

– C'est *vous* qui avez décidé de ce qui était important...

– J'avais pas le choix.

– Est-ce que ce n'était pas, plus simplement, le seul document classifié auquel vous aviez accès? insinua Malloy.

– Je pouvais en trouver d'autres.

– Vous leur avez refilé ce que vous aviez de mieux sous la main...

– Ce que j'avais de plus insignifiant...

– Il n'empêche que la liste était le seul texte qui vous était communiqué régulièrement.

– On ne me communiquait rien d'autre, admit Birch. Mais j'aurais pu. J'avais un degré de sécurité.

– Vous saviez comment vous procurer des pièces plus importantes?

– Bien sûr. Oui.

– Vous aviez posé vos jalons, en attendant que les prix montent.

– Le prix n'a rien à voir. »

Malloy considéra une liasse de coupures. « Combien croyez-vous que cela représente?

– J'en sais rien.

– Vous ne saviez même pas ce que vous alliez recevoir? Pas

étonnant que vous leur ayez fourgué si peu. Juste un avant-goût. Après vous alliez pouvoir négocier sérieusement.

– J'ai jamais gardé l'argent qu'on m'a donné. J'ai toujours tout rendu à M. Harper. Demandez-lui.

– Vous alliez donc rendre cet argent?

– Oui.

– A qui! explosa Malloy. A la voix du téléphone? A votre œuvre favorite? Au percepteur?

– On m'aurait fait savoir. Le moment venu, quelqu'un m'aurait indiqué la procédure. »

Harper était sûr qu'on pouvait tirer autre chose de Birch.

« Pourquoi je n'essayerais pas? murmura-t-il.

– Essayer quoi?

– C'est moi qui l'ai formé. Peut-être que si je peux le démonter...

– Ça ne coûte rien de tenter le coup », soupira Watling en l'entraînant vers l'autre local.

La pièce était écrasée de lumière. Birch ne le reconnut pas tout de suite lorsqu'il franchit la porte.

« Hello, Jerry, lança Harper.

– Hello, fit doucement Birch.

– Ce gars prétend te connaître, annonça Watling.

– Tiens, je me disais justement que vous ne deviez pas être très loin, lança Malloy. Je me demande bien pourquoi.

– L'instinct du super-flic, risqua Harper.

– Ça doit être cela, oui. Votre copain, ici, prétend qu'il suivait des directives de l'agence.

– C'est ce que j'ai cru comprendre. Je peux lui poser quelques questions?

– Allez-y.

– Jerry, fit Harper, inutile de jouer la comédie. Comme vous le voyez, ils savent qui je suis. Ils sont au courant pour Tokyo. Ils ont lu le dossier. Nous le leur avons communiqué. Tout est réglo. Mais il s'est passé quelque chose qui ne semble avoir aucun sens. Avec votre aide, nous pourrons peut-être y voir clair. Vous pouvez parler franchement. Inutile de dissimuler quoi que ce soit concernant l'Agence. Nous sommes tous solidaires dans cette affaire.

– Tous, sauf vous, Birch », coupa Malloy. Le sale flic et le gentil Harper. « Vous êtes seul, et personne ne vous soutient.

– Je suis sûr que ceci n'est qu'un malentendu, rassura Harper.

Vous étiez sûrement persuadé que ce que vous faisiez était bien.

— Oui, murmura Birch. J'ai reçu une médaille.

— Et vous la méritez. Bon. Je crois qu'il faut tout reprendre au coup de téléphone. Cette voix : qui était-ce?

— J'ai pas reconnu la voix. » Il semblait mesurer ses mots.

« Vous disiez que l'appel émanait de l'Agence, que vous en étiez sûr, insista Harper. Si vous n'avez pas reconnu la voix, comment pouviez-vous savoir?

— Je ne comprenais pas pourquoi vous vouliez altérer votre voix, fit Birch. Mais je me suis dit qu'il y avait une raison.

— Vous avez cru que c'était moi?

— Oui.

— Qu'est-ce qui vous a fait croire cela, Jerry? est-ce que l'homme s'est identifié en donnant un nom?

— Il a dit le mot que vous utilisiez.

— Jerry, je vais être franc avec vous, ce n'est pas moi qui ai appelé. Mais si quelqu'un l'a fait, en utilisant mon nom, nous devons absolument retrouver sa trace.

— L'homme n'a pas prononcé votre nom, murmura Birch.

— Alors qu'est-ce qui vous fait penser...

— Il a utilisé le mot, M. Harper. Le code que nous avions à Tokyo. Seulement vous et moi. Vous disiez que personne, absolument personne ne le connaissait. Autrement, je crois que je me serais posé des questions. Mais quand l'homme au téléphone a donné le mot, je savais que c'était vous. Et j'ai fait comme vous me disiez.

— C'est quoi, ce foutu mot dont il n'arrête pas de causer tout à coup? » demanda Malloy en regardant Harper.

Ils répondirent en même temps, presque à l'unisson. Harper et Birch. Le mot était *Convergence*.

28.

En voyant son regard hébété, en sentant l'odeur aigre de sa transpiration, Donna Birch ne fut plus très sûre de pouvoir encore le contrôler, et elle eut peur. Il avait traversé la pièce en titubant et heurté violemment un coin de table.

« Merde!

— Ce n'est rien, Jerry. » Elle l'avait pris par le bras. Il se dégagea pour trébucher jusqu'à la cuisine.

« Je ne crois pas que ce soit très raisonnable, Jerry, dit-elle en le voyant se préparer un verre.

— En ai besoin, grommela-t-il. Me bourrer... »

Donna connaissait les dangers de l'alcool, elle avait vu sombrer trop de maris, chez trop de ses amies.

« Tu devrais t'étendre, conseilla-t-elle.

— Saloperie de tournis, maugréa Birch. Pas moyen de retrouver ses idées ou de les remettre en place. »

Elle se demanda s'il avait perdu quelque chose. Et quoi. Si c'était de l'argent, ils n'en avaient pas assez pour justifier un tel drame. Côté boulot, il ne risquait rien. Après tout, il avait gravi tous les échelons étonnamment tôt. La seule chose réellement précieuse, c'était eux; leur histoire à tous les deux.

« Viens, fit-elle doucement. Allons nous coucher. »

Il était tôt encore. Mais qu'elle puisse lui donner ne fût-ce que cela. Qu'importe où il était allé, puisqu'il avait retrouvé le chemin de la maison. Elle le prit par l'épaule pour essayer de le détacher du mur. Il résista, avala ce qui restait au fond de son verre, et se laissa finalement entraîner. Elle parvint à le soutenir quand il chancela. Elle devait tenir bon, affolée ou pas.

« Qu'est-ce qui se passe, Jerry? » Elle l'avait guidé jusqu'au bord du lit où il était prostré maintenant.

« Sais pas, bredouilla-t-il.

— C'est ton travail? demanda-t-elle.

— Me sont tombés dessus. Aux arrêts. Moi. Je faisais pourtant attention. Je ne sais plus.

— Tu as eu des ennuis avec la voiture, Jerry? Les flics t'ont eu. Ça s'arrangera. Ne t'en fais pas pour ce soir. On prendra un avocat. Donne-moi ton portefeuille. On va noir ce que dit le P.V. »

Elle fit pivoter ses jambes, l'installa sur le lit. Un poids mort, inerte. Elle chercha dans sa poche-revolver.

« Oui, prends-le, murmura-t-il. Lis. Tu verras ce que je suis. »

Il avait de l'argent. Pas beaucoup. En tout cas, il avait cessé de boire avant d'être fauché. C'était déjà quelque chose. Elle inspecta les différents compartiments, à la recherche du talon officiel qui la renseignerait sur l'étendue du désastre.

« Mais il n'y a pas de problème, Jerry. Tu n'es pas en état d'arrestation. Tu dois avoir rêvé. »

Il avait déjà sombré. Un sommeil comateux. Elle n'essaya même pas de lui ôter ses vêtements ou de le glisser sous les couvertures. Elle éteignit les lumières, et regagna le living. Le coup à la porte la fit sursauter.

« Oui? Qu'est-ce que c'est? »

Elle distingua dans l'œilleton un homme ni jeune ni vieux, bien habillé.

« Richard Harper, fit l'homme, je suis un collègue de votre mari. Il est rentré?

— Il dort, mais si vous voulez entrer...

— Merci beaucoup, madame Birch. Je comprends qu'il soit allé au lit. La journée a été rude pour lui. »

Elle lui offrit un fauteuil, celui où Birch s'installait d'ordinaire, et proposa une tasse de café.

« Non, vraiment. » Il n'arrêtait pas de sourire. « Je ne fais que passer. »

Quelque chose, dans sa voix, l'angoissait. Il avait ce ton absent et détaché qu'ont les médecins quand ils annoncent une catastrophe.

« Est-ce que je peux faire quelque chose pour vous? demanda-t-elle. Lui laisser un message? Je ne crois pas qu'il se réveillera avant demain.

— Non, ce n'est rien. Je ne peux pas le déranger. Excusez-moi, mais c'est comme si je vous connaissais un peu. Jerry m'a tellement parlé de vous.

— De vous, il ne m'a jamais rien dit.

— J'imagine. Il va avoir besoin de vous. Surtout maintenant. Ça ne sera pas facile pour lui.

— De quoi s'agit-il, finalement?

— Je suppose qu'il vous l'a dit.

— Il avait bu. Puisque vous prétendez le connaître, vous pourrez peut-être m'expliquer pourquoi il est rentré dans cet état.

— Je suis désolé.

— Je ne sais pas qui vous êtes, ni le genre d'ennuis qu'a Jerry. Il parlait... je ne sais pas, une histoire abracadabrante d'arrestation.

— Oui, fit Harper. En fait, il a eu un problème. Votre mari travaillait avec moi à Tokyo.

— Et vous faisiez quoi, exactement, avec Jerry, monsieur... C'est comment votre nom?

— Richard Harper. Euh... ce n'est pas très facile à expliquer. Voyez-vous, notre travail était très secret...

— Tout ce que fait Jerry est secret pour moi. Il faut prendre l'Armée comme elle est. J'en fais pas une maladie.

— Je ne suis pas militaire, madame. Je suis à la Central Intelligence Agency.

— Bon. Très bien, fit-elle, sans rien laisser paraître du choc qu'elle venait d'éprouver. C'est du pareil au même, non?

— Ça fait plaisir d'entendre quelqu'un comme vous, sourit-il. La mission qu'accomplissait votre mari, était très importante... et très délicate. Je ne puis malheureusement entrer dans les détails.

— Jerry aussi garde tout pour lui.

— C'est parfait. Mais tout récemment, il y a eu un pépin. On a surpris votre mari en mauvaise compagnie.

— Je suis certaine que cela ne se produira plus, murmura-t-elle. Ce n'est vraiment pas son genre — je veux dire, boire et tout ça.

— Je ne crois pas que cela soit si simple, madame Birch. Il a travaillé avec des agents étrangers.

– Pourquoi aurait-il fait cela?

– Je n'en sais rien, justement. J'imaginais que vous pourriez me dire...

– C'est encore cette société? Celle où travaillait M. Nowicki, à Tokyo.

– En un sens, oui.

– Dans ce cas, je peux vous répondre, en effet. Ils étaient toujours si corrects. J'espérais qu'ils lui offriraient un jour une place à plein temps. Mais ils n'ont jamais fait d'ouverture. A moins que ce ne soit pour cela que ce type a téléphoné, l'autre nuit.

– Jerry vous a parlé de cet appel?

– C'est moi qui ai décroché.

– L'homme, au téléphone, il avait un accent?

– Comme M. Nowicki, vous voulez dire? Non, je ne pense pas.

– Y a-t-il eu d'autres appels?

– Pas à ma connaissance en tout cas.

– Il ne vous a jamais parlé de moi?

– Non. Il n'a même jamais mentionné votre nom. A aucun moment. »

Elle ne voyait pas du tout où ce type, Harper, voulait en venir. Mais cela ne présageait rien de bon.

« C'est vous qui l'avez fourré dans de sales draps, non? » fit-elle doucement.

Alors, pour la première fois, elle décela dans ses yeux quelque chose de vrai, une émotion. Il soutint son regard quelques instants, puis détourna la tête. Ce qu'il dit alors lui donna des frissons. Jerry était en danger. Elle ne savait pas pourquoi. Mais elle avait accusé cet homme de l'y avoir mis, et tout ce qu'il avait trouvé à répondre, c'était :

« En un certain sens, oui, je crois. »

29.

Avant de repasser à Langley, Harper s'était arrêté à une cabine téléphonique, pas loin de l'appartement des Birch. Il ne verrait pas Fran ce soir. Trop à faire, encore, pour assurer sa propre sécurité.

Il ne referma pas la porte de la cabine, pour aérer et dissiper l'odeur nauséabonde. Pas de réponse, un coup pour rien.

Tout en ouvrant la portière, il inspecta attentivement la rue. Pas le moindre indice de surveillance. Des super-pros, les Sœurs.

Quand il regagna la Compagnie, les locaux étaient déserts. Pas une secrétaire. Personne. Seulement les équipes de sécurité qui passaient périodiquement. Harper relut tous les câbles, les mémos qu'il avait envoyés de Tokyo, cherchant la moindre allusion au mot de code, CONVERGENCE. Il éplucha les rapports d'écoute, qui étaient elliptiques, comme toujours, avec les parties inaudibles, les mots manquants. Mais les lacunes étaient sans importance. Harper n'avait que faire de ce qui avait été dit. L'important était ce qui avait été entendu. Et quelque part, il devait y avoir une faille.

Quand il eut tout examiné, il faisait de nouveau jour. Le présentateur de nuit, à la radio, prenait congé, et annonçait une journée magnifique. Harper se renversa dans son fauteuil. Il n'avait rien trouvé. Le code n'avait été révélé à personne, sauf à Birch. Nulle part il ne l'avait écrit. Aucune transcription d'écoute n'y faisait allusion. *Convergence*. Il était fasciné : tout, soudain, semblait « converger » vers lui, et le désigner. Il avait recruté Birch. Il avait découvert le contact au *Hay-Adams*. Il avait conçu le mot de code : *convergence*. Mais il avait négligé ce simple fait que le sens d'une convergence est fonction du contexte, ascendant ou descendant. Il savait qu'il allait devoir engager l'action contre Birch.

Miss Lutkin arriva, poudrée de frais, la mine pincée, décrétant qu'il avait l'air d'un noceur en fin de virée. Il la remercia pour tant de sollicitude : elle pouvait disposer. Il verrouilla la porte, coupa la radio, ordonna qu'on ne lui transmette aucun appel. Il fallait qu'il passe au crible chaque possibilité. Kerzhentseff ? Pouvait-il connaître le mot ? Birch, en l'état présent des choses, ne lui était d'aucune utilité. Kerzhentseff le savait mieux que quiconque. Pourtant, il s'était découvert, il avait pris le risque d'un contact. Zapadnya tendait-il à nouveau des filets, contre Harper cette fois ? De fait, Kerzhentseff aurait pu monter toute l'affaire, avec ou sans l'appui de Birch. La conversation téléphonique. Le contact maladroit au *Hay-Adams*. La rencontre à New Market. Le contact personnel impensable au point de vue de l'orthodoxie du métier. Kerzhentseff devait savoir que l'histoire du code ne blanchirait jamais totalement Birch. Il savait aussi que le doute rejaillirait sur Harper et laisserait là aussi des marques indélébiles.

La question du mot de passe restait bien entendu intacte. Comment Kerzhentseff pouvait-il le connaître ? On se retrouvait à la case de départ. C'est-à-dire à Birch. Toute autre hypothèse impliquait Tokyo, seul endroit où le mot avait été utilisé, seul lieu donc où le Russe pouvait en avoir eu connaissance. Mais possédant l'information à Tokyo, pourquoi aurait-il laissé l'opération se poursuivre ? Comment avait-il pu permettre le démantèlement de BLACK BODY ? Non, c'était insensé. Comme l'autre hypothèse, franchement effarante celle-là : Kerzhentseff manipulé de l'intérieur... Je pense que Harper, à ce moment, avait réellement la conviction d'avoir fait le tour de toutes les possibilités. Le moment était crucial. Dire qu'il n'eut pas de tentation serait mentir. Il fut le premier à l'admettre plus tard. Mais en même temps, il insista sur le fait qu'il n'écarta jamais aucune hypothèse. Aucune.

L'intercom bourdonna. Il laissa sonner.

« Ça fait dix minutes que j'essaie de vous atteindre, cria miss Lutkin à travers la porte. Il descend.

« – Qui?

– Le directeur adjoint. Vous feriez mieux de vous ressaisir.

– Merci, miss Lutkin. »

Elle ne se donna même pas la peine de renifler. Lui-même ne fit rien pour se reprendre. Pas même resserrer son nœud de cravate.

« Ne vous dérangez pas, lança l'adjoint en entrant sans frapper. Curieuse affaire.

– Vous avez appris quelque chose?

– Je ne trouve pas la question très pertinente...

– J'ai passé la nuit sur les dossiers », plaida Harper, comme si faire du zèle avait un sens dans ces cas-là. Un coupable en aurait fait autant; plus peut-être. « Je dois reconnaître que personne ne savait, pour le signal. Rien que Birch et moi...

– Êtes-vous tout à fait certain qu'il n'y avait personne d'autre?

– Je ne suis plus certain de rien.

– Vous n'aviez pas confiance dans la filière hiérarchique?

– C'était une précaution. Personne ne devait savoir.

– On pourrait y trouver pas mal à redire, fit doucement l'adjoint.

– Je ne voulais courir aucun risque.

– Et vous vouliez vous ménager une marge de manœuvre pour le cas où certaines instructions vous auraient déplu. »

C'était l'évidence même. Plutôt classique d'ailleurs, compte tenu des rapports qu'entretiennent les opérationnels avec leurs supérieurs.

« Je dois admettre que je suis devenu le point focal de l'enquête. Étant en position de pouvoir apprécier les choses du dehors, ce serait même ma conclusion. Je crois, en tout état de cause, que le mieux est de me décharger de l'affaire, de m'isoler, de me suspendre administrativement – avec solde bien sûr – et d'attendre le résultat d'un complément d'information. Il est entendu que je coopérerai totalement à l'enquête et que j'en accepterai les conclusions, quelles qu'elles soient.

– Harper, de grâce, épargnez-moi vos tirades. Nous avons très sérieusement discuté de votre affaire, figurez-vous, et il n'est pas question de vous décharger de quoi que ce soit. M. Birch vous a mis dans une situation embarrassante, fort bien. Mais jusqu'à nouvel ordre, ce ne sont pas les informateurs qui font et défont les décisions dans cette maison.

– Si au moins je pouvais être sûr que c'est Birch, et seulement lui, qui a foiré, fit pensivement Harper.

– Tiens? s'exclama le directeur adjoint. J'aurais plutôt cru que vous auriez perdu votre belle confiance en lui.

– Peut-être que ce serait trop simple.

– Les choses les plus évidentes sont parfois aussi les plus subtiles. Pas toujours facile de savoir à partir d'où... Je suppose que vous voudrez l'interroger.

– Oui.

– J'ai l'impression que rien ne s'y oppose.

– Les Sœurs ont tout bousillé.

– Il y a toujours des points sur lesquels on peut travailler.

– Vous croyez que les Sœurs enquêtent sur mon compte?

– Ce serait assez indiscret de le leur demander, non?

– Je suis forcé d'agir comme si c'était le cas.

– Par-dessus chaque épaule, il y a quelqu'un qui épie, laissa tomber l'adjoint. Nous tournons tous dans une spirale infinie de suspicion.

– Surtout quand les choses vont mal.

– Votre Némésis, M. Kerzhentseff, n'aurait pas fait mieux, s'il avait essayé...

– En tout cas, c'est gentil de me le dire.

– Ne surestimez pas trop l'importance de mes préjugés favorables, grimaça l'adjoint. Je n'exclus aucune possibilité.

– Un esprit ouvert, fit Harper avec un sourire malheureux.

– Ce qui ne veut pas dire tolérant. »

Le plan de Harper s'ordonna en une fois, chaque détail trouvant sa juste place. Jusqu'aux personnes à mobiliser, qui étaient alors en poste à Langley. Au point qu'il en éprouva de nouveaux doutes : ne s'engouffrait-il pas dans une voie ou d'autres voulaient le voir s'engager?

Birch fut vraiment chaleureux quand il l'eut au téléphone. Encore un peu sonné par la nuit précédente, disait-il, mais tout à fait d'accord pour être entendu une nouvelle fois, et ravi de pouvoir s'expliquer. Harper resta volontairement évasif. Le cinéma n'avait une chance d'aboutir que s'il jouait sur l'effet de surprise. Il fut convenu qu'ils se verraient le lendemain. Harper dit qu'il passerait le prendre chez lui. Il raccrocha, demanda à miss Lutkin de retranscrire la bande, et lui confia les derniers détails pratiques. Il n'en pouvait plus. La fatigue de la nuit, Birch et Kerzhentseff, Kerzhentseff et lui... Plus rien ne lui paraissait impossible. Il était temps de rentrer.

Il n'était pas encore midi quand il sombra dans un sommeil sans rêves. Plus tard, se réveillant en sursaut, il fut profondément désorienté par la lumière. Le cadran marquait 7 : 15, ce qui devait être une erreur. Impossible qu'il ait dormi jusqu'au matin. C'est seulement en tournant le bouton de la radio, sur la table de nuit, qu'il comprit que l'heure indiquée était exacte, et qu'il allait faire nuit.

Ce réveil lui était d'autant plus pénible que rien ne le forçait à se lever. Il prit une douche et se rasa, avant de descendre au rez-de-chaussée. Un sandwich au bacon lui parut un compromis presque décent entre le petit déjeuner et le dîner. Il prit du vin, encore qu'il n'en eût pas vraiment envie.

Il sortit. Le sol était glissant, et la circulation sur Wisconsin Avenue plus hésitante que d'habitude. A Q Street, une limousine immatriculée CD brûla le feu sous son nez. Deux hommes à l'arrière, enturbannés, buvaient ce qui semblait être du vin. Ils n'eurent pas l'air d'entendre le hurlement de ses freins. A Georgetown, c'était la foule habituelle, en dépit de la pluie. Harper s'engagea à vive allure dans le profond canyon que formaient les immeubles, puis bifurqua vers la rampe d'accès d'un parking souterrain. Dans le ciel, un avion négociait son approche de National Airport. Harper eut le temps de voir l'appareil toucher le sol, disparaître dans un foisonnement de bruines, puis s'immobiliser soudain, ailes vibrantes. Il trouva à se garer pas loin de la maison de Fran.

Il entendit la musique, en arrivant devant la porte. Des percussions et des voix. Il frappa, fort. La musique baissa d'intensité. Il perçut des mouvements, un bruit de verres, puis la porte s'ouvrit.

« Je ne pensais pas... Si j'avais su qu'il y avait quelqu'un, je ne serais pas venu.

– Ça t'arrangerait, dans le fond, hein ? » Elle ouvrit largement la porte, l'appartement était vide. « Je suis seule. »

Il avait du mal à admettre qu'elle ne l'attendait pas. « Je suis venu pour me faire pardonner », fit-il d'un ton contrit, avec l'espoir de la faire rire. La musique déroulait ses rythmes, à l'arrière. Elle n'avait pas l'air de le trouver drôle. « C'était une coïncidence malheureuse, poursuivit-il. Surtout parce que j'ai cafouillé. Je peux entrer? »

Elle s'écarta. C'était un acquiescement plus qu'une invitation. Il alla jusqu'au divan, lui laissa une place, mais elle préféra s'installer en tailleur sur la moquette. Avec la table basse entre eux.

« J'aurais dû venir plus tôt, reprit Harper. Mais je n'ai pas eu un moment à moi.

— Tenu et coincé par tous ces terribles secrets!

— J'aimerais t'expliquer, mais c'est impossible.

— Pourquoi es-tu venu, Richard, exactement?

— D'abord pour prendre un verre, si tu l'autorises... »

Elle s'éclipsa pour revenir avec du vin pour elle, du whisky à l'eau pour lui.

« C'est vraiment nécessaire que j'explique? demanda Harper.

— Non. Je suis jeune. J'ai le temps d'apprendre.

— Tandis que moi, je suis vieux, c'est vrai. J'ai noué plus de promesses, conclu plus d'engagements. Je suis tenu. Même si je voulais, je ne pourrais pas me libérer.

— Ce n'est pas ta femme, le problème, si c'est ce que tu sous-entends. Je pouvais la tolérer.

— Mais jamais de façon explicite, fit-il. Je comprends la différence. L'autre soir... J'aurais dû ne pas décrocher, mais avec toi, je peux apprendre. Tu peux m'aider à y arriver.

— Richard, je ne veux plus de toi. »

Il attendait cette phrase. Il avait tout prévu : la crise... et son dépassement.

« Tu as parfaitement le droit de réagir de cette manière, murmura-t-il.

— Ce n'est pas une question de droit, Richard. C'est ce que tu es, et que je découvre finalement.

— Un dissimulateur? Je ne mentais pas l'autre nuit. À aucune d'entre vous.

— Seigneur Dieu! Si au moins tu mentais! Peut-être que ce serait simple. Mais tu ne mens jamais. Tu te contentes d'être comme tu es. Tu n'as jamais prétendu être autre chose d'ailleurs. Tout va bien... pour toi!

— Je n'ai pas été très bon, la dernière fois, fit-il doucement.

— L'autre argument passe-partout! C'est dingue! Il faut toujours que les mecs s'imaginent que c'est là qu'est le problème...

— Peut-être parce que c'est le seul — qu'ils ne puissent résoudre.

– Je prends toujours mon pied, si je le veux, Richard. C'est la partie en moi la moins sensible aux nuances. Dur ou mou, pas d'autres catégories.

– C'est pas rien, comme différence. » Mais sa plaisanterie n'eut aucun effet.

« Pas assez pour qu'on en fasse tout un plat, coupa Fran. Je croyais que tu étais amoureux. Je t'imaginais nourrissant une passion, quelque chose de caché, qui te soutenait, qui te guidait... un souvenir, un but secret.

– J'en ai trop, des secrets, beaucoup trop.

– C'est ce que j'ai découvert l'autre soir. Ton côté secret.

– C'était ma femme, rien d'autre. Je ne te l'ai jamais caché. A elle aussi, il y a des choses que je ne dis pas.

– Moi, par exemple.

– Mon travail. Ce que je fais. Ce que je suis.

– J'ai découvert ton secret, Richard. Il est minable. Tu n'y crois pas, pas assez pour y sacrifier quoi que ce soit. Ce qui compte pour toi, c'est ton petit confort.

– Je ne vois pas ce que tu veux dire.

– Ce que j'ai découvert, et que tu me cachais, c'est un petit bonhomme essayant médiocrement de concilier tous ses petits plaisirs. Sans prendre de risques.

– Il n'y a de mal à être comme tout le monde.

– Pas de mal, en effet. Ni de bien. C'est vide. Et pour moi, c'est insuffisant.

– Tu voulais un héros.

– Je voulais croire en quelque chose qu'aucun de nous n'ose nommer. »

Il la fixa sans rien dire. Elle n'avait pas l'air de vouloir se laisser démonter.

« J'ai des emmerdes, Fran. De sérieuses emmerdes. » C'était la seule issue : l'attendrir. Essayer, en tout cas.

« Ça s'arrangera de toute façon. Tu t'arrangeras.

– J'ai besoin de toi.

– Écoute, si c'est pour aller au pieu une dernière fois, en guise d'adieu, je ne suis pas contre. Avant j'y mettais un contenu. Maintenant, c'est fini. Cela dit, c'est comme tu veux.

– Je ne comprends pas comment tu peux être si froide, si distante, si détachée.

– Fais un effort et réfléchis. Tu en es parfaitement capable. »

30.

Les puristes diront que c'était une faute de prendre tant de risques avec Harper. Il était dans le collimateur et la tension montait. Ses pleurnicheries chez cette femme, Larsen, étaient réellement consternantes. J'admets volontiers qu'on puisse accorder de l'importance au plaisir, qu'on le recherche, qu'on le paie à la limite. Mais de là à supplier... C'est le dernier point, et aussi le fait que lui-même avait commencé à se reconnaître dans les allégations de Birch, qui amena certains d'entre nous à insister pour qu'à son tour il subisse un interrogatoire.

On pensera aussi que c'était une erreur, de la part du directeur adjoint, et de la mienne, de le laisser accentuer sa pression sur Birch. Personne ne regrette autant que moi les calamités qui en résultèrent. Mais Harper avait un plan. Il fallait le mettre à l'épreuve.

Nous prîmes certaines précautions : un dossier sans ambiguïtés ni énigmes. Chaque mot fut enregistré, et bien sûr transcrit sans rien omettre. Ce qui s'avéra fort utile par la suite, quand je branchai Harper sur le dernier interrogatoire de Birch, pour essayer de comprendre le sens de ce qui s'était produit alors. J'avais à ce moment d'autres ressources, heureusement, que de simplement observer les réactions de Harper à l'audition des bandes, à la lecture des mots sur le papier, ou confronté à ses propres souvenirs. Avec la complicité du Deputy, en secret, j'avais eu l'occasion d'observer les interrogatoires. J'étais là. Le local que Harper avait fait aménager à Fort Belvoir n'était qu'une réplique approximative de l'original. On n'avait pas pris de photos à Camp Zama, pour d'évidentes raisons de sécurité. Il fallait donc travailler de mémoire. L'expression de Birch, lorsqu'il fut introduit, révéla que le but était atteint.

« Je crois que vous connaissez à peu près tout le monde, annonça Harper.

— On est censé jouer à quoi? demanda Birch.

— Vous êtes un vieux routier de ce genre d'amusements, fit Harper. Nous voulions que vous vous sentiez comme chez vous. »

Harper l'entraîna jusqu'au siège qu'il connaissait bien, près du détecteur.

« Est-ce que je peux vous dire un mot d'abord? souffla Birch.

— Pour être franc, j'aimerais mieux que l'entretien soit " technique ", répondit Harper. Ce serait moins contestable et le dossier sera plus complet.

— S'il vous plaît, insista l'autre.

— Bon, si vous voulez. Venez par ici. »

Harper le conduisit vers le coin où nous avions placé nos mouchards, précisément dans cette éventualité.

« J'aime pas tellement ça, murmura Birch. Ce passé...

— Vous ne trouvez pas ça amusant? Je croyais que cela vous ferait plaisir. Comme au bon vieux temps.

— Qu'attendez-vous de moi? »

Harper le considéra gravement, posa doucement une main sur son épaule, puis la retira.

« Il ne s'agit pas de moi, expliqua-t-il. Mais de répondre à quelques questions. »

Birch avait des raisons d'être chaviré. Chaque phrase, chaque geste de Harper accentuait le fossé qui les séparait, marquait la différence de rang, de classe, d'autorité.

« Dites-moi le mot, implora Birch. Le mot et ce que je suis censé faire.

— Il me semble, justement, que c'est le mot qui fait problème, Birch.

— Quand vous l'avez dit, l'autre fois, j'ai su que tout était O.K., continua Birch sur le même ton. Tout est O.K., n'est-ce pas?

— C'est vous qui le dites, mon vieux.

— Convergence, énonça Birch. C'était le signal. Pour authentifier l'ordre. Vous vous souvenez. Le code. A utiliser également si j'avais des ennuis. En cas d'urgence.

– Répondez aux questions, Birch. Rien d'autres. Dites la vérité. Venez maintenant. Nous avons suffisamment perdu de temps. Nous allons vous soumettre au test.

– Et vous me croirez alors ? » demanda Birch. Harper ne répondit rien. « Vous disiez toujours que j'étais plus fort que la machine.

– Oui.

– Je vous croyais.

– Ah ! oui.

– Kerzhentseff ne m'a jamais coincé. Je l'ai roulé, lui et ses détecteurs.

– C'est précisément ce que nous voulons savoir, Birch. Qui s'est réellement fait entuber ? »

Birch savait, bien sûr, que le problème était là. Mais Harper devait trouver ce qui tourmentait son ancien adjoint : le sentiment d'avoir trahi ou la peur d'être découvert. L'homme était entraîné, il avait du talent. Aucune machine ne ferait la différence. Il allait falloir le travailler au corps. Le désorienter, le piéger au fil de ses propres errances, de ses doutes, jusqu'à ce que ses mensonges se découvrent d'eux-mêmes.

Birch regardait par la fenêtre, loin, là où le paysage lui rappelait sans doute quelque chose. Harper surprit son regard et fit occulter l'ouverture à l'aide d'un tissu incolore.

Les préliminaires – nom, âge, occupation – se passèrent sans heurts. Trop gentiment au gré de Harper, qui espérait le décontenancer très vite, ou le faire réagir comme la dernière fois à Tokyo. Mais Birch restait calme.

Q. – *Avez-vous eu connaissance d'un nom de code utilisé par moi à Tokyo ?*

R. – Oui.

Q. – *Vous ai-je dit que ce signe n'était connu que de vous et de moi ?*

R. – Oui.

Q. – *Avez-vous utilisé le mot à Tokyo ?*

R. – Oui.

Q. – *Est-ce que pour vous il constitue un moyen d'identifier ou d'être identifié ?*

R. – Oui.

Q. – *Quand avez-vous parlé du signal pour la première fois à Kerzhentseff ?*

« Je suis censé répondre par oui ou par non. Je ne peux rien dire.

– Vous ne pouvez rien dire? » Harper avait lancé un coup d'œil entendu au technicien, lequel avait marqué d'un trait rouge le ruban de papier.

« Pas par oui ou par non, expliqua Birch. La question, c'était quand j'ai parlé à Kerzhentseff. Je ne peux pas dire quand.

– Vous ne *voulez* pas dire? »

Birch se tortillait sur son siège et les aiguilles filaient dans tous les sens.

« Je veux bien répondre à tout ce qu'on veut, fit-il. Mais je m'en tenais à la règle.

– Je suppose que c'est très sécurisant, pour vous, les règles? Ça vous permet de souffler, de rester détendu, de gagner du temps. Tout ce que je vous ai appris. »

Birch s'enfonça dans son siège. Les curseurs se calmèrent l'un après l'autre. Il respirait avec calme, son visage était sans expression. « J'ai jamais parlé du code à personne.

– Pourtant c'est ce que vous avez fait.

– Jamais, protesta Birch.

– Pas plus tard qu'il y a deux jours. Vous êtes capable de vous rappeler, n'est-ce pas, Birch? Vous n'êtes pas amnésique. Vous avez parlé du mot à deux agents du F.B.I. en ma présence. Je ne vois pas ce que vous pouvez espérer d'un tel mensonge.

– Mais cela, vous le saviez (Birch s'était penché en avant). La question ne peut porter sur des faits que vous connaissez.

– Restez tranquille », commanda l'opérateur.

Harper restait impassible. « Oui, je savais. Comme je connais votre nom et votre âge. Birch, vous n'avez pas à préjuger de ce que d'après vous je suis censé savoir. Vous ignorez tout de ce que j'ai pu apprendre.

– Je ne pensais pas que vous vouliez me prendre en défaut.

– C'est un point qui vous tracasse, n'est-ce pas?

– J'ai jamais parlé du signal à Kerzhentseff, énonça posément Birch. Que dit la machine? »

Q. – *En avez-vous parlé à quelqu'un d'autre?*

R. – Oui.

Q. – *En avez-vous parlé au* F.B.I.?

R. – Oui... mais seulement parce que vous avez dit que je pouvais.

« Et vous avez très bien fait, Birch. *En avez-vous parlé à d'autres qu'au* F.B.I.?

R. – Non.

Q. – *Vous l'avez peut-être mentionné à votre femme?*

R. – Non.

Q. – *Peut-être un jour où vous étiez ivre? Êtes-vous sûr de ne jamais l'avoir laissé échapper par inadvertance? Ce serait assez compréhensible : une femme aussi adorable que la vôtre.*

« C'est très rare quand je bois, protesta Birch. En fait, je n'avais jamais été dans cet état-là.

– Ce n'est pas toujours facile de savoir ce qu'on a pu dire ou faire quand on a bu, fit doucement Harper.

– Mais comment voulez-vous que je sois sûr d'une chose dont vous ne voulez pas croire que je puisse me souvenir?

– Vous cherchez des échappatoires, Birch. » Le coup classique, vieux comme le monde : coincer le suspect dans de petites contradictions, dans des paradoxes où même un prophète perdrait des plumes. Obtenir des aveux en badinant, en arracher d'autres par la contrainte, accumuler le tout de manière à rendre suspecte n'importe quelle protestation d'innocence. Moi-même, fasciné, je retrouvais en Harper la grande tradition de notre métier, celle qui remonte à l'Inquisition et même au-delà.

Mais je savais en même temps, parce que j'avais Birch sous les yeux, que toute l'habileté de Harper n'en viendrait pas à bout. Trop fort, le petit. Kerzhentseff, en définitive, avait dû lui paraître plus redoutable. Certes, Harper avait la maîtrise de l'interrogatoire; mais c'est Birch qui contrôlait la situation.

« Je ne cherche rien du tout, se rebiffa le jeune homme. Je voulais être complet. J'avais bu cette nuit-là. Et vous savez pourquoi.

– Ah oui?

– Et ici, je suis censé dire quoi? Oui, vous savez? Ou, non, vous ne savez pas? Faudra m'expliquer.

– Je n'en suis pas si sûr, Birch. Vous me donnez surtout l'impression de chercher à sentir d'où vient le vent. Méfiez-vous pourtant, et demandez-vous où il peut vous entraîner.

– Écoutez. J'ai entendu le mot de code au téléphone, et j'ai cru que c'était vous. Maintenant, vous me dites que c'est pas vous. Peut-être c'est vous qu'il faudrait brancher sur le bidule, ici.

– Désolé, si votre confiance en moi vient d'en prendre un coup. Revenons, si vous le voulez bien, à ce coup de téléphone. Il a l'air de vous tracasser. Alors, allons-y. »

Q. – *La nuit du 12, avez-vous reçu un coup de téléphone?*

R. – Oui.

Q. – *Cela s'est passé comment?*

« Je dormais. La sonnerie m'a réveillé. Donna est allée répondre, puis elle est revenue dans la chambre me dire que c'était pour moi. Quand j'ai pris le combiné, l'homme à l'autre bout du fil m'a dit le mot. Je lui ai demandé de répéter, ce qu'il n'a pas fait. Il avait l'air pressé. Il a enchaîné en disant que je devais faire un dépôt derrière Hay-Adams. Je devais rédiger une note signalant mes fonctions actuelles. C'était pour Kerzhentseff. Le type au téléphone a présenté ça comme en rapport avec l'objectif de Tokyo. C'est ce qu'il a dit : l'objectif de Tokyo. C'est tout. Il a raccroché. »

Q. – *Étiez-vous fatigué quand vous avez reçu l'appel?*

R. – J'étais fatigué. Oui.

Q. – *Êtes-vous sûr que vous ne dormiez pas?*

R. – Oui.

Q. – *Mais vous n'étiez pas vraiment éveillé?*

« Je rêvais pas. Le lendemain matin, j'ai demandé à Donna. Elle se souvenait de l'appel. Et j'ai trouvé le feuillet où j'avais écrit le lieu et l'heure pour le dépôt.

– Vous avez éprouvé le besoin d'interroger votre femme sur l'événement?

– Je voulais lui donner une explication.

– Est-ce que l'homme lui a dit le mot?

– Évidemment non. Et elle n'écoute pas aux portes. Elle s'est remise au lit, et quand j'ai eu fini, elle dormait presque.

– Sur le feuillet, aviez-vous noté le code?

– J'ai jamais considéré que c'était un truc à écrire.

– Mais pour les autres détails, vous ne vous êtes pas fié à votre mémoire...

– Parce qu'on était au milieu de la nuit. Je voulais être sûr, le lendemain matin. Vous savez comment c'est parfois, quand on est réveillé en sursaut. Y avait intérêt à prendre quelques notes. »

Je vis Harper se lever et faire quelques pas, suivi des yeux par Birch. Manifestement, il s'efforçait de comprendre le sens d'un détail qui lui échappait, un point où Birch se contredisait sans s'en rendre compte.

Q. – *Avez-vous demandé à l'homme du téléphone de répéter le code?*

R. – Oui.

Q. – *Était-ce parce que vous n'étiez pas sûr de ce que vous aviez entendu?*

R. – Non. J'avais parfaitement entendu.

La machine enregistrait toujours. Des courbes parfaitement plates. Mais Harper n'en avait cure. Il enchaîna brutalement, comme s'il savait qu'il venait de toucher du doigt la faille.

« Vous êtes sûr de l'avoir entendu, mais vous ne l'avez pas écrit. Vous êtes sûr de l'avoir entendu, mais vous avez demandé de répéter. Plutôt curieuses, vos certitudes, vous ne trouvez pas?

– C'était... comment dire... du soulagement, monsieur Harper. J'avais tellement attendu, depuis si longtemps, pour avoir de vos nouvelles... Pour obtenir une nouvelle mission.

– Vous vouliez réentendre le code, car on ne vous dira jamais assez qu'on a besoin de vous.

– Oui. Quelque chose comme ça. J'étais content.

– Vous ne trouvez pas que vous poussez un peu? Je croyais vous avoir mieux formé.

– Ce sont vos mots, entendre qu'on a besoin de vous. C'est assez ce que j'ai ressenti.

– Et vous vous dites que puisque les mots sont de moi, je vais les trouver convaincants?

– Je croyais que vous faisiez réellement un effort pour comprendre. Vous n'étiez pas comme ça avant. Même quand vous jouiez le rôle du Russe, à l'entraînement. Je ne comprends pas ce que vous essayez de faire.

– Nous devons toujours nous garder quelques techniques en réserve, figurez-vous. » Harper se pencha en avant et se heurta au polygraphe, faisant sursauter le technicien.

« Vous pouvez aller prendre l'air un moment. J'en profite pour quelques apartés. »

Birch avait perdu contenance. Harper pouvait pousser l'avantage.

« Je peux battre la machine, non?

– Oui, Birch, vous le pouvez.

– Je ne pourrai jamais vous convaincre, donc.

– Vous avez menti, coupa Harper.

– Je ne sais pas. » Il s'était tassé sur son siège, apparemment trop vidé pour pouvoir encore se défendre.

« Vous n'avez jamais entendu le mot de code, insista Harper, d'une voix très douce.

– Si c'est mieux ainsi, d'accord. Si c'est ce que vous voulez.

– Je veux que vous disiez ce qui est.

– Alors, tout ce que je peux dire, c'est que je ne sais pas. C'est

vous qui m'avez appris à ne retenir que ce dont je devais me
souvenir. Je *voulais* entendre le mot. Et cela suffisait. C'est le seul
souvenir que j'ai. Je voulais repiquer au truc, et j'aurais fait
n'importe quoi...

— Même travailler pour l'autre côté?

— Pas cela.

— Mais ne pas vous interroger sur qui vous emploie.

— S'interroger! fit Birch. Tout ce que je sais, c'est que je voulais
à toutes forces que l'homme au bout du fil soit vous.

— Donc vous reconnaissez ne pas avoir entendu le signal? Vous
êtes d'accord pour dire que vous avez peut-être marché sans savoir
où vous alliez, ni pour le compte de qui?

— C'est possible, opina Birch.

— Mais est-ce vrai?

— Je ne suis pas un traître.

— Peut-être qu'on peut en rester là pour aujourd'hui.

— Non, je dois d'abord vous convaincre. Je n'ai pas trahi. Au
moins vous donner la preuve. Rien que cela.

— Je crains fort que ce ne soit pour une autre fois...

— Je sais ce que je voulais faire », dit encore Birch. Il se leva
après avoir desserré les sangles et ôté les électrodes. Il regardait
Harper comme s'il attendait encore un quelconque signe de
reconnaissance. Je le verrai toujours là, debout au milieu de cette
pièce, fragile, et faible, et sans ressource. Comme la vérité.

31.

En approchant des immeubles de brique rouge, Birch ne put s'empêcher de penser aux baraquements des camps militaires. C'était sordide. A sa demande, les hommes d'escorte l'avaient déposé assez loin de chez lui. Il avait prétexté d'une course à faire. En réalité, il désirait surtout marcher, souffler, pouvoir se dire qu'il était libre d'aller où il voulait.

Inutile aussi de se torturer les méninges. Ses souvenirs n'en seraient pas plus clairs. Demain, il y aurait d'autres questions. Et le jour suivant, encore. Il serait sur sa chaise branché au détecteur, avec le cliquetis des appareils et le technicien annotant soigneusement le ruban de papier gradué. Le tout en pure perte. Il avait trop bien appris, à Tokyo. C'était son devoir, lui avaient-ils dit. Il se découvrait aujourd'hui prisonnier de cette connaissance. C'était pire que d'être vraiment laissé à soi-même. Personne ne le croyait. Birch, le menteur parfait, Birch le fourbe, Birch l'imposteur... Il ne savait plus lui-même.

Il monta lourdement les marches, s'arrêtant à chaque palier pour reprendre haleine et guetter un souffle d'air illusoire. Dans l'appartement, la climatisation n'avait fait gagner que quelques degrés.

« Donna ! » Elle émergea de la chambre, souriante.

« Comment cela s'est-il passé, Jerry?

— Ça pue le moisi ici, grogna-t-il.

— Il fait irrespirable dehors.

— T'aurais pu brancher le conditionnement plus tôt. Quand je suis parti, par exemple.

– Il a marché toute la matinée, Jerry. Il est au maximum.

– Pourquoi qu'on a acheté cette saloperie, si c'est pour avoir l'impression de croupir dans des noms de Dieu de chiottes?

– Je peux l'arrêter, si tu préfères qu'on ouvre les fenêtres. » Elle voulut se diriger vers l'appareil.

« Laisse tomber. Touche pas à cette merde.

– Je suis désolée, Jerry. Ça ne s'est pas très bien passé, n'est-ce pas? »

Elle esquissa un mouvement vers la cuisine. « Tu veux quelque chose de frais? Un thé glacé, par exemple.

– Pas vraiment.

– Tu te sentirais beaucoup mieux.

– Pas maintenant! »

Il avait presque crié. Elle sursauta. Ce n'était pas ce qu'il avait cherché, et pourtant il n'était pas fâché de la voir effrayée. Après tout, merde, il n'y avait pas de raison pour qu'elle n'ait pas la frousse aussi, même s'il était incapable de lui dire exactement pourquoi. Ils étaient dans la même mouise. Autant qu'elle ait sa part. Il se laissa tomber dans le canapé. Elle s'éclipsa en douce.

« Donna! Où es-tu?

– Dans la chambre. Je couds. Je me disais que tu voulais sans doute être seul.

– Reviens ici, s'il te plaît. »

Elle le rejoignit docilement, une pièce de tissu entre les mains, le visage marqué. Il la regarda s'asseoir à l'autre bout du divan. Un regard sans complaisance. Elle pourrait au moins faire un effort, soigner sa toilette, se rendre agréable.

« Je ne pensais pas pouvoir t'être utile, balbutia-t-elle.

– Tu peux tricoter tes machins ici.

– La lumière n'est pas très bonne. Et ce n'est pas du tricot. De la broderie. Pour ton cousin Joe. Il a un nouveau garçon. Je t'ai dit qu'on avait reçu le faire-part?

– Non. Je ne savais pas.

– C'est arrivé l'autre jour. Je voulais t'en parler. Mais tu avais l'air si... si préoccupé.

– C'est ma famille, non? T'aurais pu me tenir au courant, merde, c'est la moindre des choses.

– Je suis désolée, Jerry.

– J'ai le droit de savoir ce qui se passe dans ma famille, répéta-t-il.

— Moi aussi, figure-toi, j'aimerais parfois savoir. Tu gardes tout pour toi. Je veux partager, être au courant de ce qui t'arrive.

— Je peux te le dire, si tu y tiens. Je me suis fait enculer dans les grandes largeurs. » Il n'utilisait jamais de tels termes devant elle — et il ne le tolérait d'ailleurs de personne d'autre. Elle le reçut comme une gifle.

« Ce doit être très grave, murmura-t-elle.

— Ils ne me croient pas. Ils pensent que je travaille pour les Russes!

— Oh! Jerry, non. Ce n'est pas vrai, n'est-ce pas?

— Le problème n'est pas là, c'est plus compliqué que cela.

— Mais si, le problème est là. » Elle avait posé sa main sur la sienne. Sa confiance était absolue.

« Tu ne comprends rien à rien », soupira-t-il.

Elle retira sa main. « Je ne comprends rien, mais tu fais tout pour.

— Je ne veux pas qu'il t'arrive quelque chose. Voilà pourquoi. Ce n'est pas pour moi, c'est pour toi.

— Si tu cours un risque, moi aussi. Je suis avec toi, quoi qu'il advienne.

— Ah! oui. T'étais sans doute avec moi quand je suis allé au charbon contre les Russes à Tokyo? Et t'étais avec moi ce matin, quand ils m'ont lancé à la gueule que j'étais un traître?

— Oui. » Et elle reprit son aiguille, qu'elle serra contre son ouvrage pour empêcher sa main de trembler. Il prit la pièce de batiste et la jeta à l'autre bout du living.

« Tu ne peux pas t'arrêter une seconde? Et écouter quand je m'échine à te dire quelque chose!

— J'essaie.

— Cesse de pleurnicher.

— Je ne peux pas... Je ne te reconnais plus, Jerry. Je ne sais même plus qui tu es. »

Il la remit brutalement sur ses pieds. Elle ne résista pas, parut vaciller comme pour se réfugier dans ses bras. Mais il était trop furieux. Il y avait lui et il y avait elle, trop effrayée, trop égoïste pour pouvoir l'aider contre les autres. Elle le lâchait, exactement comme tout le monde. Sous prétexte qu'il n'était plus celui qu'il avait été. Il aurait aimé savoir, lui, qui il était. Saleté de merde. De cela, il n'était jamais question. Qui? On vous disait tout, sauf cela. Personne pour vous tuyauter, tout à coup.

Quand il la frappa, sur la bouche, durement, elle s'effrondra et roula sur elle-même pour échapper au coup suivant.

« Lève-toi! » hurlait-il. Elle se tassa davantage. « Debout! » Elle releva la tête. Le sang rougissait ses lèvres. Il pensa fugitivement à la bouche des putes.

« Reste ici! » Elle se traînait vers la porte toujours à quatre pattes. Il ne tenta rien pour la retenir, paralysé à la fois de rage et de remords. Sa femme. Il l'avait frappée, blessée. Il savait ce qui lui restait à faire.

Birch chercha une feuille de papier. Comme il l'avait fait pour Kerzhentseff, il aligna les mots dans une semi-inconscience, d'un trait. Il ne s'agissait plus de réfléchir ou de douter. Il avait une mission à accomplir. Une mission.

L'enveloppe était inutile. Il plia le feuillet et le glissa dans sa poche. Le téléphone, vite. La voix familière à l'autre bout. Birch donna brièvement les indications indispensables.

La chaleur sur le palier le laissa indifférent. Il remarqua à peine les taches de sang laissées par Donna sur le seuil des voisins. Il rejoignit sa voiture presque en courant et démarra sans un regard derrière lui. Ils pouvaient le filer. Il s'en fichait. Ce rendez-vous, ils pouvaient tous le connaître.

32.

Donna avait cessé de pleurer en entendant claquer la porte sur le palier. Elle abandonna le linge rempli de glaçons qu'elle pressait sur ses lèvres. Les pas s'éloignaient dans l'escalier.

« Ça se termine toujours par des gnons, commentait la voisine. Quand ils ont tout à fait tort, faut qu'ils cognent.

– Prête-moi ta voiture, articula péniblement Donna.

– Si tu veux, pour les urgences, je peux te conduire...

– Il va quelque part.

– J'ai pas l'impression que ce soit très profond mais si tu penses qu'il faut des points de suture... Attends laisse-moi voir. Non, l'intérieur n'est pas trop amoché.

– Faut que je le suive.

– C'est vraiment la connerie à ne pas faire.

– J'ai besoin de ta voiture.

– T'as surtout intérêt à ne pas t'exposer bêtement.

– Il ne me touchera plus.

– J'en suis pas si sûre, dit la voisine en tendant ses clés. Cela dit, tu fais comme tu as envie. Tu ne préfères pas que je conduise?

– Ça ira.

– Fais gaffe tout de même. »

Jerry venait de tourner le coin au bas du bloc quand elle actionna le démarreur. Comme toujours à cette heure de l'après-midi, la circulation était fluide. Elle le retrouva sans difficulté puis maintint la distance, sans trop savoir ce qu'elle pourrait faire.

Elle n'avait aucune idée de ce qui se passait. La C.I.A., les Russes, les missions secrètes à Tokyo... Elle avait été si aveugle! Elle n'avait pas été foutue de partager ses mérites, et à présent il la gardait à l'écart de sa chute. Explique-moi, Jerry, suppliait-elle.

Il s'engagea sur la nationale un. Elle le suivit. Il quitta la route sans crier gare. Elle était bloquée par une Chevy qui voulait tourner à gauche. Elle eut juste le temps de repérer où il allait.

La voie se dégagea et la Chevrolet put effectuer sa manœuvre. Donna accéléra pour déboîter vers la voie de droite, mais manqua la sortie qu'il avait prise. C'était un motel. Elle eut le temps de voir la voiture garée sur le gravier, et la chemise rouge de Jerry entrant à la réception.

Un panneau annonçait des chambres à la semaine, au jour et à l'heure. Elle se rappela cet endroit horrible à Cleanthe, le *Why Not*, où les gosses vicieux et leurs pères allaient traîner le samedi soir. Elle stoppa à la première intersection. Pourquoi ce motel? C'était donc cela, la cause de tout le mal. D'y penser, elle se sentait violée, souillée au plus intime d'elle-même.

Elle revint plus lentement vers le motel, par la desserte locale. Jerry était devant une des portes, penché sur la serrure. Elle ralentit encore, quelqu'un klaxonna derrière elle. S'il tournait la tête, s'il la voyait... il se ressaisirait peut-être? La porte s'ouvrit et il disparut. Elle se retrouva sur la nationale sans savoir comment, les yeux brouillés de larmes.

Plus tard, plus loin sur la route, quand les larmes eurent cessé, ce fut autre chose qui la poussa à agir. Il était en danger. Elle le sentait, physiquement. Elle s'engagea sur la première aire de stationnement pour faire demi-tour, puis roula à toute allure vers le motel.

Elle arriva hors d'haleine devant la porte de sa chambre, colla son oreille au panneau. Rien, sauf la rumeur du trafic, les vibrations de l'air surchauffé. Elle frappa, doucement pour commencer, puis de plus en plus fort, sans obtenir de réponse.

« Jerry! cria-t-elle. Jerry, je t'en supplie, ouvre!

— Eh, oh! c'est pas bientôt fini là-bas? (Une autre voix derrière elle.) Qu'est-ce que ça veut dire, ce cirque? »

C'était un jeune homme, barbu et adipeux arborant un T-shirt marqué VIRGINIA IS FOR LOVERS.

« Il y a quelqu'un là-dedans. C'est mon mari Jerry Birch. »

Elle fouillait fébrilement dans son sac à la recherche du permis, avec son nom et la photo. Elle le lui tendit.

« Excusez, mais j'en ai rien à fricoter, ma p'tite dame.

— Vous avez une clé, fit-elle. Laissez-moi entrer.

— C'est sa chambre, monsieur M. Anderson. Il l'a pour la journée. Maintenant, si vous voulez bien me suivre. » Il l'avait prise par le coude. Elle se dégagea pour lui faire face.

« Je dois le voir.

— Rien à foutre, ma p'tite dame. La maison a des principes, figurez-vous.

— Pour l'amour de Dieu, supplia-t-elle. Je vous en prie. »

Il la reprit par le bras, plus fermement cette fois, et voulut l'entraîner. Puis il se figea. Une voiture freinait spectaculairement devant l'entrée, dans une envolée de gravier et de poussière.

« Holà, merde, m'dame. Z'avez appelé ces enculés de flics? » Donna reconnut immédiatement l'homme qui venait d'arriver.

« Il est là, fit-elle en hoquetant. Numéro huit. Je l'ai vu entrer.

— Va falloir que tu ouvres cette porte, petit, annonça Harper.

— Comme j'ai dit à la dame, c'est hors de question. »

Harper fourra sous le nez de l'obèse un petit porte-cartes en cuir.

« Je vais chercher le passe, fit l'autre en s'éloignant rapidement.

— Il a téléphoné pour me dire l'endroit et l'heure. Et vous?

— Rien, fit Donna. Absolument rien.

— C'est mieux si vous me laissez parler d'abord », expliqua Harper. Le type du motel lui tendait la clé.

La chambre était vide, le lit intact. Pas de femme. Personne. Une télévision, chevillée à une étagère. Par la porte de la salle de bains, légèrement entrebâillée, dans la clarté d'une méchante lampe, on apercevait le pantalon et la chemise de Birch, en tas sur le carrelage.

Elle s'était précipitée en avant. « Jerry, tu es là? »

Il y était, et elle ne cria pas. Comme si elle s'était confusément attendue à cette vision de cauchemar. Il était si pâle, la tête de guingois, inclinée dans une position impossible. Ses bras ravagés, mutilés aux poignets, posés sur le rebord de la baignoire, inertes. L'eau, rougie de son sang, était encore chaude. Elle s'en rendit compte en y plongeant les mains pour l'agripper aux aisselles.

« Il vaut mieux venir, murmura Harper.

– Je peux rester. » Le rasoir était également sur le rebord de la baignoire.

Harper se pencha sur l'un des poignets charcutés pour tâter le pouls. Elle écarta doucement sa main pour la remplacer par la sienne. Non pour recevoir un reste de vie mais dans un ultime besoin de communiquer avec cet homme qu'elle avait connu, qu'elle avait perdu, et qu'elle retrouvait d'une certaine manière.

Le feuillet était tombé sous l'évier, dans l'eau et le sang. C'est elle qui le trouva. Harper était passé dans la chambre pour appeler de l'aide. Les mots couvraient toute la page. Chaque lettre bien tracée, droite et ferme, comme on le leur avait appris à l'école, dans la grande plaine.

On m'a dit un jour, était-il écrit, *que les paroles d'un homme qui meurt sont rarement mises en doute. Je vous demande donc de croire ceci : je n'ai jamais voulu mal faire.*

Quatrième partie

Épilogue

33.

L'affaire de Janet, sur la côte, s'était éternisée. Quand enfin elle fut de retour, le temps avait changé. Le vent soufflait de la mer. Le ciel avait perdu son opacité. Août était redevenu octobre, sans transition.

Il ne lui avait rien dit de l'affaire Birch et de l'incident. Fran était sortie de sa vie. Il signala l'aventure à la sécurité dès qu'il le put. Elle n'était plus qu'un secret parmi d'autres... elle qui l'avait quitté précisément à cause de ses silences. Il ne regrettait pas.

Le soir où Janet était rentrée, il était plongé dans de vieilles photographies. Elles venaient du grenier. Un carton qu'il avait retrouvé; elles y étaient depuis Saigon. Il avait isolé trois clichés, qu'il avait disposés sur la table. Le premier représentait une fillette sur un marché, devant un étal de produits de contrebande. Son sourire disparaissait derrière les tubes de Colgate, les paquets de Kools et les cartons de whisky. Sur l'autre, on voyait Harper et Bartlow, le chef de station, posant avec nonchalance en tenue de tennis, au Cercle sportif. Harper levait la main droite, deux doigts formant ce qui était devenu le symbole ambigu de la victoire et de la paix. La troisième photo était franchement insoutenable : les corps brisés de trois gosses, entassés sur la place d'un village, et la silhouette désinvolte d'un GI posant à côté, l'arme en équilibre sur l'épaule, et un transistor collé à son oreille. « Moi qui espérais que tu penserais à moi », avait plaisanté Janet.

Il l'aida à rentrer ses bagages, lui prépara un cocktail qu'il apporta dans la salle de bains.

« C'est vrai, tu me manquais. Terriblement.

– Tu ne t'es pas mal débrouillé pourtant. Je m'attendais à une de ces pagailles.

– J'ai fait ce que j'ai pu, c'est-à-dire pas grand-chose.

– C'est agréable de rentrer dans ces conditions.

– Je suppose que cela a marché pour toi?

– Je pense, oui, fit-elle en hésitant. Richard, qu'est-ce qui ne va pas? Pour mes déplacements, je t'avais promis que ce serait bientôt fini. Dorénavant je pourrai assurer la plus grosse partie de mon boulot ici...

– C'est le gosse avec qui j'ai travaillé à Tokyo : il s'est suicidé.

– Oh! Richard. » Elle se tourna vers lui. « C'est pour ça, toutes ces photos. Tu es trop dur envers toi-même, trop exigeant. » Elle le prit par la main en l'entraînant vers le living, où elle remit les quatuors de Beethoven en marche, en baissant le volume.

« Nous l'avons surpris : contact avec les Russes. Apparemment c'était trop pour lui. Il n'a pas tenu le coup.

– J'aurais dû être là.

– C'était important pour moi d'être seul. Je voulais aussi me prouver quelque chose.

– N'empêche. Cela a dû être terrible. Et tu ne disais rien. Je sentais parfois que ça ne tournait pas rond, au téléphone. Tu n'es pas très bon, tu sais, quand tu t'efforces de dissimuler tes sentiments.

– J'ai même envisagé de quitter l'Agence.

– Pour faire quoi? Tu as une ouverture?

– Ce n'est pas le plus important. J'ai pas mal de possibilités. Les affaires. L'enseignement. Les caïds du Capitole... Ils ne se sentent plus quand ils voient un espion en rupture de ban. La question est de savoir si je suis fait pour ce métier, Janet. On parle de me transférer dans une nouvelle section, analyse pure. C'est une promotion. Naturellement, je quitte les opérations actives, mais je ne perds pas le contact. »

Elle se pencha en arrière. Il fut frappé par le sérieux de son visage. « Tu dois rester, fit-elle. Tu dois rester, simplement parce que tu t'interroges, parce que tu as ces scrupules que d'autres n'ont pas. »

Elle avait trouvé les mots qu'il souhaitait entendre. Et elle avait su formuler ce qu'était sa véritable mission.

Il se pencha sur la table et prit la photo qui lui faisait mal –

celle prise dans ce village qu'il avait identifié, lui, comme base opérationnelle, et que les *jets* avaient bombardé.

« Je crois que je vais l'encadrer.

– Pour te souvenir.

– On peut l'accrocher dans un endroit à l'écart, à cause des invités. Mais quelque part où je la verrai de temps en temps. Et toi aussi.

– Promets-moi aussi, quoi qu'il arrive et où que je sois, de ne plus me faire de cachotteries.

– Promis. » Il l'embrassa, sans pouvoir s'empêcher toutefois de penser à Birch baignant dans l'eau, les bras sur la porcelaine, paumes vers le bas, comme pour un dernier test sur le polygraphe. Il revoyait les plaies aux poignets, là où se fixaient les électrodes. Il se souvenait du dernier appel téléphonique, quand Birch avait murmuré le signal de détresse. Harper préféra ne pas parler à sa femme de ce mot codé qui pourrait l'avertir d'un nouveau malheur. Si un objectif commun devait les rapprocher un jour, s'ils travaillaient à nouveau ensemble, il n'y aurait entre eux aucun cryptonyme. Le mot était pollué. Et ils étaient intacts.

Le rôle de Harper dans la conclusion de l'affaire fut passablement réduit. Une commission fut chargée du dossier. Harper y siégea, évidemment, mais sa seule mission spécifique consista à évaluer le dommage. La commission ne fut certes jamais insensible aux interprétations plus générales qu'il suggéra en réunion ou dans ses nombreux mémorandums. La plupart des membres, à l'heure du bilan définitif, se rallièrent globalement à ses vues.

Concernant la mort proprement dite, les données de l'enquête officielle paraissaient claires. Le suicide était évident. Harper lui-même était innocenté : Miss Lutkin avait enregistré l'appel de Birch. Le rasoir était celui de Birch.

La commission, je l'ai dit, se rendit à l'opinion de Harper – contre son propre intérêt – que personne à l'Agence, en dehors de lui, ne pouvait avoir eu accès au mot de passe. Birch, expliqua Harper, à la fois par prédisposition et sous l'effet de la formation qu'il avait reçue, avait perdu toute capacité de distinguer encore le réel de ce qu'il devait imaginer pour se protéger. Il excellait à dribbler le polygraphe parce que, en un sens, il avait fini par croire en ce qu'il disait. Il était cru parce qu'il l'avait dit, et il pouvait dire parce qu'il lui était devenu impossible de faire autrement. C'est quand il a commencé à être soupçonné qu'il s'est effondré. Il ne pouvait plus ignorer sa propre duplicité.

Concernant Kerzhentseff, l'argument de Harper était que le Soviétique n'avait jamais su que nous l'avions doublé à Tokyo. Le démantèlement de BLACK BODY en fournissait une preuve plus ou moins sérieuse. Si l'on tenait pour acquis l'ignorance de Kerzhentseff, l'état d'esprit de Birch et la bonne foi de Harper, qui affirmait n'être pour rien dans la dernière série de contacts, on ne pouvait qu'admettre, effectivement, que c'était Kerzhentseff ou l'un de ses acolytes qui avaient pris l'initiative de contacter Birch. Depuis le lessivage de BLACK BODY, un certain désarroi semblait régner dans les rangs soviétiques. Kerzhentseff débarquait donc aux States, avec mission de mettre en place un nouveau réseau. Et Birch était la recrue toute désignée.

Birch de son côté, supportait mal le service ordinaire et ne rêvait que de nouvelles opérations. Les dossiers de l'Agence en témoignent. Ses dires le confirmaient. Lors du fameux appel téléphonique, il s'était simplement retrouvé dans la peau du Birch de Tokyo. Le cryptonyme s'est imposé à son imagination, pour légitimer cette nouvelle mission. En un sens, il l'entendit réellement, mais murmuré par sa propre voix intérieure.

L'approche de Harper avait le double avantage, à son point de vue, de charger le Russe et de le disculper, lui personnellement. Harper usa de tous ses talents pour appuyer la position de Donna Birch, dont le courage avait impressionné tout le monde. A sa grande surprise, les différentes instances du contre-espionnage furent parmi ses principaux soutiens. Il ne se faisait d'ailleurs pas d'illusion : cette générosité inattendue légitimait d'éventuelles et futures réinterprétations.

Comme pour donner raison à Janet, Harper insista d'autre part, auprès de la commission, sur les leçons qu'il y avait à tirer, pour l'Agence, de la mort de Birch. Le régime de désinformation, le doute systématique et radical, s'avéraient catastrophiques, au moins potentiellement. A l'avenir, plaida-t-il, de tels programmes ne devraient être entrepris qu'en tenant compte de cette évidence que les hommes ne sont pas nécessairement nés pour mentir.

Quant à l'évaluation du dommage proprement dit, il ne s'agissait, à la limite, que d'une formalité. BLACK BODY était disloqué. Birch était en position de révéler notre imposture à Kerzhentseff, mais dans l'intervalle, nous avions pu mettre au point une parade à leur système. A tel point que Harper avait un moment envisagé de faire connaître aux Russes le sens de notre manœuvre à Tokyo, ce qui aurait pu les inciter à remettre leur système en service.

En bref, nota Harper, non sans une certaine amertume que perçurent ceux qui, comme moi, connaissaient l'amitié qu'il avait eue pour Birch, *le dommage causé à l'issue de l'affaire était positivement négligeable.*

34.

Nous n'avons rien fait pour contrer Harper lors du règlement de l'affaire Birch. Sa vérité est devenue la vérité officielle. L'affaire est close. Et les archives ne rendent compte d'aucune tendance minoritaire, exactement comme le voulut Harper.

Lui-même marche fort bien. Preuve supplémentaire de la noblesse bon chic bon genre actuellement dominante à l'Agence, comme dans le reste de la société. Il a gravi les échelons et siège actuellement dans les cénacles très fermés où les vraies décisions se prennent. Sa maîtrise, dans l'enquête Birch, passe pour exemplaire. Quoi qu'il en soit, à l'heure présente, Richard Harper est mon égal en tout – sauf en ancienneté. Il dispose de tout, contrôle l'information sur nos forces et nos faiblesses, et cette connaissance peut nous détruire. Il est, en clair, plus dangereux que jamais.

Je considère cette situation comme un échec personnel, une défaite majeure. Dès le début, en réalité depuis l'épisode vietnamien, j'avais signalé Harper comme élément dangereux pour notre sécurité. A l'époque, il n'était qu'un officier assez subalterne, sans réelle stature. J'avais demandé sa mise à pied pour des raisons de principe. Sa carrière ne démarra vraiment qu'après sa brillante réussite à Tokyo. C'est alors aussi que je commençai à m'intéresser de plus près à son cas. Comme Kerzhentseff, je professe qu'en matière d'espionnage, personne ne peut s'offrir le luxe d'attendre béatement que le péril éclate. J'eus l'ultime confirmation du bien-fondé de mes soupçons quand j'appris les nouvelles élucubrations théoriques de Harper sur la prétendue « convergence » de leur système et du nôtre.

Il n'est pas nécessaire d'être déjà convaincu de la trahison de Harper pour comprendre et mesurer la pauvreté de ses analyses dans l'affaire Birch. Je ne dis pas que ses conclusions devaient être écartées – c'eût été tout aussi maladroit. Mais il importait de s'interroger, pour commencer, sur qui tirait avantage de ces étranges épisodes, à Tokyo puis chez nous. On aurait découvert sans peine les grands axes d'une stratégie destinée à propulser Harper à des niveaux de responsabilité où il serait en mesure de causer, à nos dépens, des dégâts incalculables. Pour mémoire, on aura noté son insidieuse insistance à toujours faire admettre que sa première opération – la japonaise – n'était en rien compromise par la seconde. C'étaient les Soviétiques, selon lui, qui avaient organisé le contact au *Hay-Adams*. Toujours selon lui, ils ne connaissaient pas le mot de code – Birch était supposé se l'être autosuggéré. C'était habile. Car soupçonner Birch de savoir qu'il travaillait pour l'autre camp remettait en question le jugement de Harper sur sa recrue, et surtout entraînait une réévaluation du sens de leur grand succès à Tokyo. D'où l'utilité de charger le malheureux dans l'autre sens : du fond de sa tombe, il n'allait pas protester.

La faute de Harper, dans l'affaire Birch, allait plus loin encore. Il refusa d'approfondir *toutes* les explications plausibles. Ces questions qu'il laissa inabordées concernent essentiellement les mobiles de l'affaire. Car en définitive, pourquoi quelqu'un de chez nous n'aurait-il pas pu remettre Birch en piste? L'absence de réponse sur un point aussi élémentaire dénote pour le moins un solide défaut d'imagination. Harper était – et est toujours – l'homme qui monte; il portait nécessairement ombrage à certains... Sur un plan fort différent, il y avait tous ceux qui, comme moi, à la compagnie, n'avaient plus d'ambition personnelle, mais le considéraient comme extrêmement pernicieux du point de vue idéologique. Ce n'était un secret pour personne : nous étions plusieurs à avoir pris publiquement position contre les idées qu'il défendait. Mais peut-être avait-il compris que la nouvelle affaire Birch avait été montée contre lui. L'épreuve devait le pousser à des imprudences, à contacter directement Kerzhentseff, par exemple, au risque d'infléchir le témoignage de Birch pour se couvrir lui-même. De toute façon, il était mûr pour le faux pas. Il était coincé. Et je pense que sans le trou de mémoire de Birch, puis sa mort inopinée, Harper n'aurait pu s'en tirer qu'en se découvrant, en révélant quelques-unes de ses dangereuses défaillances.

Je dois à la vérité de dire qu'il avait d'ailleurs été assez simple pour nous de provoquer cette situation destinée à l'éprouver. Birch, sans le vouloir, avait prononcé le mot de code, un soir à Tokyo. Très exactement la fameuse nuit de soûlographie où il avait cru bon de convoquer son officier traitant dans le parc. Harper, ne trouva pas trace du mot dans les transcriptions d'écoutes. Mais il présuma un peu vite qu'il était inaudible ou qu'il était passé inaperçu. Comme il ne se méfia pas assez de miss Lutkin, si dévouée, qui avait accès aux rapports d'écoute et me communiqua le mot – après l'avoir gommé pour dissimuler sa découverte.

C'est fort de ce renseignement essentiel, et parce que j'avais appris que Harper devait se recycler dans une filature de Kerzhentseff avec les Sœurs, que je suis passé à l'attaque. Convaincre les Russes de renouer avec Birch ne fut pas un problème. Je les connais comme ma poche, eux et tous leurs réseaux, et je sais comment les prendre. Là encore, par parenthèse, Harper aurait dû se douter que mobiliser Kerzhentseff et le faire relever la boîte au *Hay-Adams* n'était qu'un jeu d'enfant. Quant à Birch, grâce au code, il suffisait d'un signe pour le mettre en mouvement.

Harper, évidemment, refusa même pour la forme, d'envisager ces possibilités. Preuve supplémentaire qu'il usurpe la position clé qu'il occupe. Il n'a cure de ce qu'il appelle avec dédain le culte du dieu moqueur. Mais c'est une bien piètre excuse pour éviter un affrontement qui l'épouvante. Ce petit homme est un timoré, toujours disposé à conclure une paix séparée avec quiconque semble susceptible de l'épargner.

La prochaine fois, peut-être, le hasard et la chance lui seront moins favorables. La prochaine fois, mon dispositif ne flanchera pas, comme le fit Birch, au moment crucial. Tôt ou tard, j'en suis sûr, Harper sera brisé. Même après moi, je sais qu'il se trouvera toujours des hommes ayant la ruse de Kerzhentseff pour le manipuler, et, je l'espère, d'autres ayant ma trempe pour intervenir et se battre. Et quand finalement Harper tombera, quand résonnera à ses oreilles le fameux rire moqueur, ce ne sera pas celui d'un dieu ou d'un oracle quel qu'il soit, mais le mien.

Table

Cet ouvrage a été réalisé sur
Système Cameron
par la SOCIÉTÉ NOUVELLE FIRMIN-DIDOT
Mesnil-sur-l'Estrée
pour le compte des Éditions Denoël
le 2 mai 1984

Dépôt légal : mai 1984
N° d'édition : 1766 – N° d'impression : 0862
Imprimé en France